DETECTIVES

EN LA

HISTORIA

PAUL HARDING

LA CASA DEL ASESINO ROJO

Un terrible misterio
protagonizado por fray Athelstan

Traducción de
Maria Antonia Menini Pagés

CÍRCULO DE LECTORES

A Jeffrey Norwood de Tower Books,
Chico, California, EE.UU.
Un leal y buen amigo.

Prólogo

Junio de 1362

El horrendo y sangriento asesinato lo había urdido un alma más negra que la medianoche. Sólo los ardientes rayos del sol y las claras y serenas aguas del mar Mediterráneo serían mudos testigos de la inminencia del crimen.

El día había amanecido muy caluroso y en las horas meridianas el calor se extendía como una sofocante manta alrededor de la carraca de tres palos anclada en aguas de Famagusta, en la isla de Chipre. Las velas estaban desinfladas y la pez y el alquitrán se derretían entre las mohosas tablas de madera. A bordo, los pasajeros –peregrinos, mercaderes, viajeros y caldereros– procuraban refugiarse en cualquier rincón de sombra que pudieran encontrar. Algunos pasaban las cuentas del rosario; otros, utilizando la mano para protegerse los enrojecidos ojos del sol, escudriñaban el cielo, tratando de descubrir el más mínimo atisbo de brisa. Las cubiertas del *Saint Mark* estaban ardientes al tacto y hasta los marineros se habían ocultado del inmisericorde calor del sol. Un vigía dormitaba en lo alto de la cofa. Por encima de su cabeza, una medalla de plata de san Cristóbal clavada en el mástil recibía los deslumbradores rayos del sol, los cuales reverberaban cual si fueran peticiones de sombra y refrescante brisa marina.

Bajo la cofa, al pie del mástil, dormía un caballero vestido con una blanca camisa y unos sudados calzones remetidos en unas botas de cuero que él agitaba en inquieto e incesante movimiento. El caballero despertó, se enjugó el sudor de la frente y se rascó la negra barba que le cubría el rostro de oreja a oreja. Después dirigió la mirada hacia un muchacho que, a la sombra de la toldilla, estaba contemplando extasiado las piezas de la armadura que allí se encontraban amontonadas: cota de malla, guanteletes, peto y camisote. Lo que más le llamaba la atención era una blanca sobreveste de algodón con una tosca pero enorme cruz pintada en el centro. El joven miró al caballero a hurtadillas mientras acercaba las manos al puño de la gran espada de dos filos.

–Tócala, muchacho –murmuró el caballero, mostrando al hablar unos dientes cuya cegadora blancura destacaba en un rostro intensamente bronceado por el sol–. Vamos, la puedes tocar si quieres.

El chico así lo hizo, mirándole con una sonrisa de gratitud.

–¿Quieres ser caballero, muchacho?

–Sí, mi señor, quisiera ser cruzado, aunque ahora me he quedado huérfano –contestó el joven con la cara muy seria.

El caballero sonrió, pero su semblante se ensombreció de inmediato al mirar hacia la popa. El timonel había llamado al capitán y ahora ambos estaban contemplando las aguas en silencio. El capitán parecía muy preocupado. Encasquetándose su enorme sombrero de ala ancha, cruzó a grandes zancadas la cubierta, soltando maldiciones por lo bajo. Por encima de su cabeza el vigía gritó de repente:

–¡Barcos sin vela a la vista, se acercan a toda velocidad!

Su grito provocó un revuelo a bordo. Unos barcos sin vela surcando velozmente las aguas sólo podían ser corsarios moros. En la cubierta, la gente se alarmó, los niños empezaron a llorar y las mujeres se pusieron a dar voces. Se oyó en las escalerillas el rumor de las fuertes pisadas de los soldados y los marineros. El coro de gemidos se hizo más insistente.

–¡No llevan velas! –gritó un soldado–. ¡Tienen que ser galeras!

El clamor de las voces cesó cuando el miedo a la muerte se impuso al rencor que todos sentían contra los implacables rayos del sol. El día moriría, llegaría la oscuridad y el aire refrescaría, pero las galeras de los corsarios con sus remos inclinados y sus verdes estandartes no desaparecerían. Navegaban alrededor de las islas griegas como lobos rapaces y, en caso de que se acercaran, no habría escapatoria.

Empezaron a salir los ballesteros genoveses con unos pañuelos de lana blanca anudados alrededor de la cabeza y unas grandes ballestas colgadas a la espalda; les seguían unos mozos con carcajes llenos de saetas de mellados astiles.

–¡Una galera! –gritó el vigía–. ¡No, son dos! ¡Cuatro! ¡Rumbo al norte por el noreste!

Marineros, pasajeros y soldados corrieron a las bordas, haciendo que el barco se hundiera como un esparavel.

–¡A vuestros puestos! –gritó el rubicundo capitán, bajando por la escalera de popa–. ¡Contramaestre! –rugió–. ¡Fuera las armas! ¡Ballesteros a popa!

Todos se pusieron a correr de acá para allá; unos grandes cubos de agua de mar fueron colocados rápidamente alrededor de la cubierta junto a unos barriles de áspera arena gris. Marineros y soldados lanzaban imprecaciones contra los atemorizados pasajeros, ordenándoles bajar a la fétida lobreguez de las bodegas. El caballero volvió la cabeza al ver acercarse al capitán.

–¡Galeras! –dijo el capitán en voz baja–. El Señor se apiade de nosotros... ¡son muchas! –Levantó los ojos al claro azul del cielo–. No podremos escapar. Una sola quizá no nos atacara, pero cuatro...

–¿Pensáis luchar? –le preguntó el caballero.

El capitán extendió las manos.

–Puede que no nos ataquen –contestó con cierto desánimo–. A lo mejor, nos mantendrán a raya y sólo nos exigirán un tributo.

El caballero asintió con la cabeza. Sabía que el capitán estaba mintiendo. Se volvió hacia el muchacho que ahora se había acercado tímidamente a él.

–Un buen día para morir –le dijo en un susurro–. Ayúdame a ponerme la armadura.

El muchacho corrió a la toldilla y regresó tambaleándose bajo el peso de la cota de malla. El caballero miró a su alrededor mientras se vestía para la batalla. Los tripulantes habían hecho todo lo que habían podido. Ahora imperaba en el barco un silencio mortal, roto tan sólo por los golpes del agua contra los costados del barco y el murmullo cada vez más cercano de las oscuras galeras.

–Los mensajeros de la muerte –musitó el caballero.

El capitán oyó sus palabras y giró en redondo.

–¿Por qué tantas? –preguntó–. Cualquiera diría que ya sabían que estábamos aquí.

El caballero se puso la cota de malla y se ajustó el cinto de cuero de la espada alrededor de la cintura.

–¿Qué cargamento lleváis?

El capitán se encogió de hombros.

–Pasajeros –contestó–. Canastas de frutos secos, algunos toneles de vino y unas cuantas anas de lienzos.

–¿Ningún tesoro?

El capitán soltó una risita despectiva y siguió escudriñando el cielo en busca de un soplo de viento, pero el dorado fulgor del sol parecía burlarse de su inquietud. El caballero estudió las largas, oscuras y afiladas galeras. En sus cubiertas se habían congregado unos hombres vestidos con sus túnicas de algodón amarillas y sus turbantes blancos. Contrajo los músculos y entornó los ojos.

–¡Jenízaros!

–¿Qué decís, mi señor? –preguntó el muchacho, levantando la vista.

–¡Por los clavos de Cristo! –replicó el caballero–. ¿Cómo es posible que una guardia escogida, la flor y nata de la horda musulmana, se haya apretujado en unas galeras para atacar un barco que sólo lleva vino y frutos secos?

El chico miró en silencio al caballero mientras éste le daba unas palmadas en la cabeza.

–Quédate conmigo, muchacho –le dijo en un susurro–. Quédate conmigo y, si caigo, no temas. Será la mejor oportunidad de tu vida.

Las galeras se acercaron y el caballero aspiró el insoportable hedor de los centenares de sudorosos esclavos negros que impulsaban los remos. A través del agua, oyó con toda claridad las ásperas sílabas arábigas del capitán de los moros, dando órdenes a sus hombres. Los blancos remos mojados se levantaron brillando como cientos de espadas cuando las galeras rodearon el desventurado barco detenido por falta de viento. Una de ellas se situó a popa y otra a proa mientras la tercera y la cuarta se situaban una a babor y otra a estribor. El capitán del *Saint Mark* se secó el sudoroso rostro con el puño de la camisa.

–Puede que no ataquen –musitó, volviéndose a mirar al caballero con expresión de alivio–. Quieren parlamentar.

Con la agilidad de un mono, el capitán regresó a popa. La galera de estribor se acercó un poco más y el caballero pudo ver los fulgurantes atuendos de un grupo de oficiales moros. Uno de ellos se encaramó a la borda de la galera.

–¿Eres tú el capitán del *Saint Mark* de Famagusta? –preguntó a gritos.

–Sí –contestó el capitán–. Sólo llevamos frutos secos y pasajeros. Se ha decretado una tregua –añadió–. Vuestro califa se ha comprometido bajo juramento.

El oficial moro se agarró a dos de los remos levantados para no perder el equilibrio.

–¡Mientes! –contestó a gritos–. Llevas un tesoro... ¡un tesoro que le habéis robado a nuestro califa! Entréganoslo y déjanos registrar tu barco para buscar al que lo robó.

–Aquí no hay ningún tesoro –replicó el capitán en tono quejumbroso.

El oficial moro volvió a bajar. Levantó una mano cuajada de sortijas y dio una orden con voz gutural. El capitán del *Saint Mark* se volvió a mirar angustiado al caballero y, mientras lo hacía, cayó junto con el timonel, ambos abatidos por una lluvia de flechas disparadas desde las galeras. El caballero esbozó una sonrisa, se bajó la visera del yelmo y atrajo al muchacho hacia sí. Tomó su enorme espada de dos filos y apoyó la espalda contra el mástil.

–Sí –murmuró–, es un buen día para morir.

En las galeras, los timbales empezaron a llamar a la batalla y se oyó el clamor de los címbalos y los gongs. Los arqueros genoveses hicieron lo que pudieron, pero no lograron evitar que las galeras se acercaran y que los jenízaros vestidos de amarillo y envalentonados por las drogas saltaran a la cubierta del *Saint Mark*. Aquí y allá, peregrinos y mercaderes luchaban y morían en pequeños grupos. Algunos que iban por libre trataban de huir a la oscuridad de las bodegas donde los jenízaros los acorralaban y acababan con sus vidas mientras la sangre se filtraba como si fuera agua a través de las tablas alquitranadas de la embarcación. Sin embargo, el verdadero combate se concentraba alrededor del mástil, junto al cual el caballero cortaba incesantemente el aire con su espada hasta que la sangre le llegó a los tobillos mientras los moros resbalaban a sus pies sin conseguir su propósito de acabar con él. Al lado del caballero, el muchacho le gritaba palabras de aliento, pero ningún hombre hubiera podido resistir eternamente un ataque como aquél. Pronto cesaron los combates y las galeras se retiraron con las bodegas llenas de prisioneros y de botín. Una brisa cada vez más fuerte empujó el *Saint Mark* envuelto en llamas a la deriva hasta que éste quedó convertido en una rugiente pira funeraria. Cuando cayó la noche, el barco ya se había hundido. Aquí y allá algunos cuerpos flotaban todavía en el agua como único signo del paso de la muerte asesina.

Diciembre de 1377

Un viento terriblemente frío empujó la nieve hacia Londres con unas cortantes dagas de hielo y granizo. Al principio, cayeron algunos copos blancos, pero después la nevada se intensificó y cayó del cielo como la gracia de Dios, cubriendo las heridas de aquella sombría ciudad. En los gélidos gabinetes de los monasterios de las afueras, los cronistas procuraban calentarse los entumecidos dedos mientras escribían que aquel tiempo tan infernal era el castigo que Dios enviaba a la ciudad.

Tanto si era un castigo de Dios como si no, la nevada cubrió como una alfombra las malolientes calles y los montículos de estiércol de los muladares de las orillas del Támesis, donde los piratas del río colgados en los patíbulos se convirtieron en unas rígidas y negras figuras cuando el agua del río se heló. En aquel desapacible mes de diciembre, las fuertes heladas se abatieron sobre la ciudad como asesinos deseosos de quitarles la vida a los pordioseros envueltos en sus harapos. Los leprosos acurrucados en medio de la suciedad al otro lado de Smithfield gemían de dolor mientras la escarcha les mordía las heridas abiertas. Varias viejas prostitutas con sus pintarrajeados rostros fueron encontradas congeladas en la esquina del callejón del Gallo. Las calles estaban desiertas y ni siquiera las ratas podían encontrar alimento, pues las enormes montañas de basura y los albañales abiertos que discurrían por el centro de todas las calles, generalmente llenos de desperdicios humanos, se habían congelado y estaban más duros que las piedras.

Las ventiscas ocultaban el cielo y hacían que las noches fueran más negras que los abismos infernales. Ninguna alma temerosa de Dios se atrevía a salir y tanto menos en Petty Wales y Smithfield Este, el paraje que rodeaba la gran torre cuyas torretas cubiertas de nieve se elevaban orgullosamente hacia el oscuro cielo nocturno. Los hombres que montaban guardia en los helados parapetos de la fortaleza abandonaban su vigilancia y se agachaban detrás de las murallas. No había ningún centinela en las inmediaciones del rastrillo, pues las cerraduras y las cadenas se habían congelado y nadie las hubiera podido abrir.

No obstante, incluso en los cálidos días estivales la gente evitaba acercarse a la torre. Las viejas murmuraban que aquel lugar era obra del demonio y que los negros cuervos que revoloteaban alrededor de sus siniestras almenas eran huestes infernales en busca de almas humanas. Decían las viejas que en el mortero de sus murallas se había mezclado sangre humana y que, bajo sus sólidos cimientos de piedra, yacían los esqueletos de los sacrificios humanos ofrecidos por el gran César antes de la construcción de la fortaleza. Otros, los pocos que sabían leer, rechazaban semejantes historias, pues la torre con su enorme Torre Blanca del Homenaje había sido edificada por Guillermo el Conquistador para intimidar a los habitantes de Londres. Todo lo demás, decían en tono de burla, no eran más que relatos que se contaban para asustar a los niños.

Sin embargo, las viejas tenían razón: la torre guardaba unos macabros secretos. Por debajo de una de sus murallas discurrían unos fríos pasadizos cubiertos de verdoso cieno, en cuyos muros se podían ver los oxidados candelabros que sostenían unas ennegrecidas antorchas. Nadie bajaba desde hacía muchos años a aquella misteriosa madriguera de pasadizos que ni siquiera los soldados gustaban de visitar. Allí abajo había tres mazmorras, pero sólo dos puertas y, en la celda del centro, un cuarto cuadrado de muy reducidas dimensiones, se podía ver un esqueleto medio podrido. No existía ningún testigo que pudiera explicar lo que era cuando la carne recubría los huesos y la sangre circulaba como vino caliente por el corazón y el cerebro. Ahora el esqueleto estaba amarillento y una rata correteaba por el interior de la caja torácica, rebuscando infructuosamente en las vacías cuencas de los ojos antes de escaparse por el hueso de un brazo apoyado contra la pared, justo por debajo del tosco grabado de una embarcación de tres palos.

El asesino oculto en las sombras del helado parapeto del gran campanario ignoraba la existencia de aquellos secretos lugares, pero se daba cuenta de que la torre encerraba grandes misterios. Se arrebujó en su capa para protegerse del frío.

–«Nada hay oculto que no haya de descubrirse –dijo, repitiendo las palabras del Evangelio– ni secreto que no haya de conocerse y salir a la luz.» –Levantó los ojos al cielo–. ¡La sangre sólo se puede vengar con derramamiento de sangre! –añadió en un susurro.

Sí, le gustaba la idea. La justicia y la muerte tomadas de la mano. Contempló la oscura mole de la capilla de San Pedro ad Vincula. ¿Podría Dios comprenderlo? ¿Acaso no había marcado a Caín por haber matado a Abel? ¿Por qué tenían los asesinos que andar libres por el mundo? A los asesinos no les importaban ni el viento glacial ni los incesantes copos de nieve ni el solitario grito de las aves nocturnas en las riberas del helado río.

–Hay cosas mucho más frías que el viento –murmuró mientras meditaba acerca de su pobre alma y de las enconadas heridas abiertas que la afligían. Pronto llegarían la Natividad y el día de los Santos Inocentes, una época del año llena de calor e inocencia y de exquisitos manjares asados lentamente en los espetones. Las estancias se adornarían con verdes ramas y habría fiestas, juegos, dulces y vino caliente con especias. El asesino sonrió. Y, como en todas las Natividades, los asesinos se congregarían allí en la torre, pensó, balanceándose hacia delante y hacia atrás. Entonces empezaría el juicio; las amonestaciones ya estaban preparadas. Elevó las manos al cielo nocturno.

–Que corra la sangre –dijo en voz baja–. ¡Que mi arma sea el asesinato!

Sus ojos se posaron en la cruz de San Pedro ad Vincula.

–Que Dios me juzgue –musitó, ocultando las manos en el interior de la capa mientras clavaba los ojos en la oscuridad de la noche.

Recordó el pasado y reanudó sus lentos balanceos mientras tarareaba por lo bajo una canción que sólo él podía entender. Ahora había entrado en calor. Lavaría las heridas de su alma en la sangre de sus víctimas.

Capítulo 1

Fray Athelstan se encontraba en lo alto de la torre de la iglesia de San Erconwaldo de Southwark, contemplando el cielo. Se mordió los labios y pronunció una maldición en voz baja. Pensaba que las nubes ya se habrían disipado para entonces; durante un rato, las estrellas habían brillado como joyeles sobre un cojín de terciopelo. Quería estudiar las constelaciones al acercarse la noche más larga del año y comprobar si el autor del *Equatorie de los planetas* tenía razón. Pero el viento había vuelto a empujar las nubes de nieve como un tupido velo sobre el cielo.

El fraile golpeó el suelo con las sandalias de sus pies y se sopló los ateridos dedos. Tomó su tintero de cuerno, la pluma de ave, el astrolabio y el rollo de pergamino, levantó la trampa y bajó cautelosamente los peldaños. La iglesia estaba fría y oscura. Tomó una yesca y encendió las velas que había delante de la imagen de la Virgen, las antorchas de pared de la nave del templo y los grandes cirios de blanca cera de abeja del altar. Después bajó las gradas del presbiterio y pasó por debajo del labrado antealtar del que colgaba un cuadro recién pintado por Huddle, en el que el artista había representado a Jesucristo liberando a las almas de los infiernos. Athelstan admiró las recias pinceladas en vivos tonos verdes, azules y dorados.

–Este joven tiene muy buenas cualidades –musitó, apartándose un poco para poder contemplar mejor las figuras del lienzo.

Pensó que Huddle hubiera tenido que ser un poco más delicado en la representación de una doncella de redondeados pechos que, según Cecilia la cortesana, era la viva imagen de su persona.

–¡Bueno, vamos a ver! –había gritado Tab el calderero antes de que Úrsula, la porqueriza, le clavara un afilado codo en las costillas.

Athelstan sacudió la cabeza y fue a calentarse las manos sobre el pequeño brasero de carbón que ofrecía un poco de calor contra el frío aire nocturno. Contempló la nave del templo y vio las ramas de siempreviva, acebo y hiedra con que la mujer de Watkin el recogedor de estiércol había adornado las gruesas columnas y sonrió, satisfecho. El tejado estaba arreglado y en las ventanas se habían colocado vidrieras.

–Ahora ya parece una iglesia –dijo para sus adentros– y no un largo pasadizo con huecos en los muros. –Pronto terminaría el Adviento. Las verdes ramas se habían colocado allí para recibir a Cristo recién nacido–. Siemprevivas –añadió en voz baja– para el Señor siempre vivo.

Una pequeña sombra más oscura que las otras surgió de la lobreguez del pasillo.

–Tú siempre sales en el momento oportuno, *Buenaventura.*

El gatazo avanzó en silencio, se detuvo y se estiró delante de él. Después se restregó con gesto implorante contra su negro hábito. Athelstan le miró.

–Aquí no hay ratones –le dijo–. ¡A Dios gracias!

Jamás olvidaría la vez en que Ranulfo el cazador de ratones había colocado unas ratoneras secretas entre los juncos que cubrían el suelo a modo de alfombra y Cecilia se había pillado el dedo gordo del pie en una de ellas una mañana en que estaba limpiando la iglesia. Athelstan había vivido y servido treinta años como soldado, pero jamás había oído la letanía de improperios que en tal ocasión brotó de los hermosos labios de Cecilia.

El fraile se agachó, tomó al gato en sus brazos y estudió su cara blanquinegra y sus orejas llenas de arañazos.

–*Buenaventura,* el gran cazador de ratones –murmuró–. O sea que has venido en busca de tu recompensa. –Athelstan se dirigió a uno de los oscuros brazos del crucero y sacó de la repisa de una ventana un cuenco de leche fría y sardinas desmenuzadas–. ¿Qué vida te parece más satisfactoria, *Buenaventura* –preguntó, agachándose para dar de comer al animal–, la de un gato de Southwark o la de un fraile dominico que ama las estrellas, pero tiene que trabajar entre el barro?

El gato le miró parpadeando y empezó a lamer la comida del cuenco de peltre sin apartar los ojos de un ligero movimiento que acababa de observar bajo los juncos que rodeaban una de las columnas. Athelstan regresó al pie de las gradas del presbiterio, se arrodilló, se santiguó y pronunció la primera plegaria del oficio divino.

–*Veni, veni, Emmanuel!* ¡Ven, ven, Emanuel!

¿Cuándo volvería Jesucristo?, se preguntó. Para sanar las heridas e instaurar la justicia... No. Cerró los ojos. Había jurado no pensar en Cranston; no quería distraerse con el rubicundo rostro, la calva, los perversos ojos azules y el abultado vientre capaz de secar toda una viña. Recordó la historia del demonio que recogía las plegarias distraídas de los sacerdotes y guardaba en una bolsa todas las palabras omitidas para el día del Juicio Final. Athelstan cerró los ojos y respiró hondo para serenar su espíritu.

Al terminar el rezo de los salmos, entró en la pequeña y fría sacristía. Mientras se lavaba las manos en el lavatorio, miró a su alrededor.

–Hoy no corresponden vestiduras moradas –murmuró, abriendo el gran misal–. Hoy es la festividad de santa Lucía. –Abrió el viejo armario y sacó una casulla dorada con una cruz escarlata bordada en el centro. A diferencia del mohoso armario, la casulla era nueva y fragante. Admiró el delicado trabajo y pensó en su autora, la viuda Benedicta–. Tan hermoso como ella –dijo en un susurro–. Perdón, Dios mío –se apresuró a añadir, disculpándose por aquella distracción y rezando inmediatamente las oraciones que todos los sacerdotes deben recitar mientras se revisten para la misa.

Athelstan estaba muy bien preparado. Sabía que las oscuras sombras de su alma amenazaban con interrumpir sus tareas de aquella mañana. No tenía que pensar en ellas. La ventanita de la sacristía se estremeció a causa del movimiento de la contraventana. Athelstan se sobresaltó. Aún era de noche allí fuera en el cementerio cuyas maltrechas cruces de madera guardaban los montículos de tierra donde los antepasados de las buenas gentes de la parroquia dormían su sueño eterno, a la espera de la segunda venida de Jesucristo. Pero Athelstan sabía que allí fuera había otra cosa. Una maligna presencia que cometía el terrible sacrilegio de desenterrar los cuerpos de las tumbas.

El fraile procuró apartar de su mente aquellos malsanos pensamientos. Abrió un estuche y sacó el cáliz y la patena, colocó las blancas obleas de la comunión en una bandeja y llenó la copa hasta la mitad con vino de misa. Después tomó la jarra y estudió con recelo su contenido.

–¡Cualquiera diría –anunció, dirigiéndose a la desierta oscuridad– que nuestro sacristán Watkin el recogedor de estiércol se dedica a catar el vino!

Llenó de agua el cuenco para el lavado, esa parte de la misa en la que el sacerdote se purifica de sus pecados, y contempló los trocitos de hielo que nadaban en su superficie.

–¿Qué pecados? –preguntó en voz baja. Evocó el rostro de alabastro de Benedicta, enmarcado por el cabello negro como ala de cuervo, y sintió el roce de *Buenaventura* contra su pierna–. Eso no es un pecado –le dijo al gato–. No lo es, ¿verdad? Ella es mi amiga y yo me siento muy solo. –Respiró hondo–. Eres un necio, Athelstan –se dijo–. Tú eres un sacerdote, ¿qué puedes esperar?

Prosiguió su razonamiento mientras terminaba de revestirse. Se lo había confesado al padre prior, pero ¿por qué se sentía solo? A pesar de sus quejas, él buscaba el aprecio de la parroquia y de las gentes a quienes servía. La causa de su inquietud era su tarea secundaria como escribano del forense sir John Cranston. ¿Por qué razón? El fraile tomó con aire ausente en sus brazos a *Buenaventura* y empezó a acariciarlo. Podía resistir las muertes violentas, la sangre y las terribles heridas. Pero el motivo de su angustia eran aquellos asesinatos fríamente planeados y calculados por unas almas envueltas en la negra noche del pecado mortal. Athelstan adivinó que se encontraba al borde de otro misterio. Algo se lo advertía, una especie de sexto sentido, como si el mal que acechaba en el solitario cementerio estuviera esperando una ocasión para echársele encima. Experimentó un estremecimiento y besó la cabeza de *Buenaventura.*

–Tengo que oficiar la misa.

Regresó a la iglesia, levantó la vista y observó que las primeras luces del alba se estaban filtrando a través de la vidriera de la ventana. Volvió a estremecerse. A pesar de los braseros encendidos, la iglesia estaba mortalmente fría. Llegó al altar y contempló el copón que guardaba el Santísimo Sacramento, Cristo bajo la especie del pan, con un dosel dorado encima y una solitaria vela en el altar como signo de la presencia de Dios. Se abrió la puerta a su espalda y entró el campanero Mugwort, con la calva y las trémulas y coloradas mejillas protegidas por unos paños de lana.

–¡Buenos días, padre! –rugió con una voz que, a juicio de Athelstan, se hubiera podido oír a todo lo ancho y lo largo de la parroquia.

El fraile cerró los ojos y pidió a Dios que le diera paciencia mientras Mugwort empezaba a tirar de la cuerda de la campana... tocando más a rebato que a misa. Al final, cesó el estruendo. Benedicta, envuelta en una capa de color pardo, entró en la iglesia y dirigió una tímida sonrisa al fraile que estaba esperando pacientemente al pie de las gradas del altar. Poco después la siguió la cortesana Cecilia. Athelstan adivinó que era ella por los efluvios del barato perfume que siempre la precedía. Cerró los ojos y rezó, pidiendo que las únicas tareas de Cecilia fueran ahora su trabajo como costurera para Benedicta y las labores de limpieza de la iglesia. Recordó el comentario que corría de boca en boca por el barrio: Cecilia se había tendido más veces en el cementerio que el féretro de la parroquia. A continuación entró Pemel, la anciana dama flamenca, con el cabello teñido de rojo y el rostro pintado de blanco, una mujer de dudoso pasado y moral más dudosa todavía. Athelstan prometió vigilarla en secreto. Había oído decir que Pemel no se tragaba la sagrada forma sino que se la llevaba a casa y la colocaba en su colmena para que sus abejas se conservaran sanas. Como la pillara, no le daría la comunión ni aceptaría la insensata excusa según la cual las brescas de sus colmenas siempre tenían forma de iglesia. Al final, llegó Watkin, el recogedor de estiércol, sacristán, vigilante de San Erconwaldo y presidente del consejo parroquial. Los componentes de su numerosa prole avanzaron ruidosamente por el pasillo, calzados con sus zuecos de madera. Uno de ellos, el llamado Crim, que por lo menos se habría lavado las manos, se situó al lado de Athelstan para hacerle de monaguillo. El fraile se sintió ligeramente ridículo entre el pringoso rostro de Crim, y el gato *Buenaventura*. El verdugo Manyer llegó en último lugar y cerró la puerta de golpe.

Athelstan respiró hondo e hizo la señal de la cruz, prometiendo concentrarse en los misterios de la santa misa y no en los males del cementerio del exterior.

Sir John Cranston, forense de la ciudad de Londres, se encontraba en el callejón de la Canasta Ciega, a dos pasos de la judería. El arroyo discurría como una cinta de hielo por la parte de atrás de las casas colgantes. El buen forense golpeó el suelo con los pies y se sopló los dedos protegidos por mitones en un vano intento de calentárselos.

–¡Levanta un poco más la antorcha! –le gritó al sirviente del regidor.

Después contempló las vagas figuras de los hombres que lo rodeaban en medio de la penumbra y levantó la vista hacia la ventana cerrada de la sombría y desolada casa. Se guardó la mirada más perversa para Lucas Venables, el regidor del barrio, el cual lo había obligado a levantarse de su mullida cama. A sir John le gustaba mucho dormir, sobre todo después de una dura semana de trabajo. Dos días atrás había tenido que ir a la iglesia de San Esteban de Walbrook para examinar el cuerpo de Guillermo Clarke, quien había subido al campanario en busca de nidos de paloma. Mientras se arrastraba de una a otra viga, el muy idiota había resbalado y caído, muriendo instantáneamente. Cranston había considerado culpable de lo ocurrido a la viga y le había impuesto al enfurecido vicario una multa de cuatro peniques. La víspera había ido a West Chepe para examinar el cadáver de Guillermo Pannar, un desollador encontrado muerto cerca del canal. Pannar había cometido la estupidez de acudir a un médico a causa de no se sabía qué pequeña dolencia y, como era de esperar, el médico le había hecho una sangría con sanguijuelas, dejándolo tan debilitado que el pobrecillo se desplomó al suelo durante el camino de vuelta a su casa y murió en el acto.

Cranston se mordió el labio mientras aporreaba nuevamente la puerta. Sin embargo, no era simplemente su trabajo lo que le preocupaba sino también otra cosa: su amada esposa Matilde se comportaba de una manera muy extraña y él temía que le ocultara un terrible secreto. Sir John bebía los vientos por su mujer y no podía sustraerse a los placeres de la cámara matrimonial, pero desde hacía algún tiempo, cada vez que se acercaba a ella, la víspera sin ir más lejos, veía rechazados sus requerimientos. Protestaba entre gemidos en la oscuridad, se negaba a revelarle la razón de su inquietud y no permitía que la consolara. Y ahora, a altas horas de la madrugada, el muy insensato de Venables lo había obligado a salir al frío de la calle para entrar por la fuerza en aquella misteriosa casa. Volvió a aporrear la puerta, pero no hubo respuesta, sólo las maldiciones entre dientes y el movimiento de los pies de sus acompañantes.

–¡Bueno! –exclamó Cranston, volviéndose hacia el regidor–. Decidme una vez más qué es lo que ocurre.

Venables sabía muy bien cómo las gastaba sir John y ahora

contempló con inquietud el barbudo y rubicundo rostro, los gélidos ojos azules y la arrugada frente bajo el gran castoreño. Sir John era un buen hombre, pensó Venables, pero, cuando perdía los estribos, podía ser el demonio en persona. Venables le señaló el rótulo medio arrancado de una cervecería justo por encima de la puerta.

–Los hechos son los siguientes, sir John. El propietario de esta casa es Simón de Wyxford y la cervecería es suya. Carecía de familia y vivía solo con su criado Rogelio Droxford. Hace ocho días, amo y criado mantuvieron una violenta discusión que se prolongó a lo largo de toda la jornada. El seis de diciembre el criado Rogelio abrió la cervecería como de costumbre, colocó los bancos y vendió vino, pero a Simón no se le vio el pelo. Al día siguiente, los vecinos le preguntaron a Rogelio dónde estaba su amo. Contestó que Simón se había ido a Westminster a cobrar unas deudas. –Venables hinchó los carrillos y le dijo a una de las borrosas figuras que lo rodeaban–: Cuéntale el resto a sir John.

–Hace cuatro días... –dijo el vecino, un hombrecillo envuelto en unos gruesos ropajes.

Cranston sólo podía ver unos tímidos ojos y una congestionada nariz por encima del embozo.

–¡Habla! –rugió el forense–. Apártate el embozo de la boca.

–Hace cuatro días –repitió el hombre, apresurándose a obedecer a sir John–, vimos salir a Rogelio con un hato a la espalda. Pensábamos que pretendía huir, pero él se acercó a uno de nuestros vecinos, Hammo el cocinero, le dijo que se iba a buscar a su amo y le entregó la llave por si De Wyxford regresara de repente. Anoche –un carraspeo– se presentó el tabernero Francis Boggett para reclamar a maese Simón el pago de una deuda.

–¡Vamos, ve al grano de una vez! –gritó Cranston.

–Boggett entró en la casa –terció el regidor–, no encontró ni rastro de Simón ni de su criado y entonces se llevó tres toneles de vino como pago de la deuda.

–¿Y cómo entró? –preguntó bruscamente Cranston.

–Hammo el cocinero le dio la llave.

Sir John frunció los labios.

–A Boggett se le deberá imponer una multa de cinco centavos por allanamiento de morada y al cocinero una de dos por complicidad. –Mirando enfurecido al regidor, añadió–: ¿Tenéis la llave?

Venables asintió con la cabeza. Cranston chasqueó los dedos y el regidor se la entregó.

–Como forense de esta ciudad y en vista de los misteriosos acontecimientos de los que he sido informado –anunció solemnemente–, autorizo ahora la entrada a esta casa para el esclarecimiento de los hechos. Vos, señor regidor, me acompañaréis.

Se produjo una cierta confusión mientras Venables le pedía una yesca a uno de los presentes. Sir John abrió la puerta y entró en la fría oscuridad de la taberna. El lugar olía a moho y suciedad. Tropezaron con los barriles, los bancos y las mesas hasta que Venables rascó la yesca, encendió dos teas y le entregó una a Cranston. Recorrieron las distintas estancias de la planta baja y después subieron al piso de arriba, donde encontraron dos estancias enteramente revueltas y las tapas de los cofres y los arcones rotas o levantadas, pero no descubrieron ningún cuerpo.

–¿Vos sabéis qué es lo que estamos buscando? –preguntó Cranston.

Venables asintió con la cabeza.

–Pero hasta ahora, nada, sir John.

–¿Hay sótano en la casa?

El regidor acompañó a Cranston a la oscura taberna de la planta baja donde se pasaron un rato buscando hasta que encontraron una trampa. Cranston y Venables bajaron con gran precaución por unas escalas de mano de madera. El sótano era una alargada sala con una trampa al fondo, a través de la cual los carros descargaban los barriles. Cranston le dijo a Venables que no se moviera mientras él examinaba cuidadosamente todo el sótano. Su enorme figura, iluminada por la trémula luz de las teas, proyectaba grotescas sombras en las paredes. Se detuvo al llegar al fondo, inclinó la tea y miró detrás de tres grandes toneles de vino. La luz hizo que las telarañas que cubrían los toneles brillaran como un tejido bordado en hilos de oro. Se inclinó para tocar la pegajosa mancha que acababa de descubrir. Acercó la mano a la luz y contempló la sangre que le cubría los dedos como si fuera engrudo. Después alargó un poco más el brazo detrás de los toneles y buscó a tientas.

–Sir John –gritó el regidor desde el otro lado del sótano–, ¿todo bien?

–Todo lo bien que cabe esperar, maese Venables. Acabo de encontrar al tabernero o, por lo menos, ¡una parte de él!

Tomó la decapitada cabeza y la sostuvo en alto como si fuera el verdugo de la torre. El regidor echó un vistazo al rostro blanco azulado, los ojos semicerrados, la ensangrentada boca entreabierta y los mellados restos del cuello y, sentándose en un plinto de piedra, empezó a vomitar violentamente. Cranston depositó la cabeza en el suelo y regresó al lugar donde se encontraban los toneles, limpiándose los dedos en la mohosa pared. Al pasar, le dio a Venables unas palmaditas en el hombro.

–Tomad un poco de clarete, mi buen regidor, eso calma el estómago y fortifica el corazón. Después, dictad órdenes de detención contra Rogelio Droxford, declaradle prófugo de la justicia y ofreced... –Cranston entornó los ojos–. Sí, ofreced diez libras de recompensa por su cabeza, vivo o muerto. Mandad sellar esta casa y, si no aparece ningún testamento o presunto heredero, el concejo municipal será un poco más rico.

Subió por la escalera de mano y los peldaños de la taberna y salió al frío de la calle.

–Hemos encontrado al tabernero –anunció–. Asesinado. Creo que el buen regidor precisará de vuestra ayuda para recomponer el cadáver.

Después, apoyando la mano en su larga daga galesa, sir John se alejó por los helados callejones y callejuelas, dobló la esquina de la Mercería y dejó escapar un jadeo cuando el cortante viento lo dejó sin respiración.

–Oh, ¿cuándo llegará el verano? –gimoteó para sus adentros–. ¿Cuándo llegarán las flores y el lujuriante verdor de la hierba?

Resbaló sobre los adoquines y se agarró al marco de una puerta, esbozando una sonrisa.

–Athelstan me tendría que ayudar –murmuró–. Si no con los cadáveres decapitados, por lo menos, prestándome el apoyo de su brazo para que no resbalara sobre el hielo.

Mientras subía por Cheapside, una negra figura le salió al encuentro desde las sombras. Cranston extrajo la daga.

–¡Sir John, por el amor de Jesucristo!

Cranston miró con más detenimiento y vio el demacrado rostro de un pordiosero cojo que solía vender baratijas en un tenderete de la esquina de la calle de la Leche.

–¿Todavía no te has acostado, Leif? Buscando una dama, ¿verdad?

–¡Me han robado, sir John!

–¡Vete a ver al alguacil!

–¡No tengo dinero ni comida, sir John!

–¡Pues entonces, quédate en la cama!

Leif se apoyó contra el muro de una casa.

–No he podido pagar el alquiler y me han echado de mi buhardilla –gimoteó.

–¡En tal caso, vete a mendigar a San Bartolomé! –replicó Cranston, reanudando su camino. Oyó a Leif, renqueando a su espalda.

–Ayudadme, sir John.

–Lárgate, Leif.

–Gracias, sir John –dijo el mendigo mientras unas monedas tintineaban en el suelo.

Leif conocía lo bastante al obeso forense como para saber que sir John no soportaba que le vieran dando limosna.

Cranston se detuvo al llegar a su casa, levantó la vista y vio luz en las ventanas de arriba. Leif estuvo a punto de tropezar con su brazo, pero él lo apartó de un empujón. «¿Qué le ocurre a Matilde?», se preguntó. Siempre había pensado que el matrimonio era algo así como introducir la mano en una bolsa llena de anguilas... todo dependía de la suerte que uno tuviera. Sin embargo, él había sido muy afortunado. Adoraba a Matilde desde el castaño cabello de su cabeza hasta las plantas de sus delicados pies.

Mientras lo pensaba, una figura emergió de repente del callejón que discurría paralelo al muro lateral de la casa.

–¡Por todos los diablos! –exclamó–. ¿Es que no duerme nadie en esta maldita ciudad?

El hombre se acercó y Cranston reconoció la librea de los criados del alcalde.

–Por todos los diablos –repitió–, ¡más quebraderos de cabeza!

El joven servidor le transmitió el mensaje sin poder evitar que le castañetearan los dientes.

–Sir John, el señor alcalde y sus alguaciles desean veros ahora mismo en el ayuntamiento.

–¡Vete al infierno!

–Gracias, sir John. El señor alcalde dijo que vuestra respuesta sería ésta más o menos. ¿Deseáis que os espere? –inquirió el joven, juntando las manos–. Me muero de frío, sir John.

Repitiendo por tercera vez «¡Por todos los diablos!», Cranston aporreó la puerta de su casa. Abrió una criada de enjuto rostro. Detrás de ella se encontraba Matilde, completamente vestida y con el dulce rostro surcado por las lágrimas. Sir John la miró sonriendo para disimular su inquietud.

–Mi señora esposa, tengo que ir al ayuntamiento... pero no sin antes haber desayunado –dijo, tirando del brazo del joven criado–. Él también comerá. Por la cara que pone, lo necesita. –Cranston giró sobre sus talones, salió de nuevo a la calle y volvió a entrar, llevando a Leif agarrado por el pescuezo–. Este holgazán también se unirá a nosotros. Después quiero que le busquéis un trabajo. Pasará la Natividad aquí. –Se dio unas palmadas en la panza–. ¡Para todos nosotros, que preparen gachas calientes y hogazas con especias! –El forense olfateó el aire–. Y algunos de esos panecillos de trigo candeal que se están cociendo en el horno. –Miró astutamente a su mujer–. Y un buen clarete caliente con especias. ¡Después decidle al mozo que necesitaré un caballo!

Esbozó una ancha sonrisa de fingida alegría, pero no pudo por menos que observar la enfermiza palidez del rostro de su esposa. «¡Oh, Dios mío! –pensó, apartando la mirada–. ¿Es que voy a perder a Matilde?» Se quitó la capa y, al pasar por delante de su mujer, le acarició suavemente el hombro.

Athelstan empezó a distribuir la comunión, colocando las finas obleas blancas en las lenguas de sus feligreses. Crim sostenía la patena de plata bajo las barbillas para recoger las posibles migas. Estaban presentes casi todos los miembros del consejo parroquial, aunque algunos habían llegado a media misa.

El fraile estaba a punto de regresar al altar cuando oyó unos golpes en la parte exterior del muro de uno de los pasillos laterales. ¡Claro! Había olvidado a los leprosos, dos desventurados a los que había ofrecido cobijo en el mohoso osario del cementerio y a los que proporcionaba comida, bebida y un cuenco de agua mezclada con infusión de moras para lavarse, pero cuyos pálidos y desfigurados rostros jamás había visto, aunque, a juzgar por su ropas, uno de ellos debía de ser un varón. Hubiera deseado poder socorrerles mejor, pero el derecho canónico era muy severo: un leproso no podía recibir la comunión junto con los demás feligreses sino que ésta se les tenía que administrar a través de una pequeña abertura en el muro de la iglesia, llamada hagioscopio.

Crim recordó su obligación y, tomando una fina vara de fresno, se la entregó al fraile, el cual colocó una sagrada forma en su extremo y la introdujo en la abertura, repitió la acción, musitó una plegaria y regresó al altar para proseguir la celebración de la misa.

Después, mientras se quitaba las vestiduras en la sacristía, cerró los oídos al estruendo que estaba armando Watkin con los bancos de la nave del templo con vistas a la reunión del consejo parroquial. Athelstan se arrodilló en su reclinatorio, pidió la luz del Espíritu Santo y rezó con toda su alma para que sus feligreses no tuvieran en cuenta los terribles acontecimientos que estaban teniendo lugar en el exterior.

En cuanto regresó a la iglesia, comprendió que sus plegarias no habían sido escuchadas. Watkin presidía orgullosamente la asamblea y los demás miembros estaban sentados en los bancos colocados a uno y otro lado. Crim había sacado el sillón del presbiterio y ya se lo tenía preparado. Mientras lo tomaba, Athelstan observó la arrogante mirada de Watkin, el siniestro parpadeo de sus ojos y el frunce de sus labios, como si estuviera a punto de hacer un anuncio muy importante.

Úrsula la porqueriza se unió a ellos, llevando consigo su enorme puerca a pesar de las protestas de los demás. La criatura avanzó por el pasillo, soltando gruñidos de placer. A Athelstan le pareció que la bestia le sonreía. Él no oponía el menor reparo a su presencia en la iglesia. Mejor allí que fuera. Úrsula era una buena mujer, aunque un poco charlatana, pero el fraile odiaba con toda su alma a la puerca porque constantemente saqueaba su huerto y se comía las hortalizas que él intentaba cultivar.

Athelstan rezó una invocación al Espíritu Santo y se reclinó en su asiento.

–Hermanos y hermanas –dijo sin prestar atención a la mirada de Watkin–, sed bienvenidos a esta asamblea en la festividad de Santa Lucía. Tenemos ciertos asuntos que discutir –añadió, dedicándole una sonrisa a Benedicta mientras la esposa de Watkin miraba enfurecida a la cortesana Cecilia. Ambas mujeres se profesaban una mutua antipatía y la esposa de Watkin se había preguntado más de una vez por qué razón su marido tenía que discutir tan a menudo con Cecilia los pormenores de la limpieza de la iglesia. El pintor Huddle contemplaba con aire ausente uno de los muros del templo, soñando probablemente con el mural que hubiera deseado pintar en él si Athelstan le hubiera proporcionado el dinero necesario.

Casi todos los asuntos de la parroquia eran una larga letanía de cuestiones mundanas. La hija de Pike el acequiero, deseaba casarse con Amisias, el hijo mayor del batanero. Se consultó el *Gran libro de la sangre* para comprobar que no hubiera ninguna línea de consanguinidad. Athelstan tuvo el placer de anunciar que no había ninguna y entonces pasaron a los asuntos relacionados con la inminente Natividad: la Ceremonia de la Estrella que se celebraría en la iglesia, el horario de las tres misas del día, la gratuidad de los entierros y la posible manera de evitar que los niños utilizaran la pila de agua bendita como fuente para beber. Tab el calderero se ofreció a crear dos grandes candelabros con unos leones en la parte anterior. El escribano Gamelyn se ofreció a cantar un villancico al término de las misas de la Natividad. Athelstan concedió permiso para una representación sacra en la nave del templo el día de San Esteban y se discutió quién iba a desempeñar el papel del obispillo el veintiocho de diciembre, día de la festividad de los Santos Inocentes.

Athelstan observó con angustia la mal disimulada impaciencia de Watkin, el cual no paraba de manosearse el suspensorio de cuero y de mover los pies calzados con unas botas manchadas de barro. Benedicta adivinó la inquietud del fraile y miró con semblante preocupado a aquel hombre al que amaba sin esperanza por su condición de sacerdote ordenado. Al final, a Athelstan se le terminaron los temas.

–Y bien, Watkin –dijo en tono muy serio–, ¿tienes algo importante que anunciarnos?

Watkin se incorporó en su asiento, frunció la grasienta frente bajo su pelirroja mata de cabello y miró enfurecido a los presentes con unos pálidos ojos azules que parecían disputarse el espacio a uno y otro lado de su abultada narizota.

–¡El cementerio ha sido profanado! –gritó.

Athelstan soltó un ahogado gemido e inclinó la cabeza.

–¿Qué quieres decir? –preguntó el cazador de ratones Ranulfo cuyo enjuto rostro de puntiaguda barbilla aparecía enmarcado por un oscuro capuchón.

–¡En los últimos días –contestó Watkin–, se han desenterrado varios cadáveres!

Todos se miraron consternados. Athelstan se levantó, dio unas palmadas para pedir silencio y lo siguió haciendo hasta que cesó el clamor.

–Todos sabéis –dijo– que nuestro cementerio de San Erconwaldo se utiliza a menudo para enterrar los cuerpos de personas desconocidas... pordioseros a los que nadie reclama. Los sepulcros de los parientes de los feligreses no han sufrido el menor daño. –Respiró hondo–. Aun así, Watkin tiene razón. Tres sepulturas han sido profanadas y los cadáveres han desaparecido. Los tres habían sido enterrados hace poco. Una joven mendiga, un mercenario brabanzón hallado muerto después de una riña de taberna y un viejo que solía pedir limosna a la puerta del hospital de Santo Tomás y que había aparecido congelado en el patio de la posada de la Cota. –Athelstan se humedeció los labios con la lengua–. La tierra está muy dura –añadió– y Watkin sabe muy bien lo que cuesta cavar una fosa con el pico y la azada. El hecho de que los hoyos no fueran muy profundos ha ayudado a estos sacrílegos ladrones en su tarea.

–Habría que poner una guardia –dijo Pike el acequiero.

–¿Lo harás tú? –preguntó Benedicta en un susurro–. ¿Estás dispuesto a pasarte la noche en el cementerio a la espera de que aparezcan los ladrones de tumbas, Pike? –Sus ojos oscuros recorrieron los rostros de los presentes–. ¿Quién montará guardia? Y además, ¿quién sabe si los robos se cometen de noche? A lo mejor, tienen lugar por la tarde o al anochecer.

Athelstan le dirigió una mirada de gratitud.

–Yo podría vigilar –dijo–. Es más, lo he hecho muchas veces cuando... estoy...

No terminó la frase.

–¿Cuando contempláis las estrellas? –dijo la porqueriza Úrsula, provocando un coro de carcajadas, pues todos los feligreses conocían la extraña ocupación de su cura.

El pintor Huddle se removió en su asiento.

–Podríais pedirle a sir John Cranston que nos ayudara. A lo mejor, él podría enviar soldados para que vigilaran los sepulcros.

Athelstan sacudió la cabeza.

–El señor forense –dijo– no tiene autoridad para enviar a los soldados del rey aquí o allá.

–¿No podríamos recurrir a los corchetes o a la guardia del barrio? –preguntó a gritos la mujer de Watkin.

Ya, pensó tristemente Athelstan. Al regidor y a las autoridades del barrio no les importaba para nada San Erconwaldo y su cementerio y nadie hubiera estado dispuesto a levantar un dedo por las sepulturas profanadas de los tres desconocidos.

–¿Quiénes son? –preguntó Benedicta en un susurro–. ¿Por qué lo hacen? ¿Qué quieren?

Sus palabras provocaron un profundo silencio. Todos los rostros se volvieron hacia el sacerdote en demanda de una respuesta. Era el momento que más temía Athelstan. El cementerio era tierra consagrada. Cuando se había hecho cargo de la parroquia nueve meses atrás, se había mostrado muy severo con quienes pretendían levantar un mercado en aquel lugar y con los chiquillos que jugaban con los huesos desenterrados por los perros callejeros o los cerdos.

–El cementerio –les dijo– pertenece a Dios y es el lugar donde los fieles esperan la nueva venida de Jesucristo.

Pero no explicó todos los motivos que lo inducían a mostrarse tan estricto. Compartía en su fuero interno el temor que a la Iglesia le inspiraban los adoradores del demonio, el Señor de las Encrucijadas y de la Horca, los cuales practicaban a menudo la magia negra en los cementerios. Es más, sabía de un caso en la parroquia de San Pedro de Cornhill en el que un practicante de la magia negra había utilizado la sangre extraída de unos cadáveres para conjurar demonios y escorpiones.

Athelstan carraspeó. ¿Qué podía contestar? Se abrió repentinamente la puerta y Cranston, su salvador, entró majestuosamente en la iglesia.

Capítulo 2

Sir John se apartó la capa de los hombros y se echó el castoreño hacia atrás.

–¡Venid, hermano! –rugió, guiñándole el ojo a Benedicta–. Nos necesitan en la torre. Por lo visto, los asesinatos no esperan a que haga buen tiempo.

Por una vez, Athelstan se alegró de la espectacular aparición de Cranston. El fraile le estudió detenidamente.

–¿Le habéis dado a la jarra de clarete, sir John?

Cranston se dio unos golpecitos con un dedo en la parte lateral de la voluminosa nariz.

–Un poquito –contestó con voz pastosa.

–¿Y qué hacemos con el cementerio? –preguntó Watkin con voz quejumbrosa–. ¡El padre tiene que resolver este asunto, sir John!

–¡Quita de ahí, enano maloliente!

La mujer de Watkin se levantó bruscamente y miró enfurecida a Cranston.

–Mi señor forense, enseguida estoy con vos –terció rápidamente Athelstan, en un intento de calmar los ánimos de los presentes–. Atenderé el asunto a mi regreso, Watkin. Entre tanto, encárgate de dar de comer a *Buenaventura* y de apagar las antorchas. Y tú, Cecilia, ¿tendrás la bondad de sacarles la comida a los leprosos?

La cortesana asintió indiferentemente con la cabeza.

–Recuerda –añadió Athelstan– que durante el día suelen vagar por ahí, ocupados en sus cosas.

Miró con una beatífica sonrisa a su grupo preferido de feligreses y bajó a toda prisa los helados peldaños de la iglesia para dirigirse a la casa parroquial. Allí se cortó una rebanada de pan, pero la escupió enseguida porque sabía a rancio.

–Ya comeré por el camino –musitó, colocando en sus alforjas un rollo de pergamino, unos estuches de plumas y varios tinteros de cuerno.

Philomel, su viejo caballo, se puso muy pesado, ronroneando de placer como un gato y hocicándolo mientras él le ajustaba la cincha bajo el voluminoso vientre.

–¡Cada vez te pareces más a Cranston! –le dijo.

Se dirigió con *Philomel* a la parte anterior de la iglesia y subió corriendo los peldaños del pórtico. Apoyado contra un pilar, Cranston se estaba comiendo a Cecilia con los ojos mientras procuraba apartar a *Buenaventura* para que no se restregara contra su pierna. El forense no soportaba a los gatos desde la época de sus campañas en Francia en que los franceses habían arrojado con catapultas gatos muertos al pequeño castillo que él estaba defendiendo, en un intento de extender enfermedades contagiosas. Pero *Buenaventura* adoraba al forense, parecía intuir su presencia y siempre salía a darle la bienvenida.

Athelstan le dirigió unas palabras a Benedicta y miró con una sonrisa de disculpa a Watkin y a los demás. Después fue a recoger la capa con capucha que había dejado en el presbiterio y regresó justo a tiempo para evitar que Cranston tropezara con la voluminosa puerca de Úrsula y cayera de bruces al suelo. El forense salió hecho un basilisco y miró con expresión enfurecida a Athelstan, desafiándole a burlarse de él. Cranston montó en su cabalgadura y empezó a soltar maldiciones contra los cerdos que entraban en las iglesias, comentando lo a gusto que se hubiera comido un suculento trozo de cerdo asado. Athelstan colocó las alforjas sobre el lomo de *Philomel* y, antes de que Cranston pudiera provocar algún desaguisado, salió con él de la iglesia y se adentró en el callejón del Hinojo.

–¿Por qué a la torre, sir John? –se apresuró a preguntar, tratando de distraer al forense de su cólera.

–¡Esperad un poco, monje! –replicó Cranston.

–Soy fraile, no monje –dijo Athelstan.

Cranston soltó un eructo y tomó otro trago de su odre de vino.

–¿Qué es lo que ocurre aquí atrás? –preguntó.

–Una asamblea del consejo parroquial.

–No, me refiero al cementerio.

Athelstan se lo explicó y el forense se puso muy serio.

–¿Creéis que se trata de algo relacionado con los adoradores del demonio? ¿Los Señores Negros del cementerio? –preguntó Crantson, acercando un poco más su caballo al de Athelstan.

–Bien pudiera ser –contestó el fraile, haciendo una mueca.

–¡Tiene que serlo! –sentenció Cranston–. ¿Quién si no ellos podría sentir interés por unos cadáveres putrefactos? El forense trató de calmar a su caballo mientras *Philomel,* consciente de la estrechez del callejón, agitaba nerviosamente la cabeza en dirección a la otra cabalgadura.

–¡Quisiera acabar con ellos! –añadió sir John con voz pastosa–. En mi tratado sobre el gobierno de la ciudad de Londres... –sus ojos azules se clavaron en el rostro de Athelstan, tratando de descubrir en él alguna traza de hastío mientras abordaba uno de sus temas preferidos–. En mi tratado –repitió–, cualquier persona que practicara la magia negra pagaría una fuerte multa la primera vez y sería condenada a muerte la segunda. –Cranston se encogió de hombros–. Pero, a lo mejor, todo eso no es más que una tontería sin importancia.

Athelstan sacudió la cabeza.

–Esas cosas nunca son tonterías –señaló–. Una vez presencié un exorcismo en una pequeña iglesia cercana al convento de los dominicos. Un joven poseído por el demonio se expresaba en extrañas lenguas y levitaba. Decía que el demonio había entrado en su cuerpo después de una ceremonia en la cual el cadáver de un ahorcado había sido depositado sobre el altar.

Cranston se encogió de hombros.

–Si necesitáis ayuda... –dijo en tono dubitativo.

–Es muy amable de vuestra parte, mi señor forense –contestó Athelstan sonriendo–. Como de costumbre, vuestra grandeza y generosidad de espíritu me deja sin respiración.

–Cualquier amigo de Nuestro Señor es amigo mío –dijo Cranston–. Aunque sea un monje –añadió con ironía.

–Soy fraile y no monje –le corrigió por segunda vez Athelstan, mirándole enfurecido mientras él echaba la cabeza hacia atrás y soltaba una estruendosa carcajada al ver el efecto que su broma había producido en su escribano.

Al final, dejaron a su espalda las angostas callejuelas, procurando evitar la nieve que caía de los inclinados tejados, y salieron a la calle principal que bajaba hacia el puente de Londres. Los helados adoquines estaban cubiertos por una gruesa capa de nieve que un cortante viento había convertido en una súbita nevisca. Se habían montado algunos tenderetes, pero sus propietarios permanecían ocultos detrás de los sucios toldos para protegerse del fuerte viento que estaba llenando el cielo de una espesa capa de oscuras nubes de nieve.

–No es éste tiempo para andar por las calles –murmuró Cranston.

Delante de la posada del Abad de Hydes, un vendedor de reliquias estaba intentando vender un cayado que, según él, había pertenecido a Moisés. Dos presos esposados y recién liberados de la prisión de Marshalsea donde se encarcelaba a los deudores pedían limosna para ellos y para otros desventurados de su misma condición. Athelstan les arrojó unos peniques, compadeciéndose de sus morados pies. Tanto el caballo de Cranston como el suyo estaban muy bien herrados; en cambio, los valerosos viandantes que recorrían las calles tropezaban a cada paso sobre el ennegrecido y traicionero hielo y tenían que caminar con mucho cuidado, agarrándose a los marcos de los portales de las casas. Lo cual no era óbice, observó Cranston, para que la justicia se mostrara tan activa como de costumbre. Delante del hospital de Santo Tomás, un panadero había sido atado a una narria como castigo por haber vendido pan en mal estado. Athelstan recordó el pan rancio que había escupido poco antes y observó cómo aquel pobre desgraciado era arrastrado por un asno. Un gaitero borracho le seguía, interpretando una lastimera melodía para disimular sus gemidos. En el cepo, un tabernero estaba siendo obligado a beber vinagre mientras que una prostituta atada a un poste estaba recibiendo los azotes que le propinaba un sudoroso corchete con unas largas ramas de acebo.

–Sir John –dijo Athelstan–, creo que esta pobre mujer ya ha recibido suficiente.

–¡Que se vaya al infierno! –replicó Cranston–. ¡Seguramente se lo tiene merecido!

Athelstan estudió con más detenimiento el redondo y rubicundo rostro del forense.

–Sir John, por el amor de Dios, ¿qué es lo que os ocurre?

Bajo su falsa afabilidad y su aspecto achispado, Athelstan adivinaba que el forense o estaba muy enojado o muy preocupado. Cranston parpadeó y trató de sonreír. Después desenvainó la espada, se acercó al poste y cortó de un tajo las cuerdas que inmovilizaban a la prostituta. La ensangrentada mujer se desplomó sobre el hielo. El corchete, con el semblante contraído en una mueca de furia, se acercó a Cranston con gesto amenazador. Sir John se apartó con la punta de la espada el embozo que le cubría el rostro.

–¡Soy Cranston, el forense de la ciudad! –gritó.

El hombre retrocedió a toda prisa. Sir John rebuscó bajo su capa, sacó unos cuantos peniques y se los arrojó a la prostituta.

–¡Gánate honradamente el pan! –le dijo.

Después miró con la cara muy seria a su acompañante, desafiándole a hacer algún comentario antes de pasar por delante del poste y bajar al puente de Londres. Todo el puente estaba cubierto por una espesa capa de nieve y envuelto en la bruma. Athelstan se detuvo y apoyó la mano en el brazo de Cranston.

–¡Sir John, aquí pasa algo! ¡Hay demasiado silencio!

Cranston le miró con una sonrisa.

–¿No os habéis dado cuenta, hermano? Mirad abajo, el río está helado.

Athelstan miró por el parapeto. Por regla general, el agua del río bajaba turbulenta y agitada. Ahora, en cambio, parecía un campo helado que se extendía hasta donde alcanzaba la vista. Athelstan estiró el cuello y oyó las voces de los chiquillos que se deslizaban sobre el hielo de abajo, utilizando tibias de buey como patines. Alguien se había atrevido incluso a abrir un tenderete y a Athelstan se le hizo la boca agua al aspirar la fragancia de las empanadas calientes de carne de buey. Pasaron por delante de la capilla de Santo Tomás para dirigirse a la calle del Puente, entraron en Billingsgate y subieron por la calleja de Botolph hacia Eastcheap. La ciudad parecía encontrarse bajo el hechizo de un mago. Había muy pocos tenderetes por las calles y las voces de los aprendices y los mercaderes habían sido acalladas por la gélida mordaza del invierno. Se detuvieron en un tabanco de empanadas calientes donde Athelstan compró e hincó el diente en una empanada de carne picada, disfrutando de su exquisito sabor y de la deliciosa fragancia de la hogaza recién cocida y la carne fuertemente aderezada con especias.

–¿Os gusta, hermano? –le preguntó Cranston, observándole mientras comía.

–Sí, mi señor. ¿Por qué no me acompañáis?

Cranston esbozó una perversa sonrisa.

–Me encantaría poder hacerlo –contestó–. Pero no lo habéis olvidado, ¿no es cierto, hermano? Estamos en Adviento. ¡Y vos tendríais que absteneros de comer carne!

Athelstan contempló ávidamente el trozo de empanada que le quedaba, se la terminó sonriendo y se lamió los dedos. Cranston sacudió la cabeza.

–¿Qué podemos hacer? –dijo en falso tono de queja–. Si ni siquiera los frailes respetan los preceptos canónicos.

Athelstan se pasó la lengua por los labios y se inclinó hacia él.

–Os equivocáis, sir John. Hoy estamos a trece de diciembre, un día sagrado en que se celebra la festividad de Santa Lucía, virgen y mártir. Por consiguiente, estoy autorizado a comer carne. –Trazó la señal de la cruz en el aire–. ¡Y vos podéis beber el doble de clarete del que habitualmente bebéis! –El fraile tomó las riendas de su caballo–. Por consiguiente, decidme, sir John, ¿qué nos lleva a la Torre de Londres?

Cranston se apartó a un lado para dejar pasar un carro cargado de ácidas manzanas verdes.

–Sir Ralph Whitton, condestable de la Torre de Londres. Habéis oído hablar de él, ¿verdad?

–¿Y quién no? –dijo Athelstan, asintiendo con la cabeza–. Es un temible soldado y un valiente cruzado, amigo personal del regente Juan de Gaunt.

–Era –dijo Cranston–. Esta mañana a primera hora Whitton ha sido encontrado en su cámara del baluarte Norte de la torre con la garganta cortada de oreja a oreja y más sangre sobre su pecho que la que hubiera podido salir de un cerdo destripado.

–¿Se sabe algo acerca del asesino o del arma utilizada?

Cranston sacudió la cabeza mientras se soplaba los helados dedos.

–Nada –contestó con un graznido–. Whitton tenía una hija llamada Felipa, prometida en matrimonio a Godofredo Parchmeiner. Al parecer, sir Ralph apreciaba al joven y confiaba en él. A primera hora de la mañana, Godofredo fue a despertar a su futuro suegro y lo encontró asesinado. –El forense respiró hondo–. Y lo más curioso es que, antes de su muerte, sir Ralph sospechaba que alguien estaba tramando algo contra su vida. Cuatro días antes había recibido una advertencia escrita.

–¿Qué decía?

–No lo sé, pero, por lo visto, el condestable se asustó mucho. Dejó el aposento que habitualmente ocupaba en la torreta de la Torre Blanca y, por motivos de seguridad, se trasladó al baluarte Norte. La escalera que conducía a la cámara estaba vigilada por dos fieles soldados. La puerta entre los peldaños y el pasadizo estaba cerrada. Sir Ralph tenía una llave y los guardias tenían otra.

De repente, Cranston se inclinó hacia Athelstan y tomó la brida de su caballo para apartarle de un enorme bloque de nieve que se había desprendido de los tejados, cayendo sobre los helados adoquines.

–Debemos darnos prisa, sir John –dijo secamente el fraile–, de lo contrario, tendréis otro cadáver en vuestras manos. ¡Y esta vez el sospechoso seréis vos!

Cranston eructó y volvió a tomar un buen trago de su bota de vino.

–¿Es el joven Godofredo uno de los sospechosos? –preguntó Athelstan.

Cranston sacudió la cabeza.

–No lo creo. Ambas puertas estaban cerradas; los soldados que montaban guardia abrieron una de ellas, le franquearon el paso y volvieron a cerrarla. Al parecer, Godofredo bajó por el pasadizo, llamó a la puerta de la cámara y trató de despertar a sir Ralph. Al no conseguirlo, regresó junto a los criados, los cuales abrieron la puerta de la cámara de sir Ralph. Dentro encontraron al condestable tendido en la cama con la garganta cortada. Las contraventanas de madera de su ventana estaban abiertas de par en par. –Cranston apartó la cabeza, soltó un escupitajo al suelo y carraspeó–. Otra cosa... los soldados que vigilaban jamás hubieran permitido entrar a nadie sin registrarle minuciosamente, ni siquiera al joven Godofredo. No se encontró en él ninguna daga y en la estancia no había ningún cuchillo.

–¿Y de qué tenía tanto miedo sir Ralph?

Cranston sacudió la cabeza.

–¡Sólo Dios lo sabe! Pero hay una larga lista de sospechosos. Su lugarteniente Gilberto Colebrooke estaba enemistado con él y ansiaba ocupar su puesto. También está el capellán Guillermo Hammond, a quien sir Ralph había sorprendido vendiendo vituallas de los almacenes de la torre. Dos caballeros hospitalarios amigos de sir Ralph se encontraban como de costumbre en la torre para pasar la Natividad en su compañía. Y finalmente, hay un pagano, un criado mudo sarraceno que sir Ralph encontró durante su estancia en Ultramar como cruzado.

Echándose el capuchón sobre la frente para protegerse mejor del viento glacial, Athelstan preguntó:

–¿*Cui bono*?

–¿Y eso qué significa?

–Es la célebre pregunta de Cicerón: «¿A quién beneficia?».

Cranston frunció los labios.

–Buena pregunta, mi querido fraile. Lo cual nos lleva al hermano de sir Ralph, sir Fulke Whitton. Es el que heredará una parte de los bienes de sir Ralph.

Cranston guardó silencio, entornó los párpados y soltó un regüeldo después del opíparo desayuno que había tomado. Athelstan se enorgullecía de conocer al voluminoso forense tan bien como la palma de su mano.

–Pero aún hay algo más, ¿no es cierto, sir John? –preguntó, espoleándole.

Cranston abrió de nuevo los ojos.

–Por supuesto que sí. Whitton no era apreciado en la corte y tampoco lo era ni por los londinenses ni por la gente del campo.

Athelstan se sintió invadido por un profundo desánimo. Habían recorrido aquel camino en numerosas ocasiones.

–¿Creéis que podría ser la Gran Comunidad? –preguntó.

Cranston asintió con la cabeza.

–Podría ser. Y no olvidéis, hermano, que algunos de vuestros feligreses podrían haber tenido alguna parte en ello. Si la Gran Comunidad entra en acción y se extiende la revuelta, los rebeldes intentarán tomar la torre. El que se apodere de ella, se apoderará del río, la ciudad, Westminster y la Corona.

Athelstan tiró de las riendas mientras meditaba acerca de lo que Cranston le acababa de decir. Las cosas no marchaban muy bien en Londres. El rey era un niño; su tío Juan de Gaunt era un regente muy poco apreciado. La corte era disoluta y, entre tanto, los campesinos tenían que satisfacer onerosos tributos y estaban atados a la tierra por unas leyes terriblemente crueles. Desde hacía algún tiempo, corrían rumores de que los campesinos de Kent, Middlesex y Essex habían creado una sociedad secreta llamada la Gran Comunidad y se decía que quienes la encabezaban estaban tramando una rebelión y una marcha sobre Londres. Athelstan conocía vagamente a uno de ellos... un tal Juan Ball, un elocuente goliardo capaz de convertir al más apacible de los campesinos en un exaltado rebelde por medio de frases tales como: «Cuando Adán cavaba y Eva hilaba, ¿quién se aprovechaba?». ¿Sería la muerte de Whitton un preámbulo de todo aquello?, se preguntó el fraile. ¿Estarían mezclados en la conjura algunos de sus feligreses? Le constaba que muchos de ellos se reunían en las cervecerías y las tabernas y bien sabía Dios que sus sentimientos de agravio estaban más que justificados. Los tributos eran muy fuertes y las injustas leyes hubieran podido inducir a un santo a la rebelión. ¿Qué haría él si estallara una revuelta? ¿Ponerse del lado de los poderes establecidos o, tal como hacían muchos clérigos, pasarse al bando de los rebeldes? Miró de soslayo a Cranston, le pareció que éste se encontraba profundamente enfrascado en sus propios pensamientos y una vez más creyó adivinar en él una cierta tristeza.

–¿Os ocurre algo, sir John?

–No, no –contestó el forense.

Athelstan decidió no insistir. A lo mejor, pensó, sir John había bebido más de la cuenta la víspera.

Bajaron por la calle de la Torre cubierta de nieve y pasaron por delante de la iglesia, donde uno de aquellos pobres hombres a los que se pagaba para que hicieran penitencia por terceros permanecía arrodillado en el suelo, expiando cualquiera sabía qué pecado ajeno; las manos que pasaban las cuentas del rosario estaban medio congeladas, por lo que

Athelstan no pudo por menos que horrorizarse ante las penitencias que algunos clérigos imponían a los fieles. El aliento de sir John se condensó en el frío aire cual si fuera incienso.

–Por todos los diablos –dijo en voz baja el forense–, ¿cuándo volverá a lucir el sol?

Ya estaban en Petty Wales cuando, de repente, una clara voz de mujer entonó uno de los villancicos preferidos de Athelstan. Ambos se detuvieron un instante a escucharla y después cruzaron la helada plaza. Por encima de ellos se elevaban los altos muros, torretas, baluartes y almenas de la torre coronada de nieve. Aquella inmensa mole de piedra labrada parecía haberse levantado, no para defender Londres sino para amedrentarla.

–Un lugar muy siniestro –musitó Cranston–. La Casa del Asesino Rojo –añadió, mirando inquisitivamente a Athelstan–. Aquí acechan nuestros viejos amigos, la Muerte y el Asesinato.

Athelstan se estremeció y no sólo de frío. Cruzaron el puente levadizo. Bajo sus pies, el agua del foso y el verdoso cieno que siempre la cubría estaban helados. Atravesaron el negro arco de la Torre Mediana. La enorme puerta parecía una boca abierta y su rejilla medio bajada semejaba los dientes. Desde arriba les sonreían las cabezas cortadas de dos piratas apresados en el canal. Athelstan musitó una plegaria.

–¡Dios nos proteja de todos los demonios, escorpiones y espíritus malignos que moran aquí! –dijo en voz baja.

–¡Dios me proteja de los vivos! –replicó Cranston–. ¡Estoy seguro de que el mismísimo Satanás llora por el mal que nos rodea!

La puerta estaba guardada por unos centinelas que permanecían de pie bajo la arcada abovedada, envueltos en unas pardas capas de estameña.

–¡Sir John Cranston, forense! –rugió Cranston–. Vengo por orden del rey. Éste es mi escribano fray Athelstan, el cual, por sus manifiestos pecados, es también el párroco de San Erconwaldo de Southwark, un lugar –añadió con una sonrisa en los labios al ver la indignada expresión del rostro de Athelstan– donde la virtud se codea con el vicio y le estrecha la mano.

Los ateridos centinelas asintieron con la cabeza sin apenas moverse. Athelstan y Cranston entraron, pasaron por delante de la Torre Byward y subieron por una calzada empedrada, sobre cuyos adoquines sus caballos resbalaron y patinaron peligrosamente. Giraron a la izquierda al llegar a la Torre Wakefield y cruzaron otro de los círculos concéntricos de defensas para dirigirse al prado de la torre, alfombrado ahora por una gruesa capa de nieve que también cubría las grandes máquinas de guerra que allí se encontraban... catapultas, mandrones, arietes y enormes carros con refuerzos de hierro. A la derecha se levantaba un gran edificio de entramado de madera, al cual se habían añadido otras dependencias. Un centinela dormitaba en los peldaños y ni siquiera se tomó la molestia de levantar la vista cuando Cranston pidió ayuda a voz en grito. Un mozo de colorada nariz se acercó a toda prisa para hacerse cargo de los caballos mientras otro los acompañaba a la gran sala, subiendo con ellos los peldaños de la entrada. Dos perros de caza de pelo duro husmeaban entre los sucios juncos que cubrían el suelo. Uno de ellos estuvo a punto de levantar la pata contra la pierna de sir John y soltó un gruñido cuando éste lo apartó con su bota.

La sala era una oscura y espaciosa estancia con un sucio suelo de piedra y un techo sostenido por unas pesadas vigas. En uno de los muros se abría una chimenea lo bastante grande como para asar un buey. El hogar estaba lleno de troncos, pero probablemente el cañón necesitaba una buena limpieza, pues parte del humo se había extendido por la sala y se agitaba bajo las alfardas como si fuera niebla. La primera comida del día acababa de terminar y unos sollastres estaban retirando de la mesa varias bandejas de peltre y madera. En un rincón, dos hombres estaban azuzando con aire indiferente a un perro contra un tejón mientras los demás se calentaban junto al fuego. Athelstan miró a su alrededor. El pesado manto de la muerte parecía cernirse sobre la estancia. Reconoció el olor, el recelo y los tácitos terrores que siempre se producían después de un violento y misterioso asesinato. Una de las figuras que se estaba calentando junto al fuego se levantó y cruzó presurosa la sala mientras Cranston proclamaba una vez más su título. Era un tipo alto y delgado de cabello pelirrojo y sonrosados párpados sin pestañas. Una nariz aguileña dominaba su medio rasurado rostro en forma de linterna.

–Soy el lugarteniente Gilberto Colebrooke. Sed bienvenido, sir John.

Sus legañosos ojos se desviaron hacia Athelstan.

–Mi escribano –le explicó Cranston. Mirando al grupo reunido en torno al fuego, preguntó–: Son los hombres del condestable, ¿verdad?

–Sí –contestó lacónicamente Colebrooke.

–Presentadnos, ¿a qué esperáis?

Mientras se acercaban, los hombres sentados en escabeles alrededor de la chimenea se levantaron para saludarles. Se hicieron las presentaciones y Cranston dominó inmediatamente la situación. Como de costumbre, Athelstan se situó a su espalda y empezó a estudiar a los hombres a los que muy pronto tendría que interrogar. Sacaría a la luz sus secretos y, a lo mejor, revelaría escándalos que mejor hubiera sido ocultar. Primero, el capellán Guillermo Hammond, un sujeto delgado y siniestro, envuelto en unos sombríos ropajes negros. Caminaba encorvado, su tez mostraba un enfermizo tono cetrino y en su cabeza medio calva sólo crecían algunos mechones de grasiento cabello gris. Un hombre amargado, pensó Athelstan, con una nariz tan afilada como la punta de una daga, unos ojillos negros y unos labios más finos que la bolsa de un avaro.

A la derecha del capellán se encontraba sir Fulke Whitton, el hermano del muerto, grueso, de afable semblante y cabello rubio como el maíz. Su apretón de manos era extremadamente firme y movía su voluminoso cuerpo con toda la gracia y la agilidad propias de un atleta.

A su lado estaba Felipa, la hija del difunto condestable. No era una gran belleza, pues tenía unas facciones un poco toscas, pero sus ojos castaños eran muy hermosos y poseía una preciosa mata de cabello cobrizo. Estaba bastante gruesa y a Athelstan le recordó un capón excesivamente alimentado. La acompañaba su prometido Godofredo Parchmeiner, el cual no paraba de balancearse de uno a otro lado. Su cabello era tan negro como la noche y lo llevaba untado con aceite y peinado como el de una mujer. Era un joven de rasgos muy pronunciados y agradable apariencia, a pesar del ligero arrebol que en su rostro había dejado el fuerte clarete de la copa que sostenía en sus manos. Debía de ser muy amante de los placeres, pensó Athelstan, contemplando con expresión divertida sus ajustadas calzas y la protuberancia de su suspensorio. Llevaba una capa de color tostado y lucía, bajo el jubón de zangalete, una camisa adornada con numerosos volantes. Completaban su atuendo unos zapatos de punteras tan largas y puntiagudas que se las tenía que sujetar con unos cordones de color escarlata, anudados alrededor de las piernas hasta las rodillas. «No sé cómo se las debe de arreglar para caminar sobre el hielo», pensó Athelstan. Ya lo tenía catalogado... era uno de aquellos jóvenes que trataban de imitar a los elegantes de la corte. En su calidad de propietario de una tienda de pergaminos en una calle de Londres, tenía el dinero suficiente como para dárselas de cortesano.

Los dos caballeros hospitalarios que Cranston le había mencionado, sir Gerardo Mowbray y sir Brian Fitzormonde, eran tan parecidos que hubieran podido pasar por hermanos gemelos. Ambos vestían el hábito gris de su orden y lucían unas capas adornadas con unas grandes cruces blancas. Athelstan conocía la temible fama de aquellos monjes soldados e incluso había tenido ocasión de prestar servicio como confesor en su fortaleza de Clerkenwell. Gerardo y Brian rondaban la mediana edad y eran unos aguerridos soldados de penetrante mirada, puntiagudas y recortadas barbas y cabello muy corto. Se movían con la agilidad propia de los gatos y parecían muy conscientes del valor de sus hazañas. Unos guerreros capaces de matar, siempre y cuando la causa les pareciera justa, pensó Athelstan.

Los caballeros flanqueaban a un delgado hombre moreno con el cabello y la barba liberalmente untados con aceite. El hombre lucía unos holgados calzones de color azul y una pesada capa militar sobre el jubón. Sus ojos no paraban de moverse y miraban a Cranston y Athelstan como si fueran enemigos. El forense le ladró una pregunta, pero él se limitó a mirarle, abrió la boca y se la señaló con el dedo. Athelstan se compadeció de él y apartó la mirada del negro espacio que hubiera tenido que ocupar su lengua.

–Rastani es mudo –explicó Felipa con una voz sorprendentemente ronca y profunda–. Era musulmán, pero ahora se ha convertido a nuestra fe. Es... –La joven se mordió el labio–. Era el criado de mi padre.

Sus ojos se llenaron de lágrimas mientras su mano asía el brazo de su prometido, a pesar de que el joven corría más peligro de perder el equilibrio que ella.

Una vez hechas las presentaciones, Colebrooke ordenó que los criados acercaran más escabeles y, al ver la anhelante mirada con que sir John contemplaba la copa de vino del joven, mandó que se sirviera a todo el mundo leche caliente con vino. Cranston y Athelstan se sentaron en el centro del grupo. El forense se echó con toda naturalidad la capa hacia atrás y estiró las largas piernas para disfrutar del calor del fuego. Apuró la leche caliente con vino de un solo trago, alargó la copa para que se la volvieran a llenar, bebió con ruidosos sorbos, se relamió de gusto y miró a su alrededor como si todos aquellos hombres fueran sus amigos del alma. Mientras se colocaba la bandeja de escribir sobre las rodillas, Athelstan rezó en silencio para que el Señor conservara a Cranston sereno y despierto. Godofredo se rió por lo bajo mientras los dos caballeros contemplaban la escena asombrados.

–¿Sois el forense real? –preguntó sir Fulke, levantando la voz.

–Sí, lo es –contestó Athelstan–. Pero sir John no siempre es lo que parece.

Cranston volvió a relamerse de gusto.

–No, no, no lo soy –dijo en un susurro–. Y sospecho que lo mismo les ocurre a todos los que se encuentran reunidos aquí. No olvidéis jamás un dicho muy útil: todo hombre nacido de mujer es tres personas; lo que parece, lo que él dice que es y –miró a su alrededor con una sonrisa en los labios– lo que realmente es. –Dirigiéndole a Felipa una significativa mirada, añadió–: Lo mismo cabe decir del sexo débil. –Recordó súbitamente a Matilde y el pensamiento lo serenó con más rapidez que un jarro de agua fría–. Y lo mismo cabe decir también –dijo con el semblante muy serio– del asesino de sir Ralph Whitton, condestable de esta torre.

–¿Sospecháis de alguien de aquí? –preguntó sir Fulke, mirándole con inquietud.

–¡Pues sí! –contestó rápidamente Cranston.

–¡Eso es un insulto! –exclamó el capellán–. ¡Habéis bebido demasiado, mi señor forense! Habéis entrado aquí fanfarroneando, no nos conocéis...

Athelstan apoyó la mano en el brazo del forense, adivinó el peligroso estado de ánimo de sir John y observó que los caballeros hospitalarios habían abierto sus capas para mostrar las dagas que llevaban colgadas del cinto.

Cranston decidió hacerle caso.

–No acuso a nadie –replicó amablemente–. Pero, por regla general, el asesinato, como la caridad, empieza en casa.

–Aquí nos enfrentamos con tres problemas –terció diplomáticamente Athelstan–. ¿Quién ha matado a sir Ralph, por qué y cómo?

El lugarteniente chasqueó ruidosamente la lengua. Cranston se inclinó hacia delante.

–¿Deseáis decir algo, señor?

–En efecto. Sir Ralph puede haber sido asesinado por cualquier rebelde de Londres, por un campesino de los centenares de aldeas que nos rodean o por algún sicario enviado a cumplir esta horrenda acción.

Cranston asintió en silencio con una sonrisa en los labios.

–Es posible –dijo–, pero estudiaré vuestra teoría más tarde. Entre tanto, nadie de aquí deberá abandonar la torre. –Miró a su alrededor–. Cuando haya examinado el cadáver, quiero veros a todos, aunque en otro lugar más apropiado.

El lugarteniente se mostró de acuerdo.

–La capilla de San Juan en la Torre Blanca –dijo–. Es un lugar seguro y acogedor en el que se puede hablar con tranquilidad.

–¡Bien! ¡Muy bien! –dijo Cranston, mirando al grupo con una sonrisa falsamente sincera–. Dentro de un rato, os veré a todos allí. Ahora quiero examinar el cuerpo de sir Ralph.

–Está en el baluarte Norte –explicó Colebrooke.

Levantándose bruscamente, encabezó la marcha y abandonó con ellos la sala.

Sir John se balanceaba a su espalda como un galeón mientras Athelstan apuraba el paso para darle alcance tras haber recogido a toda prisa la pluma, el tintero de cuerno y el pergamino. El fraile estaba satisfecho. Había anotado nombres y primeras impresiones y Cranston había utilizado su estratagema preferida, consistente en ganarse la antipatía de todo el mundo. El forense era más astuto que un zorro.

–Si se trata a los sospechosos de cualquier manera –le había comentado en cierta ocasión–, es menos probable que pierdan el tiempo contando mentiras. Y tal como vos sabéis, hermano, casi todos los asesinos son unos embusteros.

Colebrooke esperó al pie de los peldaños de la gran sala y los acompañó en silencio, pasando por delante de la Torre Blanca cuya base aparecía rodeada por una gruesa capa de nieve y cuyos alféizares y cornisas estaban enteramente cubiertos de hielo mezclado con barro. Athelstan se detuvo y levantó la vista.

–¡Qué hermosura! –exclamó–. ¡Qué grandes son las obras del hombre!

–Y qué terribles –añadió Cranston.

Ambos admiraron durante unos segundos la blanca piedra de la gigantesca torre. Estaban a punto de seguir adelante cuando se abrió una puerta situada bajo un tramo de escalera exterior y apareció un extraño ser jorobado con una enmarañada melena blanca. Por un instante, se quedó petrificado. Su rostro estaba intensamente pálido, llevaba el cuerpo cubierto de andrajos y calzaba unas botas demasiado grandes para sus pies. Al final, se acercó a ellos caminando a gatas sobre la nieve como si fuera un perro.

El lugarteniente soltó una maldición y apartó el rostro.

–¡Bienvenidos a la torre! –chilló la criatura–. ¡Bienvenidos a mi reino! ¡Bienvenidos al Valle de las Sombras de la Muerte!

Athelstan contempló el torcido y blanco rostro y los lechosos ojos del ser albino agachado a sus pies.

–Buenos días, señor –le contestó el fraile–. ¿Cuál es vuestra gracia?

–Mano Roja. Mano Roja –contestó el extraño sujeto. Después entreabrió unos azulados labios y dejó al descubierto unos amarillentos dientes que castañeteaban de frío–. Me llamo Mano Roja.

–¡Pues sois una sabandija muy extraña, Mano Roja! –le ladró Cranston.

Los ojos del loco estudiaron con disimulo al forense.

–¡La locura es lo que es! –murmuró Mano Roja–. El doble de loco que algunos y la mitad de loco que otros. –Sacó la mano que escondía a su espalda y agitó un palo de cuyo extremo colgaba una hinchada vejiga de cerdo–. Bueno, mis queridos amigos, ¿deseáis jugar un poco con Mano Roja?

–¡Fuera de aquí, Mano Roja! –gritó el lugarteniente, adelantándose hacia él con gesto amenazador.

El albino se limitó a mirar con expresión enfurecida a Colebrooke.

–El viejo Mano Roja sabe cosas –dijo–. El viejo Mano Roja no es tan tonto como parece. –Unos sucios dedos curvados como una garra se extendieron hacia Athelstan–. Mano Roja puede ser vuestro amigo a cambio de un precio.

Athelstan abrió la bolsa y depositó dos monedas en su mano.

–Toma –le dijo amablemente–. Ahora podrás ser amigo de sir John y mío.

–¿Qué es lo que sabes? –le preguntó Cranston.

El albino empezó a saltar arriba y abajo.

–Sir Ralph ha muerto. Ejecutado por el dedo de Dios. Las Sombras Oscuras están aquí. El pasado de un hombre lo acompaña siempre. Sir Ralph no hubiera tenido que olvidarlo. –El loco miró con rabia al lugarteniente–. ¡Y los demás tampoco! –exclamó–. Pero Mano Roja está ocupado, Mano Roja tiene que irse.

–Mi señor forense, fray Athelstan –dijo el lugarteniente–, nos espera el cuerpo de sir Ralph.

–Vamos a ver los cuajarones y la sangre, ¿verdad? –gritó Mano Roja, brincando arriba y abajo–. Sir Ralph era un hombre muy malo. ¡Se merece lo que le ha ocurrido!

El lugarteniente alargó la bota, pero Mano Roja se alejó soltando una estridente carcajada.

–¿Quién es? –preguntó Athelstan.

–Un antiguo cantero de aquí. Su mujer y su hijo murieron en un accidente hace muchos años.

–¿Y sir Ralph le permitía vivir en la torre?

–Sir Ralph no lo soportaba, pero no podía hacer nada. Mano Roja es un beneficiario real. Era maestro de canteros del anciano rey y goza de una pensión y del derecho de vivir en la torre.

–¿Y por qué se llama Mano Roja? –preguntó Athelstan.

–Vive en las mazmorras y limpia los instrumentos de tortura y el tajo del verdugo después de las ejecuciones.

Athelstan se estremeció y se arrebujó en su capa. En verdad, pensó, aquél era el Valle de las Sombras, un lugar de violencia y de muerte repentina. El lugarteniente estaba a punto de reanudar la marcha, pero Cranston lo sujetó por el brazo.

–¿A qué se refería Mano Roja al decir que sir Ralph era un hombre malo que se merecía lo que le ha ocurrido?

Colebrooke apartó los legañosos ojos.

–Sir Ralph era un hombre extraño –contestó en voz baja–. A veces creo que su alma estaba poseída por el demonio.

Capítulo 3

Athelstan y Cranston siguieron a Colebrooke, rodeando los cobertizos y las dependencias de entramado de madera, pasaron por debajo de la arcada del lienzo interior de la muralla y atravesaron el patio helado hasta llegar a la gigantesca torre que se levantaba por encima del foso. Una vez allí, el lugarteniente se detuvo y les dijo a sus acompañantes, señalando con el dedo:

–En el sótano hay unas mazmorras y, en la planta baja, una escalera conduce a una cámara del primer piso. Allí ha muerto sir Ralph –añadió, encogiéndose de hombros.

–¡Diréis más bien que ha sido asesinado! –le interrumpió Cranston.

–¿Hay otras cámaras? –preguntó Athelstan.

–Había otra en el segundo piso, pero sellaron la puerta.

Athelstan levantó la vista hacia las almenas cubiertas de nieve y lanzó un entrecortado suspiro.

–Una torre de silencio –murmuró–. Triste lugar para morir.

Subieron los peldaños de la entrada. Dentro, dos guardias permanecían sentados en unos escabeles alrededor de un brasero. Colebrooke los saludó con una inclinación de cabeza. Subieron por una empinada escalera, empujaron una puerta entornada y se encontraron de pronto ante un oscuro y mohoso pasadizo. Soltando una maldición en voz baja, Colebrooke tomó una yesca que había en una repisa de piedra y encendió las teas de la pared. Mientras avanzaban por el frío pasillo, Athelstan contempló un montón de cascotes al pie de los ladrillos sueltos y la pizarra que sellaban la primitiva entrada al piso superior. Colebrooke rebuscó entre las llaves que llevaba bajo la capa, abrió la puerta y, con un gesto medio burlón, invitó a Athelstan y Cranston a pasar.

La cámara abovedada producía una primera impresión de espartana austeridad. En las paredes no había colgaduras sino tan sólo la imagen de un Cristo moribundo clavada en una negra cruz de madera. El lugar de honor lo ocupaba una enorme cama de cuatro pilares con las oscuras cortinas totalmente corridas. Había también una mesa, unos escabeles y tres o cuatro ganchos de pared de los que todavía colgaban una capa, un pesado jubón y un ancho cinto de cuero. Al otro lado de la cama, se podía ver un palanganero de madera con una agrietada jofaina de peltre y un aguamanil cubierto con un sucio lienzo. Una pequeña chimenea hubiera podido ofrecer un poco de calor, pero sólo quedaba en ella un frío montón de ceniza. En el centro de la estancia había un brasero de carbón de leña medio apagado. Athelstan estaba seguro de que allí dentro hacía más frío que en el exterior. Cranston señaló la ventana abierta.

–¡Por los clavos de Cristo, hombre de Dios! –exclamó–. ¡Aquí se muere uno de frío!

–Lo dejamos todo tal como estaba, mi señor forense –replicó Colebrooke.

Athelstan señaló con la cabeza la enorme ventana de forma romboidal.

–¿Es por ahí por donde se supone que subió el asesino? –preguntó en tono dubitativo.

–Es el único camino –contestó Colebrooke en voz baja, acercándose a ella para cerrar las contraventanas.

Athelstan miró a su alrededor, aspiró el hedor de la muerte y contempló con repugnancia los sucios juncos del suelo y el desportillado orinal lleno de heces y orina.

–¡Por todos los diablos! –gritó Cranston, rozándolo con la puntera de la bota–. ¡Mandad que lo retiren si no queréis que eso se convierta en un pozo de pestilencia!

El forense se acercó a la cama y descorrió las cortinas. Athelstan echó un vistazo y se apartó, horrorizado. El blanco y exangüe cuerpo aparecía tendido sobre los travesaños y las sábanas, las rígidas manos asían todavía los cobertores empapados de sangre, la cabeza estaba echada hacia atrás y el rostro contraído en una mueca mostraba el característico rictus de la muerte. Los ojos entornados parecían contemplar la terrible herida que le atravesaba la garganta de oreja a oreja. La sangre derramada como el vino de un tonel agrietado se había coagulado sobre el pecho de la víctima y la ropa de la cama. Athelstan retiró las sábanas y contempló el pálido cuerpo semidesnudo.

–La causa de la muerte es evidente –dijo en un susurro–. No hay otras heridas ni magulladuras.

Hizo la señal de la cruz sobre el cadáver y se apartó.

Colebrooke se había detenido a una distancia prudencial de la cama.

–Sir Ralph temía morir así –dijo en voz baja.

–¿Cuándo manifestó sus temores? –preguntó Athelstan.

–Hace unos tres o cuatro días.

–¿Por qué? –inquirió Cranston–. ¿Qué temía sir Ralph?

Colebrooke se encogió de hombros.

–¡Sólo Dios lo sabe! Es posible que su hija o su hermano os lo puedan decir. Yo sólo sé que, antes de morir, sir Ralph creía que el Ángel de la Muerte se encontraba a su lado.

Cranston se acercó a la ventana, abrió las contraventanas y se asomó al frío aire del exterior.

–Eso está muy alto –comentó, retirándose de inmediato para alivio de Athelstan, el cual sabía lo mucho que había bebido el buen forense.

Cranston volvió a cerrar las contraventanas.

–¿Quién puede haber trepado hasta aquí en mitad de la noche y en pleno invierno?

–Hay unos huecos en el muro –contestó Colebrooke–, pero pocas personas lo saben.

–¿Por qué? –preguntó Athelstan.

–En realidad, son simples apoyos para el pie –explicó Colebrooke–. Una precaución del constructor de la torre. Si alguien cayera al foso, podría trepar.

–Estáis diciendo que alguien, probablemente un soldado o

un sicario, utilizó esos huecos para trepar hasta la ventana –Cranston se acomodó pesadamente en un sillón y se secó la frente, mirando hacia las contraventanas–. Según vos –añadió–, el asesino introdujo una daga en la rendija para levantar la aldabilla, entró y le cortó la garganta a sir Ralph.

–Eso creo, mi señor forense –contestó Colebrooke, asintiendo lentamente con la cabeza.

–Y yo creo –dijo Cranston en tono sarcástico– que sir Ralph le debió de permitir la entrada al asesino y ni siquiera se levantó de la cama sino que permaneció inmóvil como un cordero y dejó que le cortaran la garganta por las buenas, ¿verdad?

Colebrooke se acercó a la ventana y, colocando la aldabilla de madera en su sitio, la cerró. Después desenvainó su daga, la introdujo en la rendija entre las contraventanas y levantó sin ninguna dificultad la aldabilla. Acto seguido, abrió las contraventanas de par en par, se volvió y miró sonriendo a Cranston.

–Se puede hacer, mi señor forense –dijo con la cara muy seria–. El asesino cruzó la cámara en silencio. Bastan unos segundos para cortar la garganta de un hombre, sobre todo, si es alguien que ha estado bebiendo más de la cuenta.

Athelstan reflexionó acerca de lo que acababa de decir el lugarteniente. Tanto él como Cranston conocían la existencia de los llamados Beleños, unos ladrones capaces de entrar en una casa al amparo de la oscuridad y saquearla bajo las mismísimas narices de los burgueses, sus esposas e hijos e incluso sus perros. ¿Por qué no hubiera podido ocurrir allí algo parecido? El fraile estudió detenidamente la cámara con sus gruesos muros de granito, su techo abovedado y los juncos que cubrían las frías baldosas de piedra del suelo.

–¡No, hermano! –exclamó Colebrooke como si hubiera leído los pensamientos del fraile–. Aquí no hay ningún pasadizo secreto. Sólo existen dos medios para entrar en esta cámara... por la ventana o por la puerta. Sin embargo, en la planta baja había unos guardias, los que hemos visto al subir, y el piso superior está cerrado con un tabique de mampostería.

–¿Se encontró algún resto de sangre, mi señor? –preguntó Athelstan.

Vio que el lugarteniente esbozaba una irónica sonrisa mientras desviaba la vista hacia el ensangrentado cadáver tendido en el lecho.

–No –dijo Athelstan en tono irritado–, me refiero en otro sitio. Junto a la ventana o la puerta. Cuando el asesino se fue, su cuchillo o su espada tenían que estar cubiertos de sangre.

Colebrooke sacudió la cabeza.

–Mirad vos mismo, hermano. Yo no he visto nada.

Athelstan miró exasperado a Cranston, el cual se había hundido como un saco en el sillón y mantenía los ojos entornados a causa de la considerable cantidad de vino que había bebido por la mañana y el enérgico ejercicio que había hecho en medio del frío glacial del exterior. El fraile llevó a cabo un exhaustivo examen: la ropa de la cama y el cadáver estaban empapados en sangre reseca, pero no descubrió el menor resto ni junto a la ventana, ni en los juncos del suelo, ni alrededor de la puerta.

–¿Habéis encontrado alguna otra cosa revuelta?

Colebrooke sacudió la cabeza. De repente, Cranston pareció animarse.

–¿Por qué vino aquí sir Ralph? –preguntó bruscamente–. Éste no era su aposento habitual.

–Pensó que aquí estaría a salvo. El baluarte Norte es uno de los más inaccesibles de la fortaleza. Los aposentos habituales del condestable se encuentran en las cámaras reales de la Torre Blanca.

–Y estaba a salvo –terció Athelstan– hasta que se helaron las aguas del foso.

–Sí –dijo Colebrooke–. Ni a mí ni a nadie se nos ocurrió pensarlo.

–¿Y nadie hubiera podido ver al asesino?

–Lo dudo, sir John. En mitad de la noche, la torre se encuentra totalmente envuelta en la oscuridad. No había guardias en el baluarte Norte y los que estaban en lo alto del lienzo de la muralla debían de pasarse casi todo el rato procurando calentarse.

–Bueno pues –dijo Cranston, entornando los ojos–, antes de reunirnos con los demás vamos a establecer la secuencia de los acontecimientos.

–Sir Ralph cenó en la gran sala y bebió mucho vino. Godofredo Parchmeiner y los dos guardias lo acompañaron hasta aquí. Estos últimos registraron la cámara, el pasadizo y la estancia de la planta baja. Todo estaba en orden.

–¿Qué ocurrió a continuación?

–Sir Ralph cerró la puerta a su espalda. Los guardias lo oyeron desde el otro lado. No abandonaron sus puestos en toda la noche y no vieron nada que les llamara la atención. Yo tampoco vi nada durante mis habituales rondas nocturnas.

Athelstan levantó la mano.

–¿Y las llaves?

–Sir Ralph tenía la llave de su cámara y los guardias de abajo tenían un duplicado.

–¿Y la puerta del fondo del pasadizo?

–Tanto sir Ralph como los miembros de la guardia tenían una llave. Las veréis al bajar, colgadas de unos ganchos de la pared.

–Seguid, mi señor lugarteniente, ¿qué sucedió a continuación?

–Esta mañana poco después de prima, Godofredo Parchmeiner... –El lugarteniente miró de soslayo a Athelstan–. Ya le conocéis, ¿verdad? El amado futuro yerno. Bueno pues, él fue quien acudió a despertar a sir Ralph.

–¿Por qué Godofredo?

–Sir Ralph le tenía mucha confianza.

–¿Le llevaba algo de comer o de beber?

–No. Quería hacerlo, pero, como hacía mucho frío, sir

Ralph había pedido que lo despertara Godofredo para planificar la jornada con él y desayunar después con los demás en la gran sala.

–Seguid –le dijo Cranston con impaciencia, golpeando el suelo con los pies para calentárselos.

–Bien pues, los guardias acompañaron a Godofredo hasta lo alto de la escalera, le abrieron la puerta del pasadizo y la volvieron a cerrar a su espalda. Le oyeron bajar por el pasadizo, llamar a la puerta y gritar, pero no consiguió despertar a sir Ralph. Al cabo de un rato, Godofredo regresó. «No logro despertar a sir Ralph», les dijo. –Colebrooke hizo una pausa, se rascó la cabeza y cerró los ojos en un intento de recordar los acontecimientos–. Godofredo tomó la llave de la cámara de sir Ralph, pero cambió de parecer y acudió a mí. Yo me encontraba en la gran sala. Vine corriendo, tomé las llaves y abrí la puerta. –Señaló la cama con la mano–. Encontramos a sir Ralph tal como vosotros lo habéis visto.

–¿Y las contraventanas estaban abiertas? –preguntó Cranston.

–Sí.

–¿Desde cuándo está helado el foso? –inquirió Athelstan.

–Desde hace unos tres días. –Colebrooke se frotó enérgicamente las manos.

–No es necesario que nos quedemos aquí, ¿verdad, sir John? –preguntó en tono lastimero–. Hay lugares más caldeados para hacer preguntas.

Cranston se levantó y se desperezó.

–Dentro de un rato –contestó–. ¿Desde cuándo ocupaba sir Ralph el cargo de condestable?

–Desde hace unos cuatro años.

–¿Vos le apreciabais?

–No, de ninguna manera. Era muy severo e imponía una férrea disciplina... menos a su hija y a su futuro yerno.

Cranston asintió con la cabeza y se acercó de nuevo a la cama para examinar el cadáver.

–Supongo que no se ha encontrado ni rastro del arma asesina, ¿verdad? ¿Queréis volver a echar un vistazo, Athelstan?

El fraile soltó un gruñido, pero, con la ayuda de Colebrooke, llevó a cabo un minucioso registro de la estancia, apartando los juncos con los pies y removiendo la fría ceniza de la chimenea.

–Nada –dijo Colebrooke–. Sería difícil esconder una aguja aquí dentro.

Athelstan cruzó la cámara y extrajo la espada del cinto de sir Ralph.

–Aquí tampoco hay manchas de sangre –declaró–. Ni la más mínima traza. Creo que ya podemos irnos, sir John.

Al salir, se agacharon para examinar una mancha en el suelo del pasadizo, pero era de aceite. Se encontraban a medio bajar las escaleras cuando, de repente, Athelstan asió al lugarteniente por el brazo y le preguntó en voz baja:

–¿Los dos guardias son los mismos que los de anoche?

–Sí. Unos mercenarios que ya estaban al servicio de sir Ralph Whitton cuando éste pertenecía a la casa de Su Alteza el Regente.

–¿Son leales?

–Creo que sí –contestó Colebrooke, haciendo una mueca–. Habían prestado juramento de lealtad. Y además, sir Ralph les había doblado la paga. No tenían nada que ganar con su muerte y sí mucho que perder.

–¿Y vos tenéis algo que ganar? –se apresuró a preguntarle Cranston.

Colebrooke acercó la mano al puño de su daga.

–Sir John, lamento deciros que, aunque yo no apreciara a Whitton, Su Alteza el Regente sí lo apreciaba.

–¿Ambicionabais vos ocupar el puesto de Whitton?

–Por supuesto que sí. Me considero mucho mejor que él.

–Pero el regente no estaba de acuerdo, ¿no es cierto?

–Juan de Gaunt es un hombre muy reservado –contestó amargamente Colebrooke–. Pero ahora creo que me va a nombrar sucesor de Whitton.

–¿Por qué? –preguntó Athelstan.

Colebrooke le miró con asombro.

–¡Soy un hombre leal y, si estallara algún disturbio, defendería la torre hasta el último aliento!

Cranston le miró sonriendo y le dio unas suaves palmadas en el pecho.

–Ya lo habéis comprendido, mi buen lugarteniente. Soy de vuestra misma opinión. La muerte de sir Ralph podría estar relacionada con las conspiraciones que crecen como las malas hierbas en los pueblos y las aldeas de los alrededores de Londres.

Colebrooke asintió con la cabeza.

–Whitton era muy exigente –dijo– y no creo que un asesino a sueldo de la Gran Comunidad tropezara con muchas dificultades en el desempeño de esa tarea.

Athelstan miró sonriendo a Colebrooke y le dio unas palmadas en el hombro.

–Es posible que tengáis razón, maese Colebrooke, pero vuestra teoría tiene un pequeño fallo.

El lugarteniente le miró desconcertado.

–¿No os dais cuenta? –dijo Athelstan–. ¡Alguien de la torre hubiera tenido que decirle al asesino dónde, cuándo y cómo encontrar a sir Ralph!

El cabizbajo lugarteniente bajó con ellos los peldaños. Los dos corpulentos guardias estaban todavía agachados en el suelo con las manos extendidas sobre los encendidos carbones del brasero. Apenas se movieron cuando Colebrooke se acercó a ellos. Athelstan adivinó el desdén que sentían por aquel oficial subalterno repentinamente revestido de autoridad.

–¿Anoche estuvisteis de guardia?

Los soldados asintieron con la cabeza.

–¿No visteis nada insólito?

Los hombres volvieron a denegar con la cabeza y esbozaron unas arrogantes sonrisas, mirando a Athelstan como si éste les pareciera un personaje muy gracioso y un tanto aburrido.

–¡Levantaos! –les ordenó Cranston–. ¡Hijos de perra! ¡Por los clavos de Cristo, a otros mucho mejores he mandado yo atar a los árboles y azotar hasta dejarles las posaderas en carne viva!

Los soldados se levantaron de un salto al oír las amenazadoras palabras del forense.

–Así está mejor –ronroneó sir John–. Ahora dejaos de actitudes rufianescas, responded como es debido a las preguntas de mi escribano y todo irá bien. –Agarró a uno de ellos por el hombro–. De lo contrario, podría decir que, en mitad de la noche, vosotros matasteis a vuestro amo.

–¡Eso no es cierto! –gritó el hombre–. Nosotros siempre hemos sido leales a sir Ralph. No vimos nada y no supimos nada hasta que el presumido... –el guardia se encogió de hombros–, quiero decir, el futuro yerno del condestable bajó corriendo para decirnos que no podía despertar a sir Ralph. Tomó la llave para abrir la puerta, pero el muy cobarde lo pensó mejor y mandó llamar al lugarteniente.

–¿Le oísteis llamar a la puerta y llamar a sir Ralph? –preguntó Athelstan.

–Por supuesto.

–¿Pero no entró?

–La llave estaba aquí abajo –contestó el guardia, señalando un gancho de la pared–. La teníamos a la vista. Sólo había dos. La de aquí y la de sir Ralph.

–¿Estás bien seguro? –preguntó Cranston.

–Sí, sí –confirmó el guardia–. Encontré la otra sobre la mesa al lado de la cama del condestable en cuanto abrí la puerta. Ahora la tengo yo.

Cranston asintió con la cabeza.

–Bueno –dijo, lanzando un suspiro–, ya es suficiente. Ahora vamos a ver la torre por fuera.

Mientras abandonaban el baluarte Norte oyeron de repente un estruendo desde el recinto interior de la muralla. Siguieron al lugarteniente mientras éste cruzaba corriendo el arco y contemplaba el prado cubierto de nieve. El estruendo procedía de un edificio que se levantaba entre la gran sala y la Torre Blanca. Al principio, Athelstan no comprendió qué ocurría. Vio unas figuras corriendo y unos perros ladrando y brincando sobre la nieve. Colebrooke respiró hondo y se tranquilizó.

–Es él –dijo en voz baja–. ¡Mirad!

Athelstan y Cranston observaron estupefactos la aparición de un gigantesco y peludo oso pardo. La bestia se había levantado sobre las patas traseras y golpeaba el aire con las delanteras.

–He visto más de una vez el ataque de los perros contra algún animalillo peludo –comentó Cranston–, pero jamás en mi vida había contemplado algo tan majestuoso como lo que ahora están viendo mis ojos.

El oso soltó un rugido y Athelstan vio las gruesas cadenas prendidas al collar de hierro que le rodeaba el cuello y a los dos guardianes que las sujetaban mientras el loco Mano Roja lo guiaba a través del prado nevado hacia un sólido poste que se levantaba al fondo de la gran sala donde lo tenían que atar.

–¡Es impresionante! –exclamó Athelstan.

–Un presente de un príncipe noruego al abuelo de nuestro actual rey, que Dios tenga en su gloria –explicó el lugarteniente–. Se llama *Ursus Magnus.*

–¡Ah! –dijo Athelstan con una sonrisa en los labios–. Como la constelación.

Colebrooke le miró sin comprender.

–Las estrellas –añadió Athelstan–. Hay una constelación en el firmamento que se llama la Osa Mayor.

Colebrooke esbozó una leve sonrisa y los acompañó a una poterna del lienzo exterior de la muralla. Descorrió unos gruesos pestillos y los goznes protestaron con unos sonoros chirridos mientras él abría la maciza puerta.

«Esta puerta lleva muchos meses sin abrirse», pensó Athelstan.

Pisaron cautelosamente el helado foso, cubierto por una densa niebla en medio de un silencio espectral.

–¡Será la única vez que caminéis sobre las aguas, clérigo! –murmuró Cranston.

–Es una sensación muy extraña –replicó Athelstan, estudiando el tenso rostro de Colebrooke–. ¿Para qué sirve esta puerta?

–Casi nunca se usa –contestó el lugarteniente encogiéndose de hombros–. A veces, un espía o un mensajero secreto entra sigilosamente cruzando el foso o sale alguien que desea abandonar la torre sin que le vean. Ahora –añadió, golpeando con la puntera de la bota la gruesa capa de hielo– da igual.

Athelstan miró a su alrededor. A su espalda, el alto lienzo de la muralla parecía elevarse hasta las nubes de nieve mientras el extremo del foso se perdía en medio de una espesa capa de bruma. Nada se movía y no se oía más que el leve susurro de sus respiraciones y el crujido de sus botas sobre el hielo. Avanzando cuidadosamente, como si temieran romper el hielo y acabar en el agua, bordearon la alta muralla y rodearon el baluarte Norte.

–¿Dónde están los huecos? –preguntó Cranston.

Colebrooke les hizo señas de que se acercaran y se los mostró. Al principio, casi no se veían, pero, al final, vieron unas señales parecidas a las huellas de las patas de un pájaro de gran tamaño, profundamente hundidas en la piedra. Cranston introdujo la mano en uno de los huecos.

–Sí –dijo en un susurro–, alguien ha estado aquí. Fijaos, el hielo está roto.

Athelstan inspeccionó las gélidas aberturas y se mostró de acuerdo. Después siguió con la mirada el camino de los huecos hasta que la densa niebla los envolvió con su manto y los ocultó de su vista al igual que la cima de la torre.

–Un ascenso muy arduo –comentó–. Y extremadamente peligroso en medio de la oscuridad de la noche.

Contempló la escarcha y se inclinó para recoger algo que ocultó en su mano hasta que Colebrooke dio media vuelta para regresar.

–¿Qué es? –le preguntó Cranston con voz pastosa–. ¿Qué habéis encontrado?

El fraile abrió la mano y Cranston contempló con una sonrisa la hebilla de plata que brillaba en su palma.

–O sea que alguien estuvo aquí –dijo Cranston–. Lo único que tenemos que hacer es emparejar la hebilla con su dueño y acudir al Tribunal Real para que se celebre un juicio rápido y se cumpla una lenta ejecución.

Athelstan sacudió la cabeza.

–Ojalá las cosas fueran tan sencillas, sir John –le dijo.

Cruzaron nuevamente la poterna y entraron en el recinto interior de la muralla. La torre había cobrado vida a pesar de la nieve y del mal tiempo. Los herradores habían encendido las fraguas y por todo el recinto se oían los golpes de los martillos y el sordo rumor de los fuelles con que unos andrajosos aprendices trataban de encender los fuegos de las fraguas. Un carnicero estaba descuartizando un cerdo destripado y los sollastres sacudían los trozos de carne para que soltaran la sangre antes de introducirlos en unos toneles llenos de sal y salmuera para que duraran hasta la primavera. Un mozo que estaba haciendo trotar a un caballo renco les pedía a gritos a sus compañeros que le indicaran los defectos del animal mientras unas criadas y otros sollastres introducían varios montones de grasientas bandejas de peltre en unas calderas de agua caliente. El lugarteniente contempló la escena sonriendo.

–¡Pronto llegará la Natividad! –comentó–. Todo tiene que estar limpio y a punto.

Athelstan asintió en silencio, observando cómo tres muchachos arrastraban sobre la nieve unos arbustos de acebo y siemprevivas hasta los peldaños de la gran Torre del Homenaje.

–¿Vais a celebrar la Natividad? –preguntó, señalando con la cabeza un carro del que unos soldados estaban descargando unos grandes toneles de vino.

–¡Pues claro! –contestó Colebrooke–. La muerte no es una

desconocida en la torre y sir Ralph será enterrado antes de la Nochebuena –añadió, apurando el paso para apartarse de él, como si ya estuviera harto de sus preguntas.

Athelstan le guiñó el ojo a Cranston, se detuvo y llamó al lugarteniente:

–¿Maese Colebrooke?

El lugarteniente se volvió, procurando disimular su irritación.

–¿Sí, hermano?

–¿Por qué hay tanta gente aquí? Me refiero a los caballeros hospitalarios, a maese Godofredo y a sir Fulke.

Colebrooke se encogió de hombros.

–Los parientes del condestable siempre han estado aquí.

–¿Y el joven Godofredo?

Colebrooke sonrió con afectación.

–Creo que está tan enamorado de la señora Felipa como ella lo está de él. Sir Ralph lo invitó a pasar la Natividad en la torre. ¿Por qué no? Las heladas han obligado a cerrar las tiendas y sir Ralph insistió mucho en que el prometido de su hija se quedara con él, sobre todo cuando empezó a sucumbir a un extraño temor.

–¿Y los dos hospitalarios? –preguntó Cranston.

–Eran viejos amigos suyos –contestó Colebrooke–. Venían aquí a pasar la Natividad y siempre hacían lo mismo. Llegaban con dos semanas de adelanto y, al llegar la Nochebuena, se iban a cenar a la taberna de la Mitra de Oro situada a dos pasos de la torre. Siempre permanecían aquí hasta la noche de Reyes y se marchaban después de la fiesta de la Epifanía. Lo habían hecho tres veces, ¡Dios sabe por qué! –El lugarteniente se volvió y escupió un amarillento gargajo sobre la blanca nieve–. Tal como ya he dicho, sir Ralph tenía sus secretos y yo jamás me entrometía en sus asuntos.

Cranston empezó a juguetear con los dedos, señal inequívoca de que ya se estaba aburriendo y cansando del frío. Athelstan dejó que Colebrooke los acompañara de nuevo a la Torre Blanca, subiendo por una escalera de caracol de piedra y atravesando una antesala hasta llegar a la capilla de San Juan.

En cuanto aspiró la fragancia del incienso, Athelstan se tranquilizó. Avanzó por la nave con su alto techo de vigas y sus amplios pasillos, cada uno de ellos flanqueado por columnas redondas, alrededor de las cuales se habían atado unas anchas cintas de terciopelo verde y escarlata. Las extrañas baldosas rojas del suelo parecían despedir un agradable calor mientras que las delicadas pinturas de los muros y los altos ventanales atrapaban la blanca y cegadora luz de la nieve y bañaban el presbiterio y la nave del templo con su cálido fulgor. Junto a cada una de las columnas ardían unos braseros espolvoreados con hierbas aromáticas cuyos efluvios llenaban el aire con la empalagosa dulzura del verano. Athelstan se sintió a gusto y en paz, pero contempló la capilla con cierta envidia. «¡Si él pudiera tener aquellos adornos en San Erconwaldo!», pensó. Vio la gran estrella de plata colgada por encima del antealtar y, murmurando para sus adentros, entró en el silencioso presbiterio y admiró el soberbio altar de purísimo alabastro blanco labrado.

–Qué serenidad se respira aquí dentro –comentó en voz baja mientras se reunía con sus acompañantes.

Colebrooke esbozó una forzada sonrisa.

–Antes de abandonar la sala, ordené a los criados que prepararan este lugar –dijo, mirando a su alrededor–. Por un curioso artificio de los arquitectos o quizá por el grosor de la piedra o su situación en la torre, esta capilla siempre está caldeada.

–Necesito un refrigerio –anunció solemnemente Cranston–. He subido muchas escaleras, he examinado un cadáver ensangrentado, he pisado gruesas capas de hielo, ¡y ahora ya estoy harto! Mi señor lugarteniente, creo que sois un hombre extremadamente bondadoso. Hacedme el favor de reunir aquí a los demás y, puesto que estamos en la época navideña, mandad traer una jarra de clarete para mí y para mi escribano.

Colebrooke asintió con la cabeza y se retiró a toda prisa, aunque no sin que antes él y Athelstan hubieran dispuesto los escabeles en un amplio semicírculo. En cuanto el lugarteniente se retiró, Athelstan sacó una lustrosa mesa de madera del presbiterio y colocó encima de ella la pluma, el tintero de cuerno y un pergamino. Después calentó la tinta sobre el brasero para que la pluma fluyera con suavidad. Cranston se repantigó en su asiento y se echó la capa hacia atrás para disfrutar del caldeado ambiente mientras Athelstan le miraba con semblante preocupado.

–Sir John –murmuró el fraile–, no os paséis con el vino. Ya habéis bebido suficiente y estáis cansado.

–¡Dejadme en paz, Athelstan! –replicó el forense con voz pastosa–. ¡Beberé lo que me dé la real gana!

Athelstan cerró los ojos y pidió en silencio la ayuda celestial. Hasta aquel momento, sir John se había portado muy bien, pero el vino que llenaba su vientre podía despertar en cualquier momento el demonio de su corazón, en cuyo caso sólo Dios sabía qué percance podía ocurrir. Colebrooke regresó en un santiamén, seguido, para desesperación de Athelstan, de un criado portando una enorme jarra de clarete y dos copas de gran capacidad. Cranston tomó la jarra con ansia y se bebió dos copas mientras los miembros de la casa del condestable entraban en la capilla y se sentaban en los escabeles. Al final, Cranston cerró los ojos, soltó un regüeldo y se declaró profundamente satisfecho. Los remisos invitados contemplaron con incredulidad el congestionado rostro del forense real, repantigado en su asiento delante de ellos. Athelstan le miraba, debatiéndose entre la cólera y la admiración. Cranston parecía disgustado por algo, pero sólo Dios sabía por qué. Pese a lo cual, su capacidad de beberse todo un viñedo sin perder el sentido no podía por menos que fascinarle.

El dominico estudió rápidamente a los reunidos. Los dos caballeros hospitalarios se mostraban arrogantes y desdeñosos. Felipa estaba apretujada contra su achispado prometido, el cual miraba con displicencia a Cranston. El criado Rastani, clavando los ojos en el gran crucifijo que colgaba de una de las vigas del techo por encima de su cabeza, no parecía tenerlas todas consigo. Athelstan se preguntó si su conversión a la verdadera fe habría sido sincera. Sir Fulke ponía cara de aburrimiento, como si estuviera deseando salir cuanto antes de aquella enojosa situación mientras que el capellán a duras penas podía disimular la irritación que le producía el hecho de haber sido convocado allí con tantas prisas.

–Os doy gracias a todos por haber venido –dijo amablemente Athelstan–. Mi señora Felipa, os ruego que aceptéis nuestra condolencia por la súbita y dolorosa pérdida de vuestro padre –añadió, jugueteando con el cañón de su pluma de ganso–. Ya conocemos los detalles que han rodeado la muerte de vuestro progenitor.

–¡Ha sido un asesinato! –Felipa se inclinó hacia delante mientras su exuberante busto se estremecía bajo el vestido de tafetán–. ¡Un asesinato, hermano! ¡Mi padre ha sido asesinado!

–Sí, sí, de eso no cabe la menor duda –terció Cranston con voz pastosa–. Pero ¿por quién? ¿Por qué y cómo? –Incorporándose en su asiento, el forense se dio unos golpecitos con un dedo en la parte lateral de su congestionada y enrojecida nariz–. ¡No os preocupéis, señora! El asesino será descubierto y su última danza la trenzará en el patíbulo de Tyburn.

–Al parecer, vuestro padre estaba muy asustado, mi señora Felipa –dijo Athelstan–. Hasta tal punto que abandonó sus aposentos habituales y se encerró en el baluarte Norte. ¿Por qué? ¿De qué tenía miedo?

El grupo se sumió en un extraño silencio, como si se sintiera molesto por aquella intromisión en sus más ocultos secretos.

–Os he hecho una pregunta –repitió suavemente Athelstan–. ¿Qué es lo que tanto atemorizaba a sir Ralph y lo indujo a encerrarse en una cámara, doblar la paga de sus guardias e insistir en que todos los visitantes fueran registrados?

¿Quién deseaba la muerte de sir Ralph hasta el extremo de cruzar un foso helado en mitad de la noche, encaramarse por el muro de una torre y entrar en una cámara vigilada para cometer a medianoche un execrable asesinato?

–¡Los rebeldes! –gritó Colebrooke–. ¡Los traidores que deseaban quitar de en medio a un hombre capaz de proteger al joven rey hasta derramar la última gota de su sangre!

–¡Tonterías! –replicó Athelstan–. Su Alteza el Regente Juan de Gaunt nombraría a un sucesor de lealtad no menos acendrada tal como vos mismo habéis dicho, maese Colebrooke.

–Mi padre era un hombre singular –terció Felipa.

–Mi señora –dijo Athelstan, contemplando los llorosos ojos de la joven–, Dios sabe que vuestro padre era singular tanto por su vida como por sus secretos. Vos los conocéis seguramente, ¿por qué no nos los reveláis?

La muchacha apartó la mirada, sacó una mano de debajo de la capa y arrojó un amarillento trozo de pergamino sobre la mesa.

–Eso fue lo que cambió la vida de mi padre –balbució–. ¡Pero sólo Dios sabe por qué!

Athelstan tomó el pergamino y echó un rápido vistazo a las personas que lo rodeaban. Observó que los caballeros hospitalarios se tensaban de repente y sonrió para sus adentros. «Muy bien –pensó–, el misterio ya está un poco más claro.»

Capítulo 4

El grasiento pergamino con manchas de dedos era un cuadrado de un palmo de lado con un barco de tres palos toscamente dibujado en el centro y una gran cruz de color negro en cada esquina.

–¿Eso es todo? –preguntó Athelstan, devolviéndole el pergamino.

La muchacha se tensó, el labio inferior le tembló y las lágrimas asomaron a sus ojos.

–Había otra cosa, ¿no es cierto? –añadió Athelstan.

Felipa asintió con la cabeza. Godofredo le tomó la mano y la sostuvo en la suya, acariciándosela suavemente como si fuera una niña.

–Había una hogaza de semillas de sésamo.

–¿Cómo? –ladró Cranston.

–Una hogaza de semillas parecida a una galleta de un color amarillo oscuro.

–¿Y qué fue de ella? –preguntó Cranston.

–Vi a mi padre paseando por el parapeto. Parecía muy agitado. Alargó el brazo y arrojó la hogaza al foso. A partir de aquel momento, se convirtió en un hombre distinto, no quiso que nadie se le acercara e insistió en trasladarse al baluarte Norte.

–¿Es eso cierto? –preguntó Cranston, dirigiéndose al resto del grupo.

–¡Por supuesto que sí! –replicó el capellán–. La señora Felipa no miente.

–¿Eso significa, padre, que sir Ralph compartía sus secretos con vos? –preguntó amablemente Cranston, levantando una rechoncha mano–. Sé que estáis obligado por el secreto de confesión, pero lo que yo quiero saber es si él confiaba en vos.

–No creo –terció Colebrooke, riéndose con disimulo–. Sir Ralph quería hacerle al capellán unas cuantas preguntas sobre la desaparición de ciertos pertrechos y vituallas.

El clérigo le miró, curvando el labio en una mueca semejante a la de un perro furioso.

–¡Vigilad vuestra lengua, lugarteniente! –dijo con la voz ronca de rabia–. Es verdad que han desaparecido algunas cosas, pero eso no significa que yo sea el ladrón. Hay otros –añadió significativamente– que también tienen acceso a la Torre del Almacén.

–¿Qué estáis insinuando? –gritó Colebrooke.

–¡Callaos! –les ordenó Cranston–. Aquí no estamos hablando de vituallas sino de la vida de un hombre. Os estoy preguntando a todos, en nombre de vuestra lealtad al rey, pues podría tratarse de un asunto de alta traición, si sir Ralph os hizo alguna confidencia. ¿Significa este pergamino algo para alguno de vosotros?

Un coro de negaciones contestó a las preguntas del forense, pero Athelstan observó que los dos caballeros hospitalarios apartaban el rostro.

–Espero que me hayáis dicho la verdad –añadió severamente Cranston–. Es posible que sir Ralph haya sido asesinado por los cabecillas campesinos que están tramando rebeliones. Vuestro padre, señora Felipa, era un buen amigo y un fiel aliado de la corte.

Athelstan intervino entonces, tratando de calmar un poco los ánimos.

–Señora Felipa, habladme de vuestro padre.

La joven entrelazó nerviosamente los dedos de las manos y bajó la mirada al suelo.

–Siempre fue un soldado –dijo–. Sirvió en Prusia contra los letones y en el Caspio. Después viajó a Ultramar, Egipto, Palestina y Chipre. –Parpadeó, mirando a los caballeros hospitalarios–. Ellos os lo podrán decir mejor que yo –añadió, respirando hondo–. Hace quince años estuvo en Egipto con el ejército del califa y desde allí regresó a casa cubierto de gloria y riqueza. Yo contaba tres años, mi madre murió un año después y entonces entramos a formar parte de la casa de Juan de Gaunt. Allí mi padre se convirtió en uno de sus principales colaboradores. Hace cuatro años, fue nombrado condestable de la torre.

Athelstan sonrió con expresión comprensiva. Conocía la clase de hombre que era sir Ralph. Un soldado de fortuna, un mercenario capaz de combatir en una cruzada por la fe, pero sin el menor reparo en servir en los ejércitos de los infieles. Athelstan estudió a todos los reunidos. Parecían muy serenos y tranquilos, pero él intuía algo extraño. Procuraban disimular sus antipatías y rivalidades en su afán por responder a las preguntas.

–Supongo –añadió– que ya habréis examinado los documentos de sir Ralph.

Miró a sir Fulke y éste asintió con la cabeza.

–Por supuesto que he examinado los documentos de mi hermano, las cuentas de su casa, los memorándums y las cartas. No he encontrado nada que me haya llamado la atención. Al fin y al cabo, soy el albacea de mi hermano –dijo, mirando con expresión desafiante a su alrededor, como si esperara que alguien se lo pudiera discutir.

–Claro, claro –se apresuró a tranquilizarle Cranston.

Athelstan soltó un leve gruñido. «Por supuesto –pensó–, y en caso de que hubiera algo comprometedor, ya lo habrás retirado.» Miró al joven sentado al lado de Felipa.

–¿Cuánto tiempo hace que conocéis a vuestra prometida, señor?

Godofredo esbozó una sonrisa mientras en su rostro arrebolado por el vino se dibujaban unas finas arrugas y él apretaba con más fuerza la mano de Felipa.

–Dos años.

Athelstan observó las sonrisas de complicidad que se intercambiaron ambos enamorados. Cranston miró a la joven, pensando en lo incongruente que resultaba la pareja. Godofredo era extremadamente apuesto y probablemente muy rico, mientras que Felipa era casi vulgar. Sir Ralph era un soldado y Godofredo no parecía a primera vista un hombre capaz de ganarse las simpatías de semejante familia. Cranston recordó de repente la apasionada corte que él le había hecho a Matilde. El amor era muy extraño, tal como Athelstan solía repetirle, y a menudo los contrarios se atraían.

–Decidme, Godofredo, ¿por qué os quedasteis en la torre?

El joven soltó un eructo y parpadeó como si estuviera a punto de quedarse dormido.

–Pues veréis –dijo–, las heladas han acabado con las actividades comerciales de la ciudad. Sir Ralph me pidió que me quedara a pasar la Natividad aquí... e insistió especialmente en ello tras haber recibido el mensaje que tanto lo alteró.

–¿Vos conocíais la razón de su inquietud?

–No –contestó Godofredo con voz pastosa–. ¿Por qué iba a conocerla?

–¿Apreciabais a sir Ralph?

–Le quería como quiere un hijo a su padre.

Cranston dirigió su atención a sir Fulke, el cual se estaba empezando a poner nervioso.

–Sir Fulke, vos sois el albacea de sir Ralph, ¿no es cierto?

–En efecto. Y antes de que me lo preguntéis, os diré que seré también un beneficiario, una vez el testamento sea aprobado por el Tribunal Testamentario.

–¿Y qué dice el testamento?

–Bueno pues, sir Ralph tenía unas propiedades colindantes con la cartuja de San Gil. Esas tierras y todo el dinero depositado en los lombardos de Cornhill irán a parar a Felipa.

–¿Y vos qué heredaréis?

–Unos prados y pastizales de la mansión de Holywell en la campiña de Oxford.

–¿La finca es próspera?

–Sí, sir John, es próspera, pero no lo bastante como para que alguien asesine por ella.

–Yo no he dicho tal cosa.

–Pero lo habéis dado a entender.

–¿Era sir Ralph un hombre acaudalado? –preguntó Athelstan, apresurándose a interrumpir la discusión.

–Amasó una fortuna en sus viajes –replicó sir Fulke–. Y sabía administrar sus bienes.

Athelstan observó la amarga sonrisa del rostro del capellán. «Seguramente sir Ralph era un avaro», pensó. Miró de soslayo a Cranston y, al mismo tiempo, soltó un leve gruñido. El buen forense estaba haciendo una de sus habituales siestecitas con la boca entreabierta y la prominente panza derramada a su alrededor. «¡Oh, Señor –rezó en silencio–, te ruego que no se ponga a roncar!»

–¿Por qué vivís en un lugar tan triste como la torre? –le preguntó bruscamente Athelstan.

Sir Fulke se encogió de hombros.

–Mi hermano me pagaba para que le echara una mano con carácter privado.

Tanto él como Athelstan optaron por no prestar la menor atención a la risotada de Colebrooke. Cranston inclinó la cabeza, soltó un ligero regüeldo y chasqueó la lengua. La señora Felipa apretó los labios y Athelstan maldijo por lo bajo. No quería que su interrogatorio terminara entre burlas.

–Mi señor Gerardo, mi señor Brian –dijo casi a voz en grito en un intento de despertar a Cranston–, ¿cuánto tiempo lleváis en la torre?

–Dos semanas –contestó Fitzormonde–. Venimos todos los años.

–Es un ritual –explicó Mowbray–, desde que servimos con sir Ralph en Egipto. Nos reuníamos para recordar los viejos tiempos.

–O sea que erais íntimos amigos de sir Ralph, ¿verdad?

–En cierto modo. Compañeros y veteranos de antiguas guerras. –Mowbray se acarició la bien cuidada barba–. Pero seré sincero con vos, sir Ralph era un hombre más temido y respetado que amado.

Athelstan tomó el amarillento trozo de pergamino y se lo mostró.

–¿Sabéis qué quiere decir este dibujo o el significado de la hogaza de semillas?

Ambos caballeros sacudieron la cabeza, pero Athelstan comprendió que mentían.

–¿Por qué? –preguntó en voz baja–. ¿Por qué se atemorizó tanto sir Ralph al recibirlo? –añadió, recorriendo lentamente con la mirada al resto del grupo.

–¡Una copa de vino blanco! –murmuró Cranston con voz pastosa.

–¿Quién lo encontró? –preguntó Athelstan.

Sir Fulke señaló con el dedo a Rastani, el cual permanecía sentado con el moreno rostro ensombrecido por una expresión de temor y ansiedad. Athelstan se inclinó hacia delante.

–¿Qué significa eso, Rastani?

Los ojos le miraron sin comprender.

–¿Dónde lo encontraste?

Rastani empezó a hacer súbitamente unos extraños gestos con las manos.

–Puede oír, pero no hablar –le recordó Felipa al fraile.

Athelstan contempló fascinado los extraños signos manuales que Felipa le traducía.

–Lo encontró sobre una mesa de la cámara de mi padre –explicó Felipa–. Hace cuatro días. A primera hora de la mañana del noveno día de diciembre... junto con una hogaza de semillas muy tostada.

Athelstan miró a Rastani a los ojos.

–¿Eras un fiel servidor de sir Ralph?

El hombre contestó, asintiendo con la cabeza.

–¿Por qué no te trasladaste a vivir con tu amo al baluarte Norte? –añadió Athelstan, prosiguiendo el interrogatorio.

El criado abrió y cerró la boca como si fuera una carpa recién pescada.

–Yo os puedo responder a la pregunta –dijo Felipa–. Cuando se recibió el mensaje, mi padre se distanció de Rastani, aunque sólo Dios sabe por qué –añadió, acariciando afectuosamente la mano del criado–. Tal como ya he dicho, mi padre empezó a comportarse de una manera muy rara. Ni siquiera yo le reconocía por sus acciones.

Cranston chasqueó la lengua y se removió súbitamente en su asiento.

–¡Sí, sí, muy bien! –rugió–. Pero ¿alguno de vosotros se acercó a la torre del baluarte Norte la noche en que sir Ralph fue asesinado?

Todos respondieron a la pregunta con enérgicas negativas.

–¿O sea que todos podéis justificar vuestros movimientos?

–Yo sí puedo –contestó el hermano–. Nos enviaron a comprar provisiones a un mercader de Cripplegate. O, por lo menos, ahí es donde está el almacén. Podéis preguntar a maese Christopher Manley del callejón del Vigilante, cerca de Todos los Santos.

–Eso está a dos pasos de la torre, ¿no es cierto?

–En efecto, sir John.

–¿Y cuándo os fuisteis?

–Antes de cenar y regresamos aquí esta mañana después de prima. Fue entonces cuando nos enteramos de la muerte de sir Ralph. Rastani y yo podemos responder el uno del otro. Si lo dudáis, hablad con maese Manley. Él nos vio tomar alojamiento en la taberna de la calle Muswell.

Sir John se levantó y se desperezó.

–¡Bien, bien! Ahora mi escribano y yo –anunció– quisiéramos interrogaros a cada uno por separado. Aunque yo creo –añadió, mirando con una sonrisa a la joven– que es mejor que la señora Felipa y Godofredo permanezcan juntos. Maese Colebrooke, abajo hay una cámara. ¿Os parece bien que nuestros invitados esperen allí?

Se oyeron murmullos y protestas, pero Cranston, vigorizado por la cabezadita, miró enfurecido a su alrededor bajo sus pobladas cejas. Siguiendo a Colebrooke, todos los presentes se retiraron a excepción de Felipa y Godofredo.

–¿Dónde están vuestros aposentos, maese Godofredo? –preguntó Athelstan.

–Encima de la garita de la entrada.

–¿Y permanecisteis allí toda la noche?

El joven esbozó una leve sonrisa.

–Sois un hombre muy perspicaz, sir John. Por eso me habéis pedido que me quedara, supongo. Pasé la noche con Felipa.

La muchacha se ruborizó e inmediatamente apartó el rostro. Cranston sonrió y le dio al joven una suave palmada en el hombro.

–¿Por qué no despertasteis vos mismo a sir Ralph?

El joven se frotó los ojos.

–Tal como ya os he dicho antes, yo no tenía la llave y os juro por Dios que había adivinado que algo extraño ocurría. –Miró con una leve sonrisa a Athelstan–. El pasadizo estaba muy frío y no se oía el menor sonido desde la cámara de sir Ralph. No soy un hombre muy valiente y, si he de seros sincero, no me gustaba que sir Ralph me utilizara como paje, pero él desconfiaba de los demás.

–¿Os referís a Colebrooke y a los otros?

–Sí, creo que sí.

Cranston miró a Felipa.

–¿Vuestro padre había estado tan deprimido en alguna otra ocasión?

–Sí, hace unos tres años, poco antes de la Natividad. Pero se le pasó nada más ver a sus antiguos compañeros y cenar con ellos, en la Mitra de Oro, tal como tenían por costumbre hacer.

–¿Quiénes eran los compañeros de vuestro padre?

–Pues los dos caballeros hospitalarios, sir Gerardo Mowbray y sir Brian Fitzormonde, y también sir Adam Horne, un mercader de la ciudad.

–¿Ésos eran todos los compañeros de armas de vuestro padre?

–Bueno, había otro que se llamaba Bartolomé, Bartolomé... –repitió la muchacha, mordiéndose el labio– ... Burghgesh, creo. Pero jamás vino.

–¿Por qué?

–No sé –contestó Felipa entre risas–. Creo que murió.

–¿Y por qué insistía vuestro padre en reunirse con sus amigos cada año poco antes de la Natividad?

–No lo sé. Por algún pacto que habían hecho hace mucho tiempo.

Athelstan estudió detenidamente a la joven. Estaba seguro de que ocultaba algo.

–¿Hay alguna otra poterna por la que se pueda salir al foso? –le preguntó, cambiando de tema.

–Pues sí –contestó Felipa–. Hay varias.

Athelstan miró a Cranston.

–Mi señor forense, ¿tenéis alguna otra pregunta que hacer?

–No –contestó sir John–. ¡Ya es suficiente! Decidle al padre Guillermo Hammond que entre.

El clérigo entró con semblante enfurruñado y contestó lacónicamente a las preguntas de Athelstan sin parar de morderse la uña del pulgar. Sí, había estado en la fortaleza aquella noche, pero no había salido de su cámara en la Torre Beauchamp, cerca de la iglesia de San Pedro ad Vincula.

Los dos caballeros hospitalarios se mostraron más corteses, pero no menos inflexibles. Sus aposentos se encontraban en la Torre Martin y se habían pasado toda la noche bebiendo y jugando al ajedrez.

–Os aseguro, sir John –dijo con voz estridente Mowbray–, que nos cuesta orientarnos en la torre en pleno día, imaginaos en una fría noche invernal.

–Pero vosotros sabéis lo que esto significa, ¿no es cierto? –preguntó Athelstan en tono acusador, tomando el amarillento trozo de pergamino.

–¡Por todos los santos que no lo sabemos! –contestó Fitzormonde.

–Mi señor –replicó Athelstan–, yo creo que sí y que también conocéis el significado de la hogaza de semillas.

Los dos caballeros hospitalarios sacudieron simultáneamente la cabeza.

–Vamos –dijo Athelstan–. No seáis tan reservados. Sois monjes y caballeros. Vuestra orden combate por la cruz en Ultramar. Mi orden también tiene frailes que sirven allí y regresan con historias que suelen contar en el convento de los dominicos a la hora de la cena en el refectorio.

–¿Qué historias? –preguntó Mowbray en tono desafiante.

–Las que dicen que en las montañas de Palestina habita una secta secreta de infieles llamada de los Asesinos, gobernada por un caudillo al que todos conocen como el Viejo de la Montaña. Esa secta se dedica a asesinar en secreto. Consumen unas drogas y su señor los envía con dagas doradas a matar a quienquiera que él haya decidido destruir.

Cranston observó que ambos caballeros se tensaban y, por primera vez, se ponían ligeramente nerviosos, particularmente Fitzormonde.

–Tales asesinos –añadió Athelstan– siempre advierten noblemente a sus víctimas. No dejan una imagen sino una hogaza de semillas como señal de la inminente muerte violenta que les espera. –El fraile se levantó y se estiró para aliviar los calambres de los muslos y las piernas–. Yo me pregunto, ¿por qué esa secta secreta que florece en el Mediterráneo ha decidido asesinar en las frías y oscuras cámaras de la Torre de Londres?

–¿Nos estáis acusando? –gritó Mowbray–. Si es así, ¡decidlo claramente!

–Yo no acuso a nadie, me limito a señalar una extraña coincidencia.

–¡Rastani es de Palestina! –gritó Mowbray–. Y sir Ralph se distanció de su criado presuntamente fiel.

–¿Por qué decís «presuntamente»? –se apresuró a preguntar Cranston.

–Porque no creo que la conversión de Rastani a nuestra fe fuera sincera. Esos hombres guardan rencores y son capaces de esperar años para saldar las cuentas.

–Pero ¿acaso Rastani no abandonó la torre?

–Pudo regresar sigilosamente.

–¡No, no, no! –Athelstan sacudió la cabeza y volvió a sentarse–. La muerte de sir Ralph es mucho más complicada que todo eso. ¿Vosotros servisteis con él?

–En efecto. El califa de El Cairo nos contrató para aplastar las revueltas de Alejandría.

–¿Y después?

–Sir Ralph regresó a casa. Nosotros nos quedamos un poco más, antes de volver a nuestro hogar de Clerkenwell.

–¿Habéis regresado alguna vez a Ultramar? –preguntó Cranston.

Mowbray sacudió la cabeza.

–No, Fitzormonde está ligeramente equivocado. En la época en que servimos con sir Ralph, todavía no éramos caballeros hospitalarios. Ingresamos en la orden después de su partida. Y la orden nos volvió a enviar a Inglaterra. Yo estoy en Clerkenwell y Fitzormonde en nuestra casa de Rievaulx, cerca de York.

Athelstan contempló los enigmáticos rostros de los caballeros.

–Perdonadme –dijo en tono pausado–, no quisiera llamaros embusteros, pero aquí hay un gran misterio y vosotros formáis parte de él. –Se inclinó hacia delante y echó súbitamente la capa de Mowbray hacia atrás–. ¿Lleváis cota de malla? ¿Y vos también, mi señor Brian? ¿Por qué? ¿Acaso también teméis la daga del asesino? ¿Dormís bien por la noche? ¿Qué secretos compartíais con sir Ralph?

–¡Por todos los diablos! –gritó sir Brian, levantándose–. Ya he oído suficiente. Os hemos dicho todo lo que sabemos. ¡No insistáis más!

Ambos caballeros abandonaron la estancia hechos una furia. Cranston se reclinó en su asiento y estiró las piernas.

–Qué embrollo, mi querido fraile. ¿Qué es lo que tenemos? ¿Una traición por parte de gentes desconocidas o un inmundo asesinato a medianoche?

–No lo sé. –Athelstan tapó el tintero de cuerno y ordenó su material de escribir–. Pero tenemos la hebilla que encontramos en el foso helado y yo sé a quién pertenece.

–¡Por los clavos de Cristo! –exclamó Cranston–. Para ser un monje, tenéis mucha vista, Athelstan.

–Y para ser un fraile, soy muy rápido, mi señor forense, ¡y vos también lo seríais si no bebierais tanto clarete!

–Bebo para ahogar mis penas.

Cranston apartó la mirada. ¿Qué estaría haciendo Matilde en aquellos momentos?, se preguntó con inquietud. ¿Qué secreto le ocultaba? ¿Por qué no se lo decía, en lugar de limitarse a mirarle con aquella expresión tan triste? Cranston contempló con rabia la pequeña imagen de la Virgen y el Niño que había en una hornacina de la pared. En su fuero interno, odiaba la Natividad, pues era una época que siempre le traía a la memoria el recuerdo del pequeño Mateo muerto durante la peste, tras haberle hecho vivir toda la inmensa alegría con la cual celebraban todos los niños la Natividad. ¿Se acordaría también Matilde de él?

–¡Sir John!

Cranston parpadeó para disimular unas lágrimas y miró con una sonrisa a Athelstan.

–¡Necesito un refrigerio, monje!

Al ver el dolor que reflejaba el rostro de su amigo, Athelstan apartó la mirada.

–Enseguida, sir John. Pero, primero, vamos a interrogar a sir Fulke. Quiero registrar el dormitorio de sir Ralph en la Torre Blanca.

Cranston asintió con la cabeza y se reclinó contra el respaldo de su asiento mientras Athelstan guardaba la bandeja de escribir. El fraile se pasó un rato admirando la belleza de la capilla de San Juan y comparándola con el mísero aspecto de San Erconwaldo. Pensó en Benedicta. Qué hermosa estaba en la misa de primera hora de la mañana. Se preguntó si Huddle la utilizaría como modelo en la pintura de la Visitación que pensaba realizar en uno de los muros de los pasillos laterales. ¿Cómo pasaría la Natividad? Le había hablado de un hermano que tenía en Colchester. A lo mejor, se quedaría en Southwark y accedería a dar un paseo con él o, por lo menos, a tomar una copa de vino en su compañía y recordar el pasado. La Natividad podía ser muy solitaria... Athelstan clavó los ojos en un crucifijo y recordó de repente los horrores que se estaban cometiendo en el cementerio de San Erconwaldo. Tenía que llegar al fondo de la cuestión. ¿Quién podía ser y por qué?

–¡Fray Athelstan, fray Athelstan! –dijo Cranston, mirándole con una burlona sonrisa mientras se levantaba–. Bebéis demasiado clarete, padre –le dijo en tono de chanza–. Vamos, tenemos que visitar la cámara del difunto condestable. Colebrooke y sir Fulke ya están en camino.

Los aposentos de sir Ralph se encontraban en lo alto de una reluciente escalera de madera, en una de las torretas de la Torre Blanca. Era una acogedora y perfumada cámara que contrastaba fuertemente con la triste celda del baluarte Norte. La luz penetraba a través de dos pequeños miradores con asientos almohadillados en la repisa y una ventana con vidriera de colores en la que se representaba el *Agnus Dei*. Las paredes eran de yeso y estaban pintadas de verde claro y adornadas con rombos dorados y plateados. Unos tapices colgaban por encima de una pequeña chimenea con dosel, el suelo brillaba como un espejo y la gran cama estaba cubierta por una colcha con borlas doradas.

–Todo eso es muy lujoso –dijo Cranston en voz baja–. ¿Qué pudo aterrorizar a sir Ralph hasta el extremo de obligarle a marcharse de aquí y encerrarse en aquella triste celda de prisión?

Cranston y Athelstan se agacharon delante de un cofre y empezaron a examinar los documentos de sir Ralph, pero no encontraron nada relacionado con sus años en Ultramar. Todos los documentos se referían a su cargo de condestable o al servicio que había prestado en la casa de Juan de Gaunt. Se pasaron aproximadamente una hora, revisando cartas, escrituras y memorándums. Sólo un *Libro de Horas* llamó especialmente la atención de Athelstan. Cada página estaba adornada con unas delicadas y deslumbrantes filigranas. En una página se representaban unas bellísimas figuras de ángeles y en otra, un sacerdote rociando con agua bendita un cuerpo envuelto en un sudario antes de su entierro. La Natividad, con María y José inclinados sobre un Niño dormido; y el descenso de Jesucristo a los infiernos, alejando a los demonios de negro rostro con el poder de su ojo dorado. Athelstan se sentía fascinado por la belleza del libro. Pasó las páginas y observó que sir Ralph había garabateado incesantes oraciones a san Julián. «¡San Julián, rogad por mí! ¡San Julián, alejad de mí la cólera de Dios! ¡San Julián, interceded por mí ante la Madre de Dios!» Todas las páginas en blanco del final del libro estaban llenas de jaculatorias de aquel tipo. Athelstan las leyó todas, sin prestar la menor atención a los murmullos de impaciencia de Cranston y a los enojados golpes de la bota de sir Fulke contra el suelo. Al final, cerró el cofre y se levantó.

–¿Habéis terminado, hermano? –preguntó sir Fulke en tono irritado.

Athelstan le miró con dureza. Sir Fulke era aparentemente un hombre afable y cortés, pero ahora se le veía molesto y receloso a causa de aquella intromisión.

–¿Que si he terminado? –repitió Athelstan como un eco–. Pues sí y no, sir Fulke.

El caballero hinchó los carrillos.

–El día ya está muy avanzado –dijo, mirando a través de la ventana–. Yo soy un hombre muy ocupado y tengo asuntos que resolver. ¿Qué otra cosa queréis?

–¿Vos calzáis botas, sir Fulke?

–¡Sí, por supuesto que calzo botas! –contestó el hermano del difunto.

–¿Y vuestras botas lucen hebillas?

Sir Fulke palideció intensamente.

–Sí –contestó en un susurro.

–Bien –dijo Athelstan, sacándose de la bolsa la hebilla que había encontrado en el foso helado–. Creo que es vuestra. La encontramos sobre el hielo del exterior de la torre del baluarte Norte y, sin embargo, vos decís que estuvisteis toda la noche en la ciudad.

–La hebilla la perdí ayer.

–¿Fuisteis al foso helado?

–Sí –contestó sir Fulke sonriendo–. Estuve allí a primera hora de esta mañana. Vos, hermano, no fuisteis el único en pensar que los asesinos habían escalado la torre en mitad de la noche para asesinar a sir Ralph.

Athelstan le arrojó la hebilla y sir Fulke la atrapó torpemente al vuelo.

–Creo, sir John, que ya hemos terminado. ¿Deseáis tomar ahora un refrigerio?

Se reunieron con Colebrooke en el pasadizo, le agradecieron sus atenciones y bajaron al recinto interior de la torre. Athelstan calculó que debían de ser aproximadamente las dos de la tarde y así se lo confirmó un criado que se topó con ellos mientras cruzaban la gran sala. Estaban a punto de pasar por debajo de la arcada de Wakefield cuando Athelstan vio al gigantesco oso pardo encadenado a la pared en el rincón más próximo al campanario.

–¡En mi vida había visto un oso tan enorme, sir John! –exclamó.

Cranston le dio una palmada en el hombro.

–¡Pues, en tal caso, muchacho mío, ya era hora de que lo vierais!

El fraile contempló a *Ursus,* fascinado. El oso no le devolvió el cumplido sino que se limitó a permanecer sentado sobre sus cuartos traseros, introduciéndose en las fauces las sobras de comida que le arrojaban. Cranston batió palmas y la bestia levantó su enorme y oscura cabeza. El oso alargó una pata y Athelstan contempló sus grandes mandíbulas, sus blancos dientes tan afilados como una hilera de dagas y la furia que brillaba en sus ojos castaño rojizos. El oso se adelantó ligeramente hacia ellos mientras de su garganta se escapaba un sordo rugido. Cranston asió el brazo de Athelstan para apartarlo. Alarmado por el repentino movimiento, el animal se levantó y empezó a golpear el aire con sus patas mientras tiraba del collar de acero que le rodeaba el cuello. El forense y su acompañante observaron la tensión de las piezas de hierro que sujetaban la cadena a la pared.

–La cadena no es tan segura como debiera –comentó Athelstan.

–Adiós, *Ursus* –dijo Cranston en voz baja–. Vamos, Athelstan. ¡Despacito!

Recogieron sus caballos y abandonaron la torre para dirigirse a Petty Wales. Había algunos tenderetes abiertos y algún que otro valeroso viandante caminaba hundido hasta los tobillos en el barro y la nieve. Dos pequeños mendigos, con unas piernecitas tan delgadas como palillos, permanecían de pie junto a un brasero, cantando un villancico. Cranston les arrojó un penique y, al volverse, vio a una mujer condenada por alborotadora, la cual estaba siendo conducida por un corchete al cepo de la calle de la Torre con un collar de acero ajustado alrededor del cuello. En las sucias callejuelas, las prostitutas con pelucas pelirrojas hacían negocio gracias al constante desfile de clientes de la guarnición de la torre.

Cranston le hizo unas preguntas a un pordiosero tuerto y regresó, sonriendo de oreja a oreja.

–¡Ya la he encontrado! –anunció–. ¡La taberna de la Mitra de Oro! Aquella a la que sir Ralph y los caballeros hospitalarios acudían cada año para celebrar su banquete.

La taberna estaba muy cerca de la aduana, en la esquina de la calle del Támesis, y era un espacioso local, bajo cuyo alero colgaba un llamativo rótulo. Un mozo de colorada nariz se hizo cargo de sus monturas. Dentro se disfrutaba del agradable calor de una chimenea. Los juncos del suelo estaban muy limpios y sobre ellos se habían esparcido fragantes ramas de tomillo y romero. Las paredes estaban encaladas para alejar a los insectos y los jamones que colgaban de las ennegrecidas vigas del techo despedían un dulzón aroma que indujo a Cranston a relamerse de gusto. Se acercaron a una mesa situada entre la chimenea y unos grandes y relucientes toneles de vino. El tabernero, un hombre bajito, rubicundo y medio calvo con la panza envuelta en un delantal inmaculadamente limpio, echó un vistazo a sir John y le sirvió un cuenco lleno hasta el borde de clarete.

–¡Sir John! –exclamó–. ¿No os acordáis de mí?

Cranston tomó las dos asas de plata del recipiente y apuró su contenido de un trago.

–Pues claro –contestó, chasqueando la lengua mientras miraba a su interlocutor por encima del borde del cuenco–. Tú eres Miles Talbot, el que antes identificaba la cerveza aguada en las tabernas de los alrededores de San Pablo. –Cranston posó la copa y estrechó la mano del tabernero–. Permitidme que os presente a un hombre honrado, fray Athelstan. Talbot siempre sabía qué toneles de cerveza habían sido adulterados con agua. ¡Bueno, bueno, bueno! –Cranston se soltó el broche de la capa, gozando de los dulces aromas y el caldeado ambiente de la taberna–. ¿Qué nos puedes servir, maese Talbot? Y no me traigas pescado. Todos sabemos que el río está helado y que los caminos están cerrados. Por consiguiente, ¡todo lo que venga del agua tiene que ser de varias semanas atrás!

El tabernero le miró sonriendo, le enumeró la lista del contenido de su despensa y, en menos de media hora, les sirvió un par de pollos jóvenes rellenos de hierbas y cubiertos con una salsa picante de mantequilla dulce y bayas silvestres, una empanada de carne, un pastel de manzana con hierbas aromáticas y un prodigioso budín de tuétano. Athelstan, bebiendo tranquilamente su cerveza, observó estupefacto cómo Cranston iba vaciando los platos y los regaba generosamente con clarete. Al final, Cranston eructó, se desperezó, miró con expresión satisfecha a su alrededor y chasqueó los dedos para llamar a Talbot.

–¡Maese Miles, te quiero pedir un favor!

–Lo que vos queráis, sir John.

–¿Tu casa suele ser visitada, o mejor dicho, solía, por el difunto condestable de la Torre de Londres?

Talbot le miró con semblante circunspecto.

–De vez en cuando –musitó–. Se reunía aquí todas las Natividades... con dos caballeros hospitalarios y otros hombres.

–Vamos, Miles, no soy tu enemigo, puedes confiar en mí. ¿De qué hablaban?

Talbot golpeó la mesa con sus rechonchos dedos.

–Se sentaban aquí como vos, sir John, bien apartados de los demás parroquianos. Cuando yo o mis criados nos acercábamos, se callaban.

–¿Y su aspecto? ¿Parecían tristes o alegres?

–A veces, se reían, pero, por regla general, estaban bastante serios. A menudo, los dos caballeros hospitalarios discutían con sir Ralph y éste se enojaba con ellos y les contestaba de muy malos modos.

–¿Alguna otra cosa?

Talbot sacudió la cabeza y se retiró.

Cranston miró a Athelstan, hizo una mueca y se encogió de hombros. De repente, el tabernero se acercó de nuevo a la mesa.

–Una cosa –dijo–, sólo una cosa muy extraña. Hace unos tres años, por la Natividad, vino aquí un desconocido.

–¿Qué aspecto tenía?

–No recuerdo su aspecto, pero tenía algo especial. Llevaba cogulla y capucha, pero se expresaba como un soldado. Me preguntó si sir Ralph visitaba esta casa. Yo le contesté que no lo sabía. Se fue y jamás volví a verle. –Talbot esbozó una sonrisa de disculpa–. Os juro, sir John, que eso es todo lo que sé.

El forense permaneció sentado, contemplando los platos como si estuviera deseando que la comida que se había tragado volviera a aparecer por arte de encantamiento. Athelstan le estudió con preocupación, pues, en condiciones normales, sir John hubiera pedido más clarete o más vino blanco.

–¿Mi señor forense?

–Sí, fray Athelstan.

–Tenemos que formular las conclusiones sobre la muerte de sir Ralph.

Cranston soltó un silbido.

–¿Qué podemos decir?

–Primero, convendréis conmigo en que sir Ralph no fue asesinado por su condición de condestable de la torre. Quiero decir que hay que descartar a los campesinos que traman traiciones y rebeliones.

–Estoy de acuerdo, hermano, pero, aun así, el asesino pudo proceder del exterior. Es posible que fuera un sicario. Hay en la ciudad muchos antiguos soldados capaces de cortarles la garganta a sus madres a cambio de un precio.

Athelstan acarició el borde de su copa con el dedo.

–Quisiera creerlo, sir John, pero no me parece verosímil –dijo, encogiéndose de hombros–. No obstante, vamos a suponer que el asesino cruzó el foso helado, trepó por el muro del baluarte Norte, abrió las contraventanas y le cortó en silencio la garganta a sir Ralph.

–Se puede hacer y se ha hecho, mi buen sacerdote.

–Por supuesto –añadió Athelstan–, el asesino pudo ser alguien de la torre que sabía dónde dormía sir Ralph y aprovechó la oportunidad de que el foso estuviera helado para subir por los huecos del muro del baluarte Norte. Por consiguiente, o el asesino se encargó él mismo de la tarea o pagó a alguien para que la llevara a cabo.

Cranston tomó un buen trago de vino.

–Vamos a atar cabos –dijo, haciendo crujir suavemente los nudillos de sus dedos–. Digamos que el que planeó el asesinato y el que lo cometió son la misma persona. Prácticamente todas las personas a las que hemos interrogado, incluyendo la señora Felipa que está gorda, pero anda con pies muy ligeros y es joven y ágil, hubieran podido encaramarse por el muro de la torre.

–Y, sin embargo, todos pueden justificar más o menos su paradero.

Cranston asintió con la cabeza.

–Muy cierto. Y trabajo le costaría al demonio demostrar que alguno de ellos miente. Además, ¿habéis observado que cada uno excepto el capellán tiene a alguien que confirma su historia? Lo cual significa –concluyó el forense– que, a lo mejor, estamos persiguiendo a dos asesinos y no a uno; los dos hospitalarios, sir Fulke y Rastani, Felipa y su joven enamorado, Colebrooke y uno de los guardias.

Athelstan contempló con aire ausente uno de los jamones que colgaban de las vigas.

–En realidad, no sabemos nada –dijo–. No tenemos ni idea de quién es el asesino ni de cómo consiguió acercarse a sir Ralph, aunque hemos encontrado la hebilla de sir Fulke.

–Pero él dice que estuvo en el foso helado esta mañana antes de nuestra llegada.

–Y yo le creo –dijo Athelstan–. Pero recordad que también ha dicho que perdió la hebilla la víspera.

–¿Qué estáis diciendo, fraile?

–O la perdió mientras cruzaba sigilosamente el foso para matar a sir Ralph o alguien la puso allí. Yo creo más bien esto último. La honradez de sir Fulke al reconocer que estuvo en el foso le salva de la sospecha. Si lo hubiera negado y más tarde nosotros hubiéramos demostrado que había estado allí, la cosa sería distinta.

–¿Y cómo sabemos que es honrado? –replicó Cranston–. ¿Os habéis fijado en la poterna que hemos utilizado para salir al foso? Tiene los goznes muy oxidados. Esa puerta llevaba muchos años sin que nadie la usara. Sir Fulke podría mentir.

–O podría haber utilizado otra poterna.

–Una idea interesante, hermano, pero examinemos los motivos.

Athelstan extendió las manos.

–Los motivos son tantos como las personas que hay en la torre, sir John. ¿Ambicionaba sir Fulke riquezas? ¿Estaba furioso el capellán por el hecho de que le tuvieran por ladrón?

¿Ambicionaba Colebrooke el puesto de sir Ralph? ¿Pensaban Felipa y su enamorado que sir Ralph era un obstáculo para su matrimonio o para la herencia de la señora Felipa?

–Lo cual nos lleva a los dos caballeros hospitalarios –terminó diciendo Cranston–. Ahora ya sabemos que no dicen la verdad. De alguna manera, el trozo de pergamino y la hogaza de semillas de sésamo están significativamente relacionados con el asesinato y ellos tienen que saber algo acerca de ambas cosas. La nota en la que se le anunciaba la muerte a sir Ralph contenía el dibujo de un barco de tres palos como los que suelen utilizarse en el Mediterráneo mientras que la hogaza de semillas es la marca de los Asesinos. Por consiguiente, la muerte de sir Ralph tiene necesariamente algo que ver con algún misterio de su pasado, con su época de guerrero en Ultramar.

Athelstan posó la copa sobre la mesa, abrió la boca y la volvió a cerrar.

–¿Qué ocurre, fraile?

–Sólo podemos llegar a una conclusión, mi señor forense... puede que sir Ralph no sea la única persona que muera en la torre antes de la Natividad.

Capítulo 5

Se quedaron todavía un rato en la taberna. Athelstan pensaba que Cranston montaría en su caballo y regresaría a Cheapside, pero el forense sacudió la cabeza.

–Quiero volver a vuestro maldito cementerio –dijo, soltando un resoplido–. Necesitáis un cerebro perspicaz para aclarar los misterios de allí.

–Pero lady Matilde os estará esperando.

–¡Que espere!

–Decidme, sir John, ¿os ocurre algo?

Cranston le miró con expresión malhumorada y apartó el rostro.

–¿Es por Mateo? –preguntó dulcemente Athelstan–. ¿Es el aniversario de su muerte?

Cranston se levantó, tomó al fraile del brazo y se encaminó con él hacia la puerta mientras el mozo les ensillaba los caballos.

–Decidme, Athelstan, cuando huisteis del noviciado de vuestra orden y os fuisteis con vuestro hermano a las guerras de Francia, ¿hallasteis la felicidad?

Athelstan sintió que el corazón le daba un vuelco en el pecho.

–Por supuesto que sí –contestó con un hilillo de voz–. Entonces yo era joven, la sangre me hervía en las venas y ansiaba vivir aventuras.

–Y cuando descubristeis a vuestro hermano muerto en el campo de batalla y regresasteis a Inglaterra para confesar vuestras culpas a vuestros padres, ¿qué es lo que ocurrió?

Athelstan miró hacia el otro lado del patio sumido en las sombras del crepúsculo.

–En los evangelios, sir John, Jesucristo dice que, al final de los tiempos, el cielo se estremecerá y los planetas caerán a la tierra en medio de las llamas. –Athelstan cerró los ojos, intuyendo la cercana presencia del espíritu de Francisco–. Cuando encontré a mi hermano muerto –añadió–, mi cielo cayó sobre la tierra. Supongo que aquél fue el fin de mi mundo.

–¿Y qué pensasteis de la vida en aquellos momentos?

Athelstan se pasó el dedo pulgar por la boca mientras contemplaba el doliente rostro de Cranston.

–Me sentí traicionado por ella –contestó en un susurro.

Cranston le dio una suave palmada en el hombro.

–Sí, hermano, no olvidéis jamás que el beso del traidor es siempre el más dulce. Recordadlo tal como yo lo recuerdo.

Athelstan miró en silencio al forense. Jamás había visto a Cranston en semejante estado de ánimo. Para entonces, el forense se hubiera puesto a entonar una canción picante a pleno pulmón, hubiera soltado una sarta de maldiciones contra el tabernero y hubiera invitado a Athelstan a acompañarle a su casa de Cheapside.

Montaron en sus caballos y subieron en silencio por el nevado Billingsgate, girando a la izquierda hacia el puente de Londres. Una gran multitud se había congregado en aquel lugar a pesar del frío viento que azotaba los rostros y las manos. Bajo un cielo cubierto por unas densas nubes, algunos niños se arrojaban mutuamente bolas de nieve, gritaban y se reían como locos cuando daban en el blanco. Un pordiosero con una sola pierna se desplazaba sobre el lodo con unas tablas de madera. Un grupo de andrajosos aguadores maldecía el río helado y las grandes nevadas que les habían arrebatado su medio de vida. Otros, con las cabezas protegidas por cogullas y capuchones, se dirigían hacia el centro de la ciudad o, como Athelstan y Cranston, cruzaban el angosto puente helado de Southwark.

El forense paró repentinamente el caballo y se volvió a mirar a un grupo de borrosas figuras que acababan de pasar por su lado. ¿Serían un grupo, se preguntó, o simplemente personas individuales que se habían juntado para mayor comodidad y seguridad? Le parecía haber visto entre ellas el pálido rostro de lady Matilde bajo un capuchón. Pero ¿qué hubiera hecho ella en Southwark? Aparte fray Athelstan, no conocía a nadie allí y Southwark era un lugar muy peligroso en un oscuro día invernal.

–¿Todo bien, sir John?

Cranston volvió a contemplar el grupo que se estaba alejando en la penumbra. ¿Y si retrocediera? Justo en aquel momento, se acercó un carro de gran tamaño y la gente que había a su espalda empezó a protestar. Haciéndole una seña con la cabeza a Athelstan, ambos reanudaron la marcha. Cruzaron el puente, pasaron por delante del priorato de Santa María de Overy, se adentraron por la calle principal que conducía a Southwark y bajaron por unas callejuelas en las que los grandes edificios de cuatro pisos se alternaban con las destartaladas casitas y los cobertizos de los trabajadores y los artesanos. El forense aspiró el acre olor de los orines acumulados.

–¡La nieve no disimula el mal olor! –dijo, arrugando la nariz.

Athelstan asintió con la cabeza, echándose hacia delante el capuchón de su capa al ver un montón de restos de comida, excrementos humanos procedentes de los orinales y basuras domésticas arrojadas a la calle por los ciudadanos que ya se estaban preparando para los festejos que se avecinaban. Southwark jamás descansaba. Los artesanos y trabajadores se dedicaban sin interrupción a sus tareas: candeleros que hacían sebo con grasa de cerdo, curtidores, queseros, sombrereros, herreros y, por la noche, cuando se cerraban los tenderetes, los desalmados villanos de la mala vida que buscaban las ganancias fáciles del lenocinio en los lupanares de las orillas del Támesis. Sin embargo, nadie se acercó a Athelstan y Cranston, pues el fraile era muy respetado y Cranston era más temido que el mismísimo presidente del tribunal.

Cuando llegaron, San Erconwaldo ya estaba a oscuras. Athelstan se alegró de que Watkin hubiera apagado las luces.

Estaba a punto de cruzar con sir John el portillo de la rectoría cuando una negra figura surgió de las sombras y asió a *Philomel* por la brida. Athelstan contempló el pálido y alargado rostro medio oculto bajo el negro capuchón.

–Por el amor de Dios, Ranulfo, ¿qué es lo que ocurre?

–Padre, llevo toda la tarde esperándoos.

–¡Decidle que se largue, Athelstan! ¡Me muero de frío!

–Un momento, sir John –contestó Athelstan en tono tranquilizador–. ¿Qué quieres, Ranulfo?

El cazador de ratas se pasó la lengua por los exangües labios.

–Se me ha ocurrido una idea, padre. Vos sabéis que los grandes gremios del otro lado del río tienen sus propias iglesias, ¿verdad? Santa María Le Bow para los merceros, San Pablo para los pergamineros...

–Sí, ¿y qué?

El cazador de ratas miró con expresión suplicante.

–Sigue, Ranulfo, ¿qué es lo que quieres?

–Bueno pues, yo y otros cazadores de ratas hemos pensado que quizá San Erconwaldo podría ser la iglesia de nuestro gremio.

Athelstan reprimió una sonrisa, contempló el enfurecido rostro de Cranston y sujetó firmemente las riendas de su montura.

–¿Un gremio de cazadores de ratas, Ranulfo? ¿Y San Erconwaldo sería la iglesia de vuestra cofradía y yo vuestro capellán?

–Sí, padre.

–Claro –dijo Athelstan, desmontando.

–Pagaríamos nuestros diezmos.

–¿Con qué? –rugió Cranston–. ¿Con una décima parte de las ratas que cazarais?

Ranulfo le dirigió al forense una mirada asesina, pero Cranston, balanceándose hacia delante y hacia atrás en su silla, ya se estaba partiendo de risa con su broma.

–Me parece una idea excelente –dijo Athelstan–. Ya hablaremos de ello en otra ocasión. En principio, cuentas con mi beneplácito, Ranulfo, pero ahora sir John y yo estamos ocupados en otros asuntos. Si fueras tan amable de llevar nuestros caballos a las cuadras y darles un poco de heno.

El cazador de ratas asintió enérgicamente con la cabeza y, tomando las riendas de la montura de sir John, se alejó trotando en la oscuridad. *Philomel* le siguió un poco más rápido, sabiendo que se acercaba la hora de la comida. Athelstan rodeó la iglesia con Cranston, se detuvo y le dijo al forense que aguardara, pues tenía que ir por un hacha. Regresó corriendo a la rectoría, sacó un hacha de un candelabro de pared, la encendió con la mecha y se apresuró a reunirse de nuevo con Cranston antes de que su letanía de maldiciones empezara a resultar demasiado sonora.

Después ambos entraron en el cementerio. El lugar resultaba siniestro incluso en verano. Ahora, bajo una espesa capa de nieve, las ramas de los tejos se extendían como enormes garras blancas sobre los desolados montículos de tierra, las toscas cruces y las lápidas medio caídas. Athelstan experimentó una profunda sensación de aislamiento. Un pavoroso silencio se cernía sobre sus cabezas como una negra nube y hasta la brisa parecía soplar con menos fuerza. Las ramas de los árboles apenas se movían, no se oía la voz de ningún pájaro y, en algunos rincones, unas opresivas sombras oscuras parecían los siniestros escondrijos de los demonios o los malos espíritus. Athelstan sostuvo el hacha en alto y Cranston contempló el oscuro cementerio.

–¡Por los clavos de Cristo, Athelstan! –exclamó en voz baja–. ¿Quién puede venir aquí en mitad de la noche nada menos que para sacar los cadáveres de sus tumbas? ¿Dónde están los sepulcros?

Athelstan le mostró los superficiales hoyos y el barro amontonado a ambos lados, como si un loco hubiera exhumado los cadáveres. Cranston se arrodilló y emitió un leve silbido a través de los dientes. Después levantó la vista y la luz del hacha deformó los perfiles de su redondo rostro.

–Hermano, ¿habéis dicho que sólo se han robado los cadáveres de los mendigos y los forasteros?

–Sí, sir John.

–¿Y cómo estaban enterrados?

–El cadáver envuelto en un lienzo se coloca sobre una estera de mimbre en el féretro de la parroquia. Durante el funeral, se cubre con un lienzo morado que se retira cuando el cuerpo es depositado en la fosa.

–¿Y no habéis encontrado ninguna huella de los ladrones de tumbas?

–Ninguna.

Cranston se levantó, sacudiéndose el viscoso barro de las manos.

–Tenemos tres posibilidades, hermano. Primero, podría ser una broma macabra. Quizá algún adinerado joven de esos que no saben en qué entretenerse considera gracioso colocar un cadáver semejante en el lecho de algún amigo, pero no han corrido rumores en este sentido últimamente. Segundo, podría ser algún animal, humano o de cuatro patas. Sí –añadió al ver la escandalizada expresión de Athelstan–, cuando yo servía en Francia, fui testigo de esas abominaciones en las afueras de Poitu. No obstante –Cranston golpeó el suelo con los pies y contempló la oscura mole de la iglesia–, nadie, ni siquiera en Southwark, podría ser tan degenerado como para eso. En tercer lugar, están los seguidores de los cultos satánicos, los llamados Astrasoi que han nacido bajo una estrella del mal. –El forense se encogió de hombros–. Vos sabéis más sobre esa gente que yo, hermano. El cadáver se podría haber utilizado como altar o se le podría haber extraído la sangre para conjurar a algún demonio o, a lo mejor, necesitaban una de sus extremidades. ¿Habéis oído hablar de la mano de la gloria?

Athelstan sacudió la cabeza.

–Se corta la mano de un cadáver; el nombre de la persona a quien la bruja o el mago desea causar un daño se coloca entre sus dedos y después se entierra al pie de un patíbulo al dar la primera campanada de medianoche.

Athelstan se frotó el rostro.

–Pero ¿cómo puedo yo impedir semejante profanación, sir John? Los alguaciles y los corchetes del barrio no tienen el menor interés en esclarecer los hechos. Ningún ciudadano estará dispuesto a montar guardia en el cementerio.

–Veré qué puedo hacer –dijo Cranston, volviendo rápidamente la cabeza–. Alguien anda por ahí –añadió, señalando dos negras sombras junto al osario que había al fondo del cementerio–. ¡Mirad allí! –El forense pisó la hierba cubierta de nieve como un toro a punto de embestir mientras Athelstan corría para darle alcance–. ¡Deteneos! –rugió–. ¡En nombre del rey, deteneos!

Dos figuras envueltas en unas capas se volvieron y se acercaron lentamente a ellos. Al oír el rumor de los bastones de madera y el suave tintineo de una campana, Cranston se echó rápidamente hacia atrás.

–¡Leprosos! –exclamó en un susurro. Tomando el hacha de Athelstan, la sostuvo en alto–. ¡Por todos los diablos! –dijo, contemplando los rostros enmarcados por unos capuchones blancos–. ¿Vos les habéis dado permiso para permanecer aquí? –preguntó, volviéndose para mirar a Athelstan.

El fraile asintió con la cabeza.

–Durante el día, sí. De noche les es más fácil pasear sin que nadie les moleste.

–¿Y ellos no han visto nada?

Athelstan sacudió la cabeza.

–Son mudos, pero no creo que estén mezclados en el asunto. Haría falta un hombre muy valiente y, por supuesto, muy sano para enfrentarse con los ladrones de sepulcros.

–¿Estáis seguro de que son leprosos? –preguntó Cranston en voz baja.

Athelstan esbozó una sonrisa en la oscuridad.

–Tienen cartas de los obispos. Fijaos en sus muñecas y sus manos. De todos modos, si deseáis examinarlos...

Cranston soltó una maldición por lo bajo y arrojó una moneda a una de aquellas criaturas antes de regresar a la casa parroquial, comentando en voz alta que ya había visto suficiente. El cazador de ratas Ranulfo había desaparecido, tal como solían hacer los feligreses de Athelstan cuando veían al forense.

–¿Os quedaréis a tomar un cuenco de sopa, sir John? Tengo un buen clarete.

Jadeando y resoplando, Cranston examinó las cinchas de su caballo.

–De buena gana lo haría, hermano –contestó, volviendo la cabeza–, pero tengo que regresar a casa. –Cranston no quería que Athelstan le hiciera preguntas acerca de las inquietudes que sentía a causa de lady Matilde–. Necesito reflexionar sobre lo que he visto en la torre. –Señaló con la mano el cementerio–. Veré si puedo ayudaros en este asunto.

Dicho lo cual, montó en su cabalgadura y, saludando con la mano, se perdió en la oscuridad mientras los cascos de su caballo rompían el silencio de la noche.

Athelstan lanzó un suspiro y dio la vuelta para abrir la iglesia. Dentro hacía frío, pero ya no se notaba el desagradable olor a moho. El fraile aspiró complacido la fragancia de las verdes ramas tan amorosamente dispuestas a lo largo de la nave del templo y en las gradas del presbiterio. Recordó la capilla de San Juan y se preguntó cuántas mentiras le habrían dicho allí. Estaba seguro de que el asesino se encontraba en la torre y no menos seguro de que alguna mala acción del pasado habría sido la causa de la muerte de sir Ralph.

Se sacó la yesca del bolsillo, encendió dos antorchas de pared y entró en la sacristía para tomar su libro de oraciones. Regresó al templo, se arrodilló en las gradas del presbiterio e inició el oficio divino. Llegó al verso del salmo «Dios mío, Dios mío, ¿por qué me has abandonado?» y se detuvo. Contempló la trémula llama del cirio y se sentó sobre los talones. ¿Le habría Dios abandonado? ¿Por qué ocurrían hechos como la profanación del cementerio, el asesinato de sir Ralph o la tristeza de Cranston? Él conocía las raíces del mal, pero a veces se preguntaba, sobre todo cuando sus ojos contemplaban la oscuridad, si existía alguien que realmente le escuchaba. ¿Y si no hubiera nadie? ¿Y si Jesucristo no hubiera resucitado de entre los muertos y la religión no fuera más que un engaño?

Athelstan se apartó dolorosamente del precipicio de la duda y la inquietud. Terminó sus oraciones, se santiguó y permaneció agachado con la espalda apoyada en el cancel del antealtar. Respiró hondo para calmar su mente y su alma y poder concentrarse en los más recientes acontecimientos de la torre.

–¿Qué ocurrirá –preguntó a la oscuridad– en caso de que sir Ralph haya sido asesinado por los cabecillas secretos de los campesinos? ¿Y si estalla una revuelta?...

Se quedó dormido por espacio de una hora hasta que un cálido y peludo cuerpo se deslizó bajo la palma de su mano.

–¡Buenas noches, *Buenaventura*! –dijo en un susurro–. Un día muy frío para un caballero desocupado. –Se incorporó y acarició suavemente al gato, rascándole la parte posterior de las orejas mientras el animal ronroneaba de placer–. Bueno pues, ¿has visitado a todas tus amigas del barrio? –Athelstan conocía las hazañas amorosas de *Buenaventura,* el cual llevaba a veces a alguna de sus «amigas» hasta los peldaños de la iglesia donde entonaba con ella unas extrañas vísperas a la fría y plateada luna–. ¿Qué ocurrirá, *Buenaventura,* si estalla una rebelión? ¿Nos pondremos del lado de Pike, el acequiero, y de todos los desheredados?

Buenaventura sonrió dejando al descubierto sus rosadas encías y sus marfileños y afilados dientes. ¡Pike, el acequiero! Qué curioso, pensó Athelstan. No tenía ninguna prueba, pero estaba seguro de que el acequiero era miembro de la Gran Comunidad y transmitía mensajes secretos a sus cabecillas. El fraile se tensó al oír que se abría la puerta de la iglesia.

–¿Fray Athelstan? ¿Fray Athelstan?

El fraile sonrió. Benedicta. ¿Querría ella compartir su cena con él? Podrían intercambiarse chismes sobre la parroquia; cualquier cosa con tal de distraerse. Dejó a *Buenaventura* en el suelo, se levantó y ensanchó su sonrisa para disimular su decepción. Benedicta iba acompañada de un hombre de elevada estatura cuyas facciones resultaban claramente visibles bajo la luz de la antorcha. Su rostro estaba intensamente bronceado por el sol y llevaba el cabello negro como ala de cuervo peinado hacia atrás y anudado en la parte posterior de la cabeza. Vestía una larga túnica azul que le llegaba hasta las botas manchadas de nieve. Athelstan bajó por la nave para reunirse con él. Era extremadamente apuesto, pensó, y tenía unas afiladas facciones semejantes a las del halcón peregrino, unos vivos ojos marrón oscuro, una nariz aguileña y un bigote y una barba cuidadosamente recortados. Athelstan vio en el lóbulo de una de sus orejas una perla colgando de una cadenita de oro.

–Éste es el doctor Vincentius –dijo Benedicta.

Athelstan estrechó una fuerte y morena mano.

–Buenas noches, señor. Ya he oído hablar de vos.

¿Y quién no?, se preguntó Athelstan. El médico vivía en el callejón de Duckets cerca de la calle del Molino, al otro lado de la posada de la Cota. Hacía muy poco tiempo había comprado allí una enorme casa con un jardín que llegaba hasta el río, directamente enfrente del muelle de Botolph. Vincentius se había ganado la fama de ser un buen médico. Sus honorarios eran muy razonables y no sangraba a sus pacientes con sanguijuelas ni utilizaba extrañas cartas zodiacales o estúpidos encantamientos. En su lugar, prefería subrayar la importancia de la higiene y de una buena alimentación, la eficacia del agua hervida y la necesidad de mantener bien limpias las heridas. La cortesana Cecilia había comentado que utilizaba un ungüento muy eficaz para la curación de ciertas llagas de las partes más delicadas del cuerpo. Athelstan estudió el hermoso rostro y la radiante sonrisa de Benedicta y experimentó una punzada de celos.

–Yo también he oído hablar de vos, padre –dijo el médico sonriendo.

Athelstan se encogió de hombros.

–Soy un simple fraile y sacerdote, uno entre miles.

El médico extendió las manos y las sortijas de sus dedos centellearon.

–Pero en muchas lápidas sepulcrales figura la siguiente escritura: «Yo estaba sano hasta que conocí a un médico».

Athelstan se rió e inmediatamente se sintió atraído por aquel hombre.

–No os veo nunca en la iglesia –le dijo en tono burlón.

–Tal vez algún día, padre.

–El doctor Vincentius estaba deseando conoceros –dijo Benedicta, hablando con la timidez propia de una chiquilla–. He venido a preguntaros, padre, si tendríais a bien cenar con nosotros.

Athelstan hubiera deseado negarse, pero pensó que hubiera sido una grosería.

–Me encantará –contestó, juntando las palmas de las manos.

Apagó las luces de la iglesia y cerró la puerta, dejando a *Buenaventura* dentro para que se dedicara a la caza en la oscuridad. Después se dirigió a la casa parroquial mientras Benedicta y su extraño acompañante aguardaban en los peldaños del templo. *Philomel* aún estaba comiendo ruidosamente su forraje. Athelstan le dio unas suaves palmadas, entró en la casa para recoger la capa y se reunió de nuevo con Benedicta y Vincentius.

Recorrieron las silenciosas y frías calles hasta llegar al callejón de Flete, cerca de la alameda de la Santa Cruz, donde vivía la viuda. Era la primera vez que Athelstan visitaba la casa de Benedicta, un edificio aislado de dos pisos, flanqueado por dos callejuelas y con un jardín en la parte de atrás. En la planta baja había una enorme cocina, una sala y una despensa. La cocina no tenía juncos en el suelo sino relucientes baldosas. Delante del fuego de la chimenea había dos sillones y, por encima de la chimenea, un ancho estante de madera de roble contenía unas copas de plata y peltre que brillaban bajo la luz de dos candelabros de varios brazos mientras que en las paredes encaladas colgaban unos tapices de lana de color morado oscuro. Un lugar muy cómodo y acogedor, pensó Athelstan, más o menos tal y como él se lo había imaginado. Ambos hombres ayudaron a Benedicta a preparar y servir la comida. Primero, unos huevos revueltos con pan de especias. Después, una suculenta liebre cocida con vino, una jalea moldeada en forma de castillo y una jarra de frío vino blanco y clarete que Cranston se hubiera bebido en un abrir y cerrar de ojos.

Vincentius dominaba suavemente la conversación y Athelstan escuchaba fascinado sus corteses modales y el bien modulado timbre de su voz. En determinado momento, Vincentius se debió de dar cuenta de que hablaba demasiado y le preguntó al fraile qué había hecho aquel día. Athelstan le describió su visita a la torre y le comunicó la muerte de sir Ralph Whitton.

–Nadie le echará de menos –comentó Vincentius–. Era un soldado muy duro.

–¿Le conocíais?

–Había oído hablar de él –contestó el médico sonriendo–, pero lo que más me interesa es la torre. Ayer mismo estuve allí. Es un maravilloso testimonio del ingenio de la mente humana, sobre todo por lo que se refiere a las máquinas de guerra y sus emplazamientos. –Vincentius tomó un sorbo de vino de su copa–. ¿Decís que a sir Ralph le cortaron la garganta?

–Sí –contestó Athelstan–. ¿Por qué lo preguntáis?

–¿Cómo encontraron el cuerpo?

–¿Qué queréis decir?

–¿Estaba frío? ¿La sangre se había helado?

–Sí –contestó Athelstan, recordando que él no había hecho aquella pregunta al llegar allí–. ¿De dónde sois vos, doctor? –preguntó, cambiando hábilmente de tema.

El médico posó cuidadosamente la copa de vino blanco sobre la mesa.

–Nací en Grecia, de padres francos que más tarde regresaron a Inglaterra. Estudié en Cambridge y después en Santiago de Compostela y Salerno, donde me pasé casi todo el tiempo procurando olvidar lo que había aprendido en Cambridge –añadió con una sonrisa–. Los árabes tienen unos conocimientos de medicina superiores a los nuestros. Conocen mejor el cuerpo humano y cuentan con unas fieles traducciones griegas del *Arte de la medicina* de Galeno y el *Libro de los síntomas* de Hipócrates.

–¿Qué os indujo a regresar a Southwark? –le preguntó Benedicta.

El médico esbozó una sonrisa como si recordara alguna broma divertida.

–¿Y por qué no? –dijo en tono burlón–. Tengo riqueza suficiente y, tal como vos sabéis, hermano, los pobres necesitan ayuda –añadió, inclinándose sobre la mesa para estudiar con más detenimiento el rostro de Athelstan.

–¿Qué es lo que vos recomendáis, doctor? –le preguntó Athelstan en tono de chanza–. ¿El remedio del águila para la mala vista?

–¿Y eso qué es? –preguntó Benedicta.

–Fray Athelstan habla en broma –contestó Vincentius–. Los charlatanes dicen que el águila tiene buena vista porque come lechuga cruda. Y aseguran que, frotando los ojos con jugo de lechuga, se curan todas las infecciones de los ojos.

–¿Y es verdad?

–¡Tonterías! –contestó Vincentius–. ¡Un poco de agua caliente y un lienzo limpio son mucho más eficaces! No, hermano –dijo, dándole a Athelstan unas suaves palmadas en los dedos–. Lo que vos necesitáis es dormir un poco más. Y si tenéis lechugas, mejor que os las comáis. Os sentarán bien.

–¡Si las encuentro! –dijo Athelstan, echándose a reír–. Las heladas han acabado con todo lo que tenía en mi huerto y la puerca de Úrsula se come el resto.

Mientras Benedicta hablaba de Úrsula y de su insolente puerca, Athelstan estuvo tentado de comentarle a Vincentius la profanación del cementerio, pero no le pareció un tema apropiado para la mesa. Miró al otro lado hacia la bujía que marcaba las horas y vio que se estaba haciendo tarde. Se levantó y se despidió, rechazando cortésmente la invitación de Benedicta a quedarse un poco más con ellos, y recordó que él era un sacerdote y Benedicta era dueña de su propia vida. Abandonó la casa y echó a andar cautelosamente sobre la nieve. La noche era muy fría, pero, cuando se detuvo para mirar al cielo entre los oscuros aleros de las casas, vio con alivio que las nubes ya se estaban empezando a disipar. Pensaba ir directamente a casa, pero se desvió ligeramente al encontrar a Pike el acequiero borracho como una cuba en la esquina del camino que bajaba hacia la iglesia. Mientras ayudaba a su descarriado feligrés a levantarse, éste le dijo:

–Buenas noches, padre.

Athelstan hizo una mueca de desagrado al percibir las vaharadas de cerveza que se escapaban de su boca.

–¡Pike! ¡Pike! –le dijo–. Eres un insensato. Deberías estar en tu casa, acostado con tu mujer.

Pike se tambaleó hacia atrás y se dio unas torpes palmadas en la nariz.

–He hablado con ciertas personas, padre.

–Bien lo sé, Pike. –Athelstan lo asió por el brazo–. ¡Por lo que más quieras, hombre de Dios, ten cuidado! ¿Quieres acabar tu vida colgando de un patíbulo y que los cuervos te saquen los ojos?

–Mandaremos como los reyes –dijo Pike con voz pastosa, pegando brincos mientras trataba de librarse de la presa del fraile–. Cuando Adán cavaba y Eva hilaba, ¿quién se aprovechaba? –canturreó, mirando con una sonrisa de borracho a Athelstan–. Pero vos estaréis a salvo, padre. ¡Vos, vuestro gato y vuestras malditas estrellas! –Soltó una risotada–. Sois una joya. No cobráis tributos. ¡Lo que más me gustaría es que alguna vez os rierais un poquito!

–¡Me reiré cuando a ti se te pase la maldita borrachera! –dijo Athelstan, volviendo a agarrarlo por el brazo.

Después lo acompañó a su casita del callejón Torcido donde lo esperaba su enfurecida mujer.

Athelstan llegó con un suspiro de alivio a San Erconwaldo, se aseguró de que todo estuviera bien cerrado y se dirigió a la casa parroquial. Sólo cuando ya se había tendido en su camastro y estaba intentando rezar sin distraerse con el recuerdo del bello rostro de Benedicta, recordó lo que Vincentius había dicho. ¿Qué hacía el buen médico en la torre? Además, Vincentius había reconocido que había estudiado en la región del Mediterráneo donde sir Ralph y los otros habían servido como mercenarios. ¿Habría alguna relación?, se preguntó. Aún estaba meditando acerca de aquella cuestión cuando se quedó profundamente dormido, pero no tuvo ningún sueño.

Cranston también estaba pensando en los acontecimientos de la torre, pero sus preocupaciones le impedían concentrarse en los dilemas que aquéllos planteaban. El forense estaba tristemente sentado junto al escritorio de su cámara, una estancia que él llamaba su pequeña cancillería o gabinete de escritura y en la que solía encontrarse muy a gusto, pues se hallaba situada en la parte de atrás de la casa, lejos del ruidoso Cheapside. Miró a su alrededor. El suelo había sido especialmente embaldosado con unas pequeñas piedras romboidales rojas y blancas y estaba cubierto por alfombras de lana. Las ventanas encristaladas tenían las contraventanas cerradas contra las corrientes de aire y unos troncos de pino crepitaban en la pequeña chimenea. A ambos extremos del gran escritorio había unos soportes con unas escalfetas destinadas a caldear la atmósfera. A sir John le encantaba encerrarse en aquella estancia y concentrarse en la escritura de su gran tratado sobre el gobierno de la ciudad. Pero aquella noche no conseguía tranquilizarse. No se sentía a gusto en su propia casa. Matilde parecía un poco más contenta que de costumbre y ambos se habían intercambiado las habituales bromas, pero Cranston intuía que ella le ocultaba algo. Oyó que una criada hacía sonar una campanilla desde el piso de abajo, señal de que la cena ya estaba lista. Levantó su enorme mole del sillón y bajó con paso cansino a la cocina llena de deliciosos aromas. El mendigo Leif estaba agachado junto al rincón de la chimenea, atiborrándose de carne de venado fuertemente sazonada. Leif le miró con una sonrisa y se sorprendió de que pasara por su lado sin decirle nada, pues por regla general sir John solía saludarle con una sarta de cariñosos improperios.

El mendigo se encogió de hombros y volvió a su comida. Se lo estaba pasando muy bien. Lady Matilde le había dado unos cuantos peniques y al día siguiente pensaba reunirse con su amigo de la calle del Cangrejo. Comerían juntos en un figón y después se irían a Moorfields a ver cómo unos mastines de ensangrentadas fauces acosaban a los osos que echaban espumarajos por la boca, los jabalíes de enormes colmillos y los gigantescos toros.

En el comedor de paredes revestidas de lino, la mesa se había cubierto con un blanco mantel de linón y a ambos lados se habían dispuesto unos candeleros de oro labrado. Cranston miró con expresión recelosa a su mujer. Parecía demasiado contenta. Tenía las mejillas arreboladas y le bailaban los ojos de emoción. Sir John empezó a preocuparse. ¿Habría conocido lady Matilde a otro hombre?, se preguntó. ¿Algún joven enamorado más apuesto y viril que él? Sabía muy bien que tales cosas ocurrían con harta frecuencia. Las esposas aburridas de los viejos y los burgueses hallaban a menudo consuelo en los brazos de algún joven cortesano o algún noble presuntuoso.

Sir John se acomodó en su sillón de la cabecera de la mesa y recordó dolorosamente el pasado. Sí, su matrimonio había sido concertado. Matilde Philpott, hija de un cuchillero, había sido solemnemente prometida en matrimonio con el joven Cranston. ¿Joven? Bueno, le llevaba quince años cuando la conoció en la puerta de la iglesia, pero entonces estaba más delgado, era ágil como un galgo y era un auténtico Héctor en el campo de batalla y un Paris en la alcoba. Sir John miró con tristeza a su esposa y ésta le dedicó una sonrisa. ¿Y si le dijera algo? Sir John tragó saliva. No se atrevía. No le tenía miedo a nadie, poseía el cuerpo de un toro y el corazón de un león, pero en su fuero interno se sentía intimidado por su menuda y delicada esposa. Jamás le pegaba gritos ni le arrojaba objetos a la cabeza. Todo lo contrario. Matilde se sentaba y le replicaba, arrancándole su actitud de superioridad como si pelara una cebolla antes de sumirse en una murria que podía durarle varios días.

–¿Todo bien, sir John?

–Sí, milady –contestó Cranston en voz baja.

La criada sirvió la cena: dorada y crujiente empanada de carne de buey con hierbas y una deliciosa salsa de cebolla. Cranston empezó a animarse después de beber dos generosas copas de clarete.

–¿Estuvisteis hoy en la torre, sir John?

–Sí y todo por culpa del condestable sir Ralph Whitton. Anoche tenía garganta y hoy tanto su vida como su garganta han desaparecido.

Lady Matilde asintió con la cabeza, comentando que ya le habían hablado de la crueldad y dureza de sir Ralph.

–¿Y vos, milady?

–Ah, pues esta mañana he hecho las cuentas y más tarde he salido a tomar un poco el aire.

–¿Por dónde?

–Por Cheapside. ¿Por qué?

–¿No fuisteis a Southwark?

–¡Por Dios bendito, sir John, pues claro que no! ¿Por qué me lo preguntáis?

Cranston sacudió la cabeza y apartó la mirada. Había percibido el temblor de su voz. El corazón le dio un vuelco en el pecho y derramó la copa llena hasta el borde de clarete rojo rubí.

En la oscuridad de la torre, el caballero hospitalario Gerardo Mowbray estaba paseando por el parapeto del lienzo de la muralla entre la Torre de la Flecha Ancha y la Torre de la Sal. El viento nocturno le azotaba el corto cabello entrecano, las orejas y las mejillas, traspasando la túnica gris que le cubría el cuerpo. Pero él ni siquiera se enteraba. Siempre acudía a aquel lugar. Era el paseo que más le gustaba. Contemplaba la oscuridad y trataba de distinguir desde allí las viejas ruinas de los tiempos de Julio César, pero aquella noche no podía porque la niebla era demasiado espesa. Hacia el norte se vislumbraba la luz de la Torre de Santa María de la Gracia y, hacia el sur, el resplandor de las llamas de las antorchas del hospital de Santa Catalina. Sir Gerardo levantó la vista al cielo. Las nubes se estaban empezando a disipar y permitían ver las estrellas del firmamento. Curioso, pensó. En Ultramar las estrellas parecían más cercanas y la aterciopelada oscuridad de los cielos se veía tan próxima que uno tenía la sensación de que, con sólo ponerse de puntillas, hubiera podido arrancar las lumbreras del cielo.

Mowbray se apoyó contra las almenas de la muralla. ¡Qué tiempos tan felices! Recordó las ardientes arenas de las afueras de Alejandría donde él, sir Brian, sir Ralph y los otros eran simplemente unos despreocupados caballeros que sólo querían apoderarse del oro del enemigo. Recordó el momento culminante de la campaña. Se había producido una revuelta en Alejandría y el ejército del califa, del cual formaba parte el grupo de Mowbray, se había congregado a las puertas de la ciudad: sonaban los timbales, los gallardetes ondeaban al viento y los grandes estandartes verdes con las medias lunas plateadas resplandecían bajo el sol. La ciudad llevaba varios meses bajo asedio, pero, al final, se había abierto una brecha en una de las murallas. Él y sir Brian se adelantaron hombro contra hombro rodeados por sus compañeros y, formando un círculo de acero, se abrieron lentamente paso hasta el interior de la ciudad. Les seguían las tropas del califa cuyos gritos de batalla subían y bajaban como un coro demoníaco. Los caballeros penetraron a través de la brecha y avanzaron pegados a la muralla hasta los peldaños que conducían al parapeto situado por encima de la puerta principal de la ciudad.

Sir Gerardo evocó con emoción el pasado. Recordó el intenso calor, el sol que fulguraba en las espadas y las dagas, el rugido de la batalla y la sangre que manaba como millares de fuentes mientras los hombres iban cayendo con terribles heridas en la cabeza, el cuerpo o las extremidades. Poco a poco, él y sus compañeros se acercaron a los peldaños, abriéndose camino con sus espadas hasta llegar al parapeto que se levantaba por encima de la puerta principal. ¿Quién fue el que lo hizo? ¡Ah, sí! Bartolomé, como siempre. Saltó y se enzarzó en combate con un gigantesco mameluco. Se movía con la gracia de un bailarín y su espada parecía una sibilante serpiente plateada. Una falsa finta hacia la ingle y después un rápido medio arco para herir al enemigo entre el yelmo y el camisote. Ralph le siguió. Entonces era un honrado caballero.

Después levantaron la gran tranca de la puerta y los hombres del califa penetraron en la ciudad. ¡Cuánta sangre derramada! No se pidió ni se concedió ningún cuartel. En las sofocantes y angostas calles resonaban las trompetas y los gritos de los moribundos, hombres y mujeres por igual. Por lo menos, los caballeros no intervinieron en la matanza; habían cumplido su misión y esperaban una recompensa adecuada. Al final, llegaron a una espaciosa plaza con una gran fuente de mármol en el centro. Cerca de allí estaba la casa vacía de un banquero. ¡Qué tesoro tan inmenso encontraron en ella! Adam se hundió hasta la rodilla en una montaña de ducados de plata y copas con piedras engastadas, rebosantes de perlas.

Mowbray apartó repentinamente a un lado sus recuerdos. Le parecía haber oído algo en lo alto de los peldaños que había al final del parapeto. No, pensó, era sólo el viento. Volvió a sus recuerdos. Qué extraño, pensó, que Adam no hubiera acudido a la cita esta vez. A lo mejor, tenía miedo. ¿Acaso el difunto sir Ralph y el ahora acaudalado burgués

Adam sabían algo que él ignoraba? ¿Cuál era la causa del temor del condestable?

–Todos tenemos miedo –musitó Mowbray para sus adentros.

El temor los había cambiado a todos. Ésos son los efectos del mal, pensó, corroe la voluntad, pudre el alma y contamina las cámaras y los pasadizos de la mente. ¡Lo que se había hecho en Ultramar años atrás era una mala obra! Bartolomé fue el cabecilla. La mitad del tesoro era suyo por derecho propio y él había confiado en ellos. Las palabras gritaban como espectros atormentados en los más oscuros rincones del alma de Mowbray. El caballero se estremeció de frío. Ralph lo había urdido todo, pero ellos habían tomado parte en la mala acción. Él había confesado sus pecados, había peregrinado descalzo a Santiago de Compostela y tanto él como Fitzormonde se habían convertido en hospitalarios para expiar sus culpas. Contempló la oscuridad.

–¡Dulcísimo Jesucristo! –murmuró–. ¿Acaso no fue suficiente?

El caballero se sentía acosado por los negros demonios del infierno. ¿Qué suplicios les estarían reservados a los traidores en el Averno? ¿Ser cubiertos de pez en un oscuro abismo lleno de azufre donde las víboras se les comerían los ojos y las serpientes se enroscarían alrededor de las mentirosas lenguas? ¿Qué podía hacer para librarse de semejantes espectros? ¿Decírselo a Cranston? ¡No! ¿Tal vez a fray Athelstan? Mowbray recordó los ojos oscuros y el enigmático rostro del fraile dominico. Había conocido a hombres como él en otros tiempos. Algunos de sus capitanes de la orden hospitalaria tenían, como Athelstan, el don de adivinar los pensamientos. El fraile sabía que detrás de la muerte de sir Ralph se ocultaba algo muy malo y ponzoñoso.

Mowbray experimentó un repentino sobresalto al oír el grito de un ave nocturna más allá de los muros de la torre. Un perro lanzó un lastimero aullido de protesta. ¿Era un perro?, se preguntó. ¿O acaso un representante de las huestes de Satanás convocando a las legiones de los condenados desde los abismos infernales? Oyó el sonido de una campana. Mowbray gimió de temor, atrapado en sus propias fantasías. La campana resonó como si surgiera de las entrañas de la tierra. Soltó una maldición y procuró tranquilizarse.

¡Era el toque de rebato de la torre! Su mano se desplazó hacia el puño de su espada al recordar de repente que el gran badajo de bronce sólo sonaba cuando la torre estaba sufriendo un ataque. Asió con fuerza el puño de la espada. ¿Y si se hubiera equivocado?, se preguntó. ¿Y si el asesinato de sir Ralph hubiera sido obra de los rebeldes y ahora éstos hubieran regresado? Corrió sobre la grava a lo largo del parapeto. Quería luchar, quería matar y dar rienda suelta a la furia que le hervía en la sangre. De pronto, tropezó. Extendió los brazos como si fueran las alas de un pájaro negro recortándose contra la oscuridad del cielo, dio un traspiés y cayó, presa todavía de sus delirantes pensamientos. Era un niño que se lanzaba desde una roca a las aguas de uno de los apacibles ríos del condado de York. Era el joven y valeroso caballero que había saltado al parapeto de la muralla de Alejandría, gritándoles a los demás que lo siguieran. Después lo envolvió la oscuridad.

Se estrelló violentamente contra el suelo y su cerebro se derramó a su alrededor cuando los fríos y cortantes adoquines le aplastaron el cráneo. Su cuerpo experimentó una fuerte sacudida y después se quedó inmóvil mientras la moribunda mano se desplazaba lentamente hacia la bolsa que contenía un amarillento trozo de pergamino con el tosco dibujo de un barco y una negra cruz en cada esquina.

Capítulo 6

De pie a la entrada de su iglesia, Athelstan contempló con una mezcla de placer e incredulidad el cielo azul y el sol de las primeras horas de la mañana cuyos rayos danzaban y refulgían sobre los tejados cubiertos de nieve de su parroquia. Respiró hondo y lanzó un suspiro. Había dormido muy bien, se había despertado temprano, había rezado el oficio y celebrado la misa, había desayunado y, finalmente, había barrido la casa y la cuadra de *Philomel.* Después había entrado en el cementerio. Los leprosos no estaban y ningún sepulcro había sido profanado. Athelstan se sentía satisfecho y se alegraba de que el hielo se hubiera empezado a fundir gracias a la súbita aparición del sol, como si el propio Jesucristo hubiera querido que el tiempo mejorara para la celebración de su gran fiesta. Volvió la cabeza y miró sonriendo a la cortesana Cecilia, ocupada en la tarea de barrer el pórtico de la iglesia. Ésta le devolvió la sonrisa antes de desviar la tierna mirada de sus ojos hacia el soñador rostro de Huddle, el cual estaba esbozando en carbón los contornos de una de sus expresivas pinturas en el muro de la nave del templo.

–Pon atención en lo que estás haciendo, Cecilia –dijo Athelstan. Después levantó el rostro al sol–. Loado seas, Señor, por el hermano Día. Loado seas, Señor –añadió, recitando el *Cántico al Sol* de san Francisco de Asís–, por nuestra hermana, la Madre Tierra. –Athelstan olfateó el aire y arrugó la nariz–. ¡Aunque en Southwark huela a hortalizas podridas y a hediondos desperdicios!

De repente, recordó otras esplendorosas mañanas en la granja de su padre en Sussex y el sol le pareció un poco menos brillante.

–¿Sois feliz, padre?

Athelstan miró sonriendo a Benedicta.

–Sí, lo soy. ¿Habéis salido de misa antes de que terminara? –le preguntó.

–No he tenido más remedio, padre, ¿acaso lo habéis olvidado?

Athelstan recordó la fecha e hizo una mueca. Simón el carpintero, uno de sus feligreses más descarriados, un hombre de rostro rubicundo y corpulenta figura, con un temperamento muy exaltado y una larga daga galesa. Dos semanas atrás Simón había mancillado a una muchacha en la calle del Pez y después había rematado su delito, propinándole una brutal paliza. Lo habían juzgado y condenado a morir en la Casa Consistorial y al día siguiente lo ahorcarían. Simón no tenía familia ni amigos y tres días atrás los miembros del consejo parroquial habían rogado a Athelstan y Benedicta que fueran a visitar al desventurado. El fraile había llegado incluso al extremo de suplicar infructuosamente a Cranston que conmutara la pena, pero el forense había sacudido tristemente la cabeza.

–Apenas puedo hacer nada, hermano, aunque quisiera –le dijo–. La niña sólo tenía doce años y jamás podrá volver a caminar. Ese hombre tiene que morir.

Athelstan levantó los ojos al cielo.

–Dios tenga piedad de Simón –dijo en voz baja–. ¡Y Dios socorra a su pobre víctima!

–¿Qué decíais, padre?

–Nada, Benedicta, nada.

Athelstan se volvió para entrar en la iglesia justo en el momento en que un joven criado doblaba la esquina de la callejuela y le llamaba a gritos mientras sus pies resbalaban y patinaban sobre el hielo. Athelstan soltó un gruñido.

–¿Qué es lo que quieres, hombre? –le preguntó como si no lo supiera.

–Sir John Cranston os espera en la taberna del Cordero de Oro cerca del ayuntamiento, padre. Dice que es urgente. ¡Tenéis que ir ahora mismo!

Athelstan rebuscó en su bolsa y le arrojó un penique.

–Dile a sir John que se quede donde está y no beba demasiado. ¡Yo voy enseguida para allá!

Athelstan tomó las llaves de la iglesia atadas con un cordel al cordón que le ceñía la cintura y las depositó en la suave y cálida mano de Benedicta.

–Cuidadme la iglesia –le dijo.

Ella le miró con fingido asombro.

–¿Una mujer al cuidado de una iglesia, padre? La próxima vez me diréis que Dios favorece a las mujeres en mayor medida que a los hombres porque creó a Eva en el Paraíso y no antes como hizo con Adán.

–También dicen que la serpiente tenía rostro de mujer.

–¡Sí, y un mentiroso corazón de hombre!

–¿Cerraréis la iglesia?

–Perded cuidado, padre.

Athelstan la miró con una sonrisa.

–Creo que lo haríais mucho mejor que cualquier hombre. Hablo en serio, Benedicta, cuidad de que Ranulfo el cazador de ratas no se lleve a *Buenaventura*. Procurad que los niños no jueguen con bolas de nieve en el pórtico de la iglesia y que Úrsula no deje suelta a la puerca en mi huerto y, ¡por encima de todo, vigilad a Cecilia! Creo que está a punto de volverse a enamorar. –Athelstan bajó corriendo los peldaños–. Por cierto, Benedicta.

–Sí, padre.

–Anoche... os quiero dar las gracias por la exquisita cena. Un hombre muy extraño el doctor Vincentius.

–¡No tan extraño como algunos curas que yo me sé! –replicó sonriendo Benedicta.

Athelstan la miró con expresión de fingido enojo mientras ella se volvía y entraba saltando como una chiquilla en la iglesia.

Athelstan despertó y ensilló al adormilado *Philomel* y se dirigió hacia el puente de Londres. En las calles de la mala vida reinaba tanta animación como en un hormiguero estival, pues todos los barqueros, marineros y pescadores habían bajado a la orilla del río para contemplar el deshielo. El fraile guió cuidadosamente a *Philomel* entre la multitud que rodeaba el puente y se negó a mirar abajo; el hecho de cruzar el puente en un día tan espléndido podía ser una experiencia aterradora, mucho más en aquel caso en que el hielo de abajo se estaba rompiendo y resquebrajando. En su lugar, Athelstan miró hacia el otro lado del puente y concentró la vista en los barcos que navegaban por delante de los muelles de Billingsgate y Queenshithe en medio de un torbellino de frenética actividad. Galeras de Gascuña cargadas con toneles de vino, embarcaciones cargadas de glasto con destino a Picardía, barcos de buccinos de Essex y grandes bajeles de Alamein y Noruega a punto de zarpar. Barcas, barcazas y chalanas rodeaban los barcos mientras los hombres rompían el hielo con picos, martillos y mazos. En la popa de un pequeño buque mercante genovés un muchacho estaba entonando un himno a la Virgen en acción de gracias por el cambio del tiempo en tanto que los marineros de una galera griega suplicaban piedad: *«Kyrie Eleison, Christe Eleison, Kyrie Eleison»,* Señor ten piedad, Cristo ten piedad, Señor ten piedad. El canto era tan hermoso que Athelstan se detuvo y cerró los ojos para escuchar hasta que un carretero malhablado hizo restallar su látigo, comentando a gritos que algunos hombres tenían que trabajar y no podían perder el tiempo como ciertos curas estúpidos. Athelstan bendijo con la mano a su ofensor, desmontó y, llevando a *Philomel* por la brida, pasó por delante de la iglesia de San Magno en la esquina de la calle del Puente.

Entraron en la calle de la Espadaña, llena de carretas, acémilas y carros, pues todos los comerciantes de la ciudad querían aprovechar la oportunidad que les ofrecía el buen tiempo. Athelstan siguió adelante hasta llegar a la calle Walbrook. Por un lado de la calle discurría un profundo canal lleno de oscuras aguas mezcladas con fragmentos de hielo sobre una de cuyas pasarelas dos muchachos se estaban peleando con unas picas. Athelstan y *Philomel* avanzaban muy despacio, pero en determinado momento tuvieron que desviarse hacia la sombra de las tribunas de los pisos superiores de las casas para ceder el paso a un grupo de regidores que bajaban majestuosamente por la calle. Los precedía un heraldo tocando la trompeta mientras dos oficiales de orden les abrían camino, apartando sin contemplaciones a la gente con sus varas. Por encima de las cabezas de los regidores ondeaba el estandarte rojo sangre de la ciudad, en el cual destacaba la figura de san Pablo bordada en resplandeciente oro. En la esquina de Walbrook los basureros estaban amontonando los malolientes desperdicios con una especie de rastrillos. Un corchete había encontrado un cerdo suelto por la calle en contra de las ordenanzas municipales e inmediatamente había degollado al animal sin prestar la menor atención a las terribles amenazas del propietario, un menudo sujeto medio calvo. Athelstan recordó la enorme puerca de Úrsula y se preguntó si el alguacil se dirigiría a Southwark. Los parásitos de la ciudad se estaban congregando como moscas sobre una boñiga: jovenzuelos de tersa piel, ladrones de capas, curanderos, vagabundos nocturnos, bufones y hechiceros.

Al final, Athelstan encontró el Cordero de Oro, una pequeña taberna situada en la esquina de la calleja. En la oscura sala vio a Cranston hundido con expresión malhumorada en un banco, con la espalda apoyada contra la pared. Con las jarras de cerveza vacías sobre la mesa, parecía un enfurecido Baco rodeado de ofrendas votivas. Mientras Athelstan se acercaba, el forense levantó la vista.

–¿Dónde os habíais metido? –le preguntó en tono irritado.

–He venido a la mayor rapidez posible.

–¡No ha sido suficiente!

Athelstan rezó en silencio, pidiendo paciencia y se sentó en un escabel delante de sir John. El aspecto del forense no le gustaba ni un pelo. Cranston era un bebedor, pero siempre se mostraba jovial y, siendo consciente de sus propios pecados y fallos, solía ser tolerante con los de los demás. Ahora, en cambio, su aspecto era siniestro y sus ojos miraban constantemente a su alrededor como si esperara algún desafío. Movía en silencio los labios y su blanco bigote estaba erizado como por efecto de una furia interior.

–¿Os apetece un poco de vino, padre?

–No, sir John, no me apetece y vos ya habéis bebido demasiado.

–¡Callaos!

Athelstan se inclinó hacia delante.

–Sir John, os lo suplico, ¿qué es lo que ocurre? Quizá yo os podría ayudar.

–¡Ocupaos de vuestros asuntos!

Athelstan carraspeó y echó la cabeza hacia atrás.

–Éste va a ser un día muy agitado –dijo–. ¿Habéis dicho que el alcalde y los alguaciles nos querían ver?

–Ya me han visto a mí. ¡Se cansaron de esperaros a vos!

–¿Y qué han dicho, sir John? –preguntó suavemente Athelstan.

El forense se removió en su asiento, se incorporó y miró avergonzado al fraile.

–Perdonadme, hermano –murmuró–. He tenido una mala noche y me duele la cabeza.

«Y por si fuera poco, tenéis un carácter infernal», pensó Athelstan, pero prefirió no decir nada. Sir John no tardaría en hablar.

Cranston se mordió el labio y miró enfurecido hacia un rincón donde una rata gigantesca estaba royendo un sanguinolento trozo de grasa entre los sucios juncos del suelo.

–¿Es la rata negra o la parda la que lleva la infección? –preguntó de repente.

Athelstan siguió la dirección de su mirada y se estremeció de repugnancia.

–Las dos, creo, por consiguiente, no pienso comer aquí, sir John, y os aconsejo que vos tampoco lo hagáis. Pero os ruego que me digáis qué ha ocurrido.

–Ha habido más derramamiento de sangre en la torre. Sir Gerardo Mowbray, que también había recibido un aviso de muerte, resbaló en el parapeto y cayó.

–¿Alguna otra cosa?

–Aproximadamente a la misma hora en que Mowbray moría, la campana de la torre tocó a rebato, induciendo a la guarnición a creer que se había producido un ataque.

–¿Pero no hubo ningún ataque? –preguntó Athelstan–. Y ningún campanero, supongo.

–Por lo visto, no.

–¿Y qué quería el alcalde?

Athelstan experimentó un sobresalto cuando un gato surgió repentinamente de las sombras, agarró a la rata por la pata y la arrastró entre chillidos al centro de la estancia.

–¡Por todos los diablos! –le gritó Cranston al tabernero.

El hombre se acercó con una escoba y entonces el gato, con su presa en la boca, huyó corriendo por una escalera de caracol.

Cranston levantó la jarra de cerveza, pero, recordando la rata, volvió a posarla sobre la mesa.

–El alcalde quería informarme, mi querido Athelstan, de que sir Adam Horne, burgués, regidor e íntimo amigo del difunto sir Ralph, ha recibido un dibujo de un barco de tres palos y una hogaza de semillas de sésamo.

–¿Y dónde está Horne ahora?

–En su almacén de la orilla del Támesis. No es él quien se lo ha dicho al alcalde sino su mujer. El mensaje y la hogaza se los entregaron a ella con carácter anónimo. Cuando le dio ambas cosas a su marido, su reacción la dejó aterrada. Horne se mareó y se puso muy pálido, como si acabara de sufrir un repentino ataque.

–¿Y eso cuándo ha sido?

–Esta mañana a primera hora. La esposa fue a ver inmediatamente a uno de los alguaciles. Lo demás ya lo sabéis.

–Lady Horne ha actuado con mucha rapidez, ¿verdad?

–Pues sí y por eso el alcalde sospecha algo. Sigue pensando que lady Horne sabe más de lo que ha dicho.

Athelstan miró hacia la puerta cuando entraron unos buhoneros con las gastadas bandejas colgadas del cuello, pidiendo a gritos que les sirvieran cerveza. Les seguía un mendigo tuerto que, a cambio de un penique, accedió a bailar. Su esquelético cuerpo vestido de andrajos empezó a pegar unos grotescos brincos entre las burlonas carcajadas de unos caldereros.

–¿No os parece curiosa, sir John –dijo Athelstan– la afición que tenemos los hombres a humillar a los demás?

Cranston recordó a lady Matilde, parpadeó y apartó la mirada.

–Bueno pues, sir John –dijo Athelstan, removiéndose en su asiento–, ¿interrogamos a Horne o vamos a la torre?

Cranston se levantó.

–Mi obligación es investigar la causa de la muerte –contestó con arrogancia–, no hacerles de recadero a los poderosos de la ciudad. Por consiguiente, iremos a la torre. Al fin y al cabo, tal como se dice en las Sagradas Escrituras: «Donde está el cadáver, allí se reúnen los buitres».

–Sir John –dijo Athelstan, rascándose la cabeza–. El aviso de la hogaza de semillas y el barco me sigue preocupando.

–¿Qué queréis decir? –preguntó Cranston con voz pastosa, tambaleándose peligrosamente junto a la mesa.

–Pues que, por lo visto, Horne vio en la hogaza un aviso de muerte, pero ¿por qué el tosco dibujo de un barco ha suscitado tanto temor en él y en los demás?

–¡Todos tienen miedo porque nadie dice la verdad! –contestó Cranston–. ¡Todos mienten! –añadió, mirando enfurecido al fraile bajo sus erizadas cejas.

–¿Qué os sucede, sir John? –insistió en preguntar Athelstan–. Os veo dolido y encolerizado. Tenéis que decirme qué os pasa.

–Más tarde –dijo el forense en voz baja–. ¡Vamos!

Recogieron sus caballos en las cuadras y salieron a las frías y bulliciosas calles. Parecía que todos los londinenses hubieran salido de sus casas. Los propietarios de los tenderetes estaban tratando de recuperar el tiempo perdido y en el aire se aspiraban los deliciosos aromas que surgían de las tabernas y los figones. Bajaron por Cornhill, Leadenhall y Aldgate y se detuvieron al ver a un grupo de personas alrededor de un hombre que estaba hablando en la esquina de la judería. Era un extraño personaje de alargado y enjuto rostro, cabeza completamente rapada y un delgado cuerpo cubierto de pies a cabeza con una túnica y una capa de color negro. Al ver a Cranston, el orador interrumpió sus palabras y contrajo los músculos de la mandíbula. En sus ojos brillaban unos destellos de furia que a Athelstan le hicieron recordar la figura de Juan el Bautista de una de aquellas representaciones sacras que solían escenificarse al aire libre. El hombre respiró hondo sin apartar la vista de Cranston y señaló con un huesudo dedo el claro cielo azul.

–¡Ay de esta ciudad! –dijo con una ronca voz gutural–. ¡Ay de sus corruptos funcionarios! ¡Ay de los que visten de seda, descansan en mullidas camas y se llenan el cuerpo con los mejores manjares y los más deliciosos vinos! ¡No escaparán del inminente castigo! ¿Cómo pueden comer y beber mientras nuestros pobres hermanos se mueren de hambre? ¿Cuál será su respuesta entonces?

Cranston hizo ademán de acercarse a él, pero Athelstan lo sujetó por el brazo.

–¡Ahora no, sir John!

–¿Quién es ése? –graznó el forense.

–Un cura iletrado. Se llama Juan Ball y es un gran predicador –contestó Athelstan en voz baja–. Es un hombre muy querido, sir John –añadió–. ¡No es el lugar ni el momento!

Cranston respiró hondo, giró sobre sus talones y siguió adelante. Las exaltadas palabras del predicador los persiguieron hasta llegar a la altura de la casa de los frailes de la Cruz, donde giraron a la izquierda para bajar por una callejuela que conducía a la torre.

–¡Cualquier día de estos –rugió Cranston– lo mandaré ahorcar!

–Dice la verdad, sir John.

El forense se volvió a mirar al fraile mientras su cuerpo se aflojaba y la furia desaparecía de su rostro.

–¿Qué puedo hacer, Athelstan? ¿Cómo puedo dar de comer a los pobres de Kent? Es posible que coma demasiado y sé que bebo en exceso, pero busco la justicia y hago todo lo que puedo.

Sus grandes manos se agitaron en el aire como las alas de un pájaro herido y Athelstan vio en sus ojos una expresión de profundo dolor.

–¡Por los clavos de Cristo, hermano, si ni siquiera mando en mi propia casa!

–¿Le ocurre algo a lady Matilde? –inquirió Athelstan.

Cranston asintió con la cabeza.

–Temo que haya conocido a otro –contestó–. Quizá algún presumido jovenzuelo de la corte.

Athelstan le miró sin poderlo creer.

–¿Lady Matilde? ¡Jamás! ¡Sois un insensato, sir John!

–¡Si eso me lo dijera otro hombre, lo mataría!

–Pero os lo digo yo, sir John. Lady Matilde es una dama honrada a carta cabal y os ama profundamente. ¡Aunque a veces me pregunto cómo es posible! –añadió Athelstan casi enojado, agarrando por la capa al obeso forense–. ¿Qué prueba tenéis?

–Anoche la vi cruzando el puente de Londres desde Southwark y, cuando más tarde le pregunté dónde había estado, me contestó que no había salido de Cheapside.

Athelstan estaba a punto de replicar con dureza cuando, de repente, las palabras del forense le refrescaron la memoria. A lo mejor, sir John tenía razón. Una semana atrás, poco antes de la fiesta de la Virgen, Athelstan había visto a lady Matilde cerca de la posada de la Cota de Southwark. Le había parecido un poco raro, pero no le había dado mayor importancia. Cranston le miró con los ojos entornados.

–Vos sabéis algo, ¿no es cierto, maldito monje del demonio?

Athelstan apartó la mirada.

–Ya os he dicho que soy un fraile –contestó con dulzura–. Sir John, yo sólo sé que os honro a vos y a lady Matilde. Y también sé que ella jamás os traicionaría.

–¡Vamos! –rugió Cranston, dándole un codazo–. Tenemos cosas que hacer.

Llegaron al final de la callejuela, subieron por la cuesta de la colina y entraron en la torre por la poterna de la parte de atrás. Uno de los centinelas se hizo cargo de sus caballos y cruzó con ellos el prado interior cubierto ahora por una capa de barro y hielo que llegaba hasta los tobillos, acompañándolos al lugar donde Colebrooke los estaba esperando con semblante abatido.

–Más muertes –anunció con tristeza el lugarteniente–. Ojalá pudiera deciros que sois bienvenido, sir John. –Salió con ellos, se detuvo y levantó los ojos hacia un cielo intensamente azul donde los cuervos graznaban, sobrevolando incesantemente la torre–. ¿Conocéis las leyendas, sir John? Mientras los cuervos estén aquí, la torre jamás caerá. Y cuando graznan con tanta estridencia, anuncian una muerte inminente. –Colebrooke se sopló las puntas de los dedos–. Por desgracia, el canto de los cuervos se está convirtiendo en un himno inacabable.

–¿Sabía alguien que Mowbray había recibido el mismo aviso que sir Ralph? –preguntó bruscamente Cranston.

Colebrooke sacudió la cabeza.

–No. Mowbray estaba muy inquieto, pero, después de la muerte de sir Ralph, todos estábamos muy nerviosos. Él y sir Brian no hablaban con nadie. Anoche Mowbray salió a dar su habitual paseo por el parapeto entre las torres de la Sal y de la Flecha Ancha. Aún se encontraba allí arriba cuando la campana empezó a tocar a rebato. Al parecer, Mowbray lo oyó, echó a correr, resbaló y cayó.

–¿No había nadie en el parapeto con él?

–No. En realidad, de no haber sido por el aviso que encontramos en su bolsa, hubiéramos pensado que había sido un simple accidente.

–¿Estaba muy resbaladizo el parapeto?

–No, por supuesto que no, sir John. Vos sois un soldado. Sir Ralph era muy estricto en estas cosas. En cuanto el tiempo empeora, todos los peldaños se cubren con grava y arena.

–¿Quién tocó la campana? –preguntó Athelstan.

–Ah, ahí está el misterio. Venid, os lo enseñaré.

Los tres se dirigieron al centro del prado de la torre. Allí la nieve casi no había sido pisada y se amontonaba alrededor de un poste de madera del cual sobresalía un palo horizontal como el de un cadalso. La campana de rebato pendía de una argolla de hierro y de su enorme badajo de bronce colgaba una cuerda muy larga.

–Mirad –añadió el lugarteniente, señalando la campana–, ésta sólo se toca cuando la torre sufre un ataque directo. La campana está colgada de tal forma que basta con tocar la cuerda para que suene sin cesar.

Sir John levantó los ojos y asintió con la cabeza.

–Claro –dijo–, he visto en otras ocasiones este mecanismo. Si el guardia resulta herido, una vez se ha tocado la cuerda, la campana sigue sonando hasta que alguien la detiene.

–¡Exacto! –exclamó Colebrooke–. Y ahí está el verdadero misterio. Yo mismo paré la campana. Y allí no había nadie.

–Pero alguien hubiera podido tocar la cuerda y huir a toda prisa, ¿no es cierto? –preguntó Cranston.

–Imposible. Vine aquí con un hacha. Paré la campana, pero, cuando examiné la nieve, observé que no había más huellas que las mías.

–¿Cómo? –ladró Cranston–. ¿Ninguna huella?

–Ninguna, sir John. –Colebrooke señaló la alfombra de nieve que los rodeaba–. Precisamente por la importancia que tiene esta campana –explicó–, no se permite que nadie se acerque a ella. Hasta los soldados, cuando beben más de la cuenta, procuran no acercarse demasiado por temor a tropezar y rozar la cuerda sin querer.

–¿Y no se encontró nada más?

–Nada, exceptuando las huellas de las patas de los cuervos.

–Pero eso es imposible –dijo Athelstan.

Colebrooke lanzó un suspiro.

–Estoy de acuerdo con vos, padre, y lo que todavía resulta más misterioso es que había unos guardias vigilando el prado y no vieron acercarse a nadie a la campana. Ni encontraron huellas. –Colebrooke se volvió de espaldas y soltó un escupitajo–. Es tiempo de muerte –dijo en tono afligido–. Aquí sólo se oye el canto de los cuervos.

–¿Y dónde estaban los demás? –preguntó Cranston.

–La señora Felipa nos había invitado a cenar a todos a la Torre Beauchamp.

–¿A todos? –preguntó Athelstan.

–Bueno, los dos caballeros hospitalarios pusieron reparos. Rastani no acudió y yo me retiré a ratos para efectuar las rondas. Acababa de regresar al aposento de la señora Felipa cuando empezó a sonar la campana.

–¿Y no encontrasteis a nadie? –repitió Cranston.

–A nadie –contestó Colebrooke–. Ahora los soldados están inquietos. Hablan de demonios y espíritus y la torre ya no es una guarnición apreciada. Vos conocéis a los soldados, sir John, son peores que los marineros. Cuentan que la torre se construyó en un lugar antaño dedicado a los sacrificios, que el mortero se mezcló con sangre y que en sus cimientos clavaron hombres en la tierra.

–¡Tonterías! –gritó Cranston–. ¿Y vos qué pensáis, hermano?

Athelstan se encogió de hombros.

–Puede que el lugarteniente esté en lo cierto, sir John. Hay más fuerzas bajo el cielo de las que nosotros imaginamos.

–¿O sea que os creéis todas esas historias de los espíritus?

–¡Por supuesto que no! Pero la torre es un lugar maldito. Muchas personas han sufrido en ella unas muertes atroces.

Athelstan miró a su alrededor y se estremeció a pesar de los cálidos rayos del sol.

–El peor de los malos espíritus –añadió– es el miedo que destruye la armonía de la mente, perturba el alma y crea una sensación de peligro y amenaza. Nuestro asesino es muy hábil e inteligente. Está consiguiendo justo lo que quiere.

–¿Quién encontró el cuerpo? –preguntó Cranston.

–Fitzormonde. Cuando sonó la campana, todos corrieron a las puertas para cerciorarse de que estuvieran cerradas. Fitzormonde fue en busca de Mowbray y descubrió el cadáver.

–Echaremos un vistazo al parapeto –dijo Athelstan–. Os agradecería que reunierais a todo el mundo en los aposentos de la señora Felipa, mi señor lugarteniente. Os ruego que le presentéis mis disculpas a la dama, pero es importante que todos acudan al lugar donde estaban anoche cuando la campana tocó a rebato.

Cranston y Athelstan vieron alejarse a toda prisa a Colebrooke.

–¿Creéis que hay alguna relación?

–¿Entre qué?

–Entre el toque de la campana y la caída de Mowbray.

–Por supuesto, sir John.

Athelstan tiró al forense de la manga y ambos cruzaron el prado desierto hasta los peldaños que conducían al parapeto. Desde allí contemplaron el lienzo de la muralla que se levantaba por encima de ellos.

–Una caída terrible –dijo Athelstan en un susurro.

–¿Y decís que hay una relación entre el toque de la campana y la caída de Mowbray? –insistió en preguntar el forense.

–Es una simple conjetura, sir John. Mowbray subió al parapeto. Como a muchos soldados, le gustaba estar solo para meditar lejos de los demás. Se encontraba allí, contemplando la oscuridad. Ya había recibido un aviso sobre la inminencia de su muerte y estaba perdido en sus pensamientos, temores e inquietudes. De repente, la campana empieza a tocar a rebato, anunciando que la mayor fortaleza del reino está sufriendo un ataque. –Athelstan clavó los ojos en la triste mirada de sir John–. Si hubierais estado en el lugar de Mowbray, ¿qué hubierais hecho? Recordad, sir John –añadió astutamente el fraile–, que vos también sois un guerrero y un soldado.

Cranston se echó hacia atrás el castoreño, se rascó la incipiente calva y frunció los labios como si fuera el mismísimo Alejandro Magno.

–Me hubiera apresurado a averiguar la causa –contestó en tono meditabundo–. Sí, eso es lo que hubiera hecho –añadió, mirando a Athelstan–. Cabe suponer que Mowbray hizo lo mismo, pero ¿qué ocurrió después? ¿Resbaló? ¿O lo empujaron?

–No creo que resbalara. Mowbray debía de ser muy precavido y dudo que hubiera permitido que alguien lo empujara desde el parapeto sin oponer resistencia.

–¿Pues entonces?

–No sé, sir John. Veamos primero las pruebas.

Estaban a punto de subir los peldaños cuando una voz les gritó de repente:

–¡Buen día, amigos míos! –Mano Roja, con los andrajos de chillones colores volando a su alrededor, se estaba acercando a ellos, brincando sobre el barro–. Buen día, maese forense. Buen día, maese cura –repitió–. ¿Le tenéis aprecio al viejo Mano Roja?

Athelstan vio una gallina tratando de librarse de la presa de Mano Roja. El pobre animal cacareaba y se agitaba, golpeando el vientre del loco con las patas y desgarrándole más si cabe los harapos con las uñas, pero Mano Roja lo sujetaba firmemente por el cuello.

–¡La muerte ha vuelto otra vez! –canturreó mientras en sus incoloros ojos se encendía un brillo perverso–. El Asesino Rojo ha vuelto y otros morirán. Ya lo veréis. La muerte volverá y clavará dentelladas, así.

Antes de que Athelstan o Cranston pudieran impedirlo, el loco hincó los dientes en el cuello de la gallina y le desgarró la garganta. El ave soltó un ronco graznido, se estremeció y se quedó inerte. Mano Roja levantó la cabeza y les miró con la boca llena de sangre y plumas.

–¡Asesinato! ¡Asesinato! ¡Asesinato! –canturreó.

–¡Largo de aquí! –le gritó Cranston con voz de trueno–. ¡Quítate de mi vista, sabandija asquerosa!

Mano Roja se volvió y echó a correr, derramando la sangre de la gallina muerta sobre el grisáceo barro. Cranston le vio desaparecer detrás de un muro.

–En mi tratado, hermano –dijo en voz baja–, aconsejaré la construcción de casas para los que son como él. Aunque no se si...

–¿Qué, sir John?

–Si Mano Roja está tan loco como dice.

Athelstan se encogió de hombros.

–¿Quién establece quién está loco, sir John? A lo mejor, Mano Roja cree que él es el único cuerdo que hay en este lugar.

Subieron los empinados peldaños. Athelstan iba delante, seguido de sir John, el cual respiraba afanosamente, soltando una letanía de maldiciones mientras el frío viento le azotaba el rostro. A medio subir, Athelstan se detuvo, se agachó y tomó un puñado de la gruesa arena mezclada con grava que tapizaba todos los peldaños.

–Eso impide que alguien pueda resbalar, sir John –dijo.

–A no ser que esté bebido o distraído –replicó Cranston.

–Muy cierto, sir John. Un soldado sereno es, en verdad, una rareza.

–Tenéis razón, monje, pero bastante menos que un cura santo.

Athelstan sonrió y reanudó la subida. Llegaron a lo alto del parapeto de más de un metro de anchura, cubierto de arena y guijarros como los peldaños. Allí se apoyaron contra la muralla mientras Cranston contemplaba con curiosidad las figuras que correteaban abajo como negras hormigas, cumpliendo las distintas tareas de la guarnición. Después, el forense levantó la vista a la azul inmensidad del cielo. Ahora las nubes no eran más que unos casi invisibles jirones iluminados por el radiante sol del mediodía. De repente, el fiscal experimentó un mareo y se maldijo a sí mismo en su fuero interno por haber bebido demasiado.

–Cosas de la vejez –murmuró.

–¿Cómo decís?

–*In media vita, sumus in morte* –contestó Cranston–. Hacia la mitad de la vida, estamos en la muerte, hermano. No me siento demasiado seguro aquí y, sin embargo, en Francia cuando era más joven, pero menos prudente, defendí un parapeto muy semejante a éste contra los mejores soldados de aquel país. –Cranston se compadeció de sí mismo y se preguntó si Matilde también le consideraría un viejo. ¿Sería eso? Sir John respiró hondo, tratando de vencer el espasmo de rabia y temor que se había apoderado de él–. Proseguid vuestro maldito estudio, Athelstan.

–Vos quedaos aquí, sir John –dijo Athelstan, contemplando con expresión abatida la arena y la grava–. Habrán subido tantos hombres aquí desde la caída de Mowbray que dudo que podamos encontrar nada.

El fraile avanzó con cuidado por el parapeto, utilizando como guía el muro almenado. Caminaba muy despacio, sin atreverse a mirar el muro vertical que tenía a su derecha, sintiendo un frío cada vez más intenso, un viento cada vez más cortante y una pavorosa sensación de soledad mientras permanecía como en suspenso entre el cielo y la tierra. A ambos extremos del parapeto había dos torres. Cerca de la Torre de la Sal vio que el barro cubierto de grava aparecía removido, como si alguien hubiera permanecido un buen rato allí. Athelstan estudió detenidamente el lugar.

–¿Qué habéis encontrado, hermano? –tronó Cranston.

Athelstan regresó junto al forense, caminando con mucho cuidado.

–Mowbray estaba donde yo me he detenido. Ahora, si me hacéis el favor, sir John, ¿queréis pasar primero?

Cranston regresó a los peldaños, seguido de Athelstan.

–Deteneos cuando lleguéis al último peldaño, sir John.

Cranston así lo hizo, cerrando los ojos, pues estaba empezando a sentir un poco de vértigo.

–¿Qué ocurre, hermano? –graznó.

Athelstan se agachó y examinó el lugar donde la arena y la grava estaban dispersadas.

–Sospecho que Mowbray cayó desde aquí –contestó–. Pero ¿por qué y cómo? –El fraile examinó las almenas desde las cuales un arquero hubiera disparado sus flechas en caso de que la muralla hubiera sido atacada–. Qué curioso –murmuró–. En la muralla hay una huella reciente, como si alguien hubiera arrojado un hacha contra ella. Y fijaos, sir John –Athelstan recogió cuidadosamente unas astillas de madera–, éstas también son recientes.

–Sí, hermano –dijo Cranston, abriendo los ojos–, pero ¿qué significan?

–No lo sé, pero parece como si alguien hubiera tomado un hacha y la hubiera arrojado contra la muralla con tal fuerza que la piedra quedó marcada y el astil de madera del hacha se astilló.

Cranston sacudió la cabeza con incredulidad.

–No sé lo que significa todo eso –dijo Athelstan–. No puedo establecer ninguna relación entre la caída de Mowbray y estas pruebas fragmentarias. –El dominico contempló con recelo el pálido y ojeroso rostro de Cranston, sus enrojecidos ojos y su peligroso tambaleo en el último peldaño–. Vamos, sir John –le dijo–, aquí ya hemos terminado y otros están esperando.

–¡Gracias a Dios! –rugió Cranston–. Eso no lo hacéis todos los días, ¿verdad, hermano?

«Gracias a Dios –pensó Athelstan–, vos no estáis de tan mal humor todos los días.» El fraile miró a su alrededor. La guarnición de la torre estaba muy ocupada: varios soldados vestidos con media armadura permanecían sentados en los bancos sin hacer nada. A pesar del frío, les apetecía tomar un poco el sol. Algunos jugaban a los dados y otros compartían una bota de vino. Un sollastre salió corriendo con una canasta llena de carne recién cocida, la cual sería colgada en alguna cocina, donde la curarían, cortarían en cubitos, salarían y guardarían durante el invierno. El estruendo de la fragua resonaba como una campana y se oía desde lejos el llanto de un niño, hijo de algún soldado de la guarnición. En el lienzo exterior de la muralla un oficial estaba ordenando a gritos a los hombres que untaran los goznes de una puerta con aceite. Un perro ladró y se oyeron unas risas desde las cocinas. Athelstan sonrió y se tranquilizó.

No había que olvidar las pequeñas cosas de la vida, pues eran las que le permitían a uno conservar la cordura. Tomó del brazo a sir John y ambos cruzaron el prado de la torre, procurando pisar con cuidado el blando y sucio barro y los trozos de hielo todavía no fundido. Un guardia les franqueó la entrada a la Torre Beauchamp y al aposento de la señora Felipa en el segundo piso. La estancia era muy espaciosa y tenía un mirador que daba al prado de la torre. Los asientos estaban acolchados y en las ventanas había vidrieras de colores. Nada más entrar, Athelstan se dio cuenta de que era la cámara de una dama: las paredes estaban adornadas con tapices tejidos a mano. En uno de ellos se representaba un dragón de oro, enzarzado en combate con un dragón alado de plata. Otro mostraba al Niño Jesús con los brazos extendidos en el pesebre de Belén, al lado de la Virgen, vestida con una túnica dorada y un manto tan azul como el cielo. Los ladrillos de la pared habían sido pintados alternativamente de blanco y rojo y en varios armarios entreabiertos se veían vestidos, túnicas, capuchones y capas de distintos colores y tejidos. Unos troncos de pino ardían en una pequeña chimenea. En un rincón había un torno de hilar con los hilos todavía tensados y, en otro, se encontraba el dormitorio, separado del resto de la estancia por una cortina mientras que en el centro de la sala había una larga y lustrosa mesa, sobre la cual se habían dispuesto unas escalfetas llenas de carbón de leña, hierbas aromáticas y especias. Su perfume le hizo recordar a Athelstan una fresca mañana de primavera en la granja de su padre en Sussex. El fraile vio también, asomando por detrás de un grueso tapiz de color rojo, la puerta de la pared del otro extremo de la estancia y sonrió, guiñándole el ojo a sir John.

–Un tocador de señora, mi señor forense –le dijo.

Cranston sonrió, pero, al recordar a lady Matilde, volvió a ponerse muy serio.

La señora Felipa se levantó al verles entrar. Por su temperamento, aunque no por su aspecto, a Athelstan le recordaba a Benedicta; poseía su misma serena compostura y su mirada era tan fría como el acero. Se preguntó si Felipa sería lo suficientemente fuerte y despiadada como para cometer un asesinato. Miró a todos los demás y adivinó su tensión a pesar del visible esfuerzo que estaban haciendo por conservar las apariencias. En cuanto Cranston entró en la estancia, cesaron todas las conversaciones. Puede que Felipa o el acusado carácter femenino de la estancia le hicieran recordar a su mujer, pues, de repente, Cranston se dirigió en tono belicoso a la muchacha.

–¡Otro maldito asesinato! –gritó–. ¿Qué decís ahora?

Godofredo Parchmeiner, el prometido de Felipa, se levantó del oscuro lugar que ocupaba junto a una pared.

–¿Asesinato, mi señor forense? –balbució–. ¿Qué pruebas tenéis? Entráis aquí en la cámara de mi dama, hacéis insinuaciones, pero no mostráis ninguna prueba. ¿Qué pretendéis con eso?

Athelstan miró a su alrededor. Sir Fulke permanecía sentado en su asiento con aire ausente. El capellán, acomodado en un escabel junto a la chimenea, contemplaba las llamas sin dejar de frotarse las manos mientras que Rastani, el silencioso criado moreno, estaba sentado de espaldas a la pared como si quisiera que las piedras se abrieran y se lo tragaran. Fitzormonde, el otro caballero hospitalario, permanecía de pie junto a la ventana con las manos entrelazadas, mirando hacia el suelo, como si no se hubiera percatado de la presencia de Cranston. Colebrooke parecía un poco turbado y no paraba de golpear el suelo con el pie y de silbar suavemente por lo bajo.

–Mi prometido os ha hecho una pregunta –dijo Felipa–. ¿Cómo sabéis que el caballero ha sido asesinado? ¿Y eso qué más da, señor forense? También mi padre fue asesinado. ¿Acaso estáis a punto de descubrir al asesino?

–El asesinato de vuestro padre será vengado –replicó Cranston–. En cuanto a Mowbray, os diré que él también llevaba encima el maldito pergamino y unos fragmentos de una hogaza de semillas. ¿Qué otras pruebas necesitáis?

Felipa le miró fríamente.

–Sir John –contestó en tono glacial–, os ruego que moderéis vuestro lenguaje. Mi padre –añadió con la voz casi quebrada por la emoción– yace ahora envuelto en un sudario en la capilla de San Pedro ad Vincula y yo, su hija, lloro su muerte y pido justicia, pero lo único que recibo es el ofensivo lenguaje de las callejuelas y arroyos de Southwark. Soy una dama, señor.

Cranston entornó los ojos con expresión irritada.

–¿Y a mí qué más me da? –replicó antes de que Athelstan pudiera impedirlo–. ¡Si me mostráis a una dama, yo os mostraré a una ramera!

La muchacha se quedó sin respiración. Su prometido se puso en pie de un salto y acercó la mano al puño de su daga, pero Cranston le dirigió una mirada de desprecio que lo dejó repentinamente paralizado. Athelstan observó el súbito nerviosismo del caballero hospitalario y vio que éste tomaba uno de sus guantes.

«¡No, Dios mío –pensó–, aquí no! Lo único que le faltaría a sir John sería un desafío a muerte.»

–¡Sir John! –gritó–. La señora Felipa tiene razón. Vos sois el forense real y ella es una dama de alta alcurnia que ha perdido a su padre y ahora acaba de descubrir que uno de los amigos del difunto ha hallado una muerte similar. –Tomó el brazo del forense, lo obligó a volverse hacia él y, sin apartar los ojos del caballero hospitalario que ahora se había situado a su espalda, le dijo en voz baja–: ¡Dominaos, sir John, os lo suplico! Hacedlo por mí.

Craston miró a Athelstan con los ojos enrojecidos y, mientras le rozaba suavemente la mano con la suya, el fraile pensó que se parecía mucho al gran oso peludo que se encontraba en el patio de abajo.

–Sir John, os lo ruego. Vos sois un caballero y un hombre de honor.

El forense cerró los ojos, respiró hondo, los volvió a abrir y esbozó una sonrisa.

–Cuando vos estáis a mi lado, monje –le dijo a Athelstan–, no me hace falta para nada la maldita conciencia. –Volviéndose hacia Felipa, añadió–: Señora, antes de que sir Brian y sir Fulke –miró con desprecio al tío de la joven, indiferentemente acomodado en su asiento– me desafíen a un duelo, os pido disculpas. –Sus labios esbozaron una deslumbradora sonrisa–. Hay viejos, señora, y hay necios. Pero no hay nada peor que un viejo necio. –Alargando la mano, tomó los dedos de la joven y los besó con una galanura que el mejor cortesano le hubiera envidiado–. He sido extremadamente descortés –rugió–. Debéis perdonarme, sobre todo ahora que vuestro padre está todavía de cuerpo presente.

Capítulo 7

Los ánimos se serenaron. Athelstan cerró los ojos. «¡Dios mío –rezó en silencio–, te doy infinitas gracias!»

El caballero hospitalario había estado a punto de atacar a sir John y, en cuanto lo hubiera hecho, Athelstan sabía lo que hubiera ocurrido. ¡Hubiera sido un duelo a *outrance,* un duelo a muerte! La señora Felipa esbozó una sonrisa, se adelantó hacia la luz y entonces el fraile se dio cuenta de lo grosero que había sido Cranston.

La muchacha estaba más blanca que la nieve y sus ojos aparecían rodeados por unas profundas sombras, a pesar de lo cual había comprendido que el insulto de Cranston no había sido deliberado. La joven se inclinó hacia delante y besó suavemente a sir John en la mejilla. El forense se azoró, miró al suelo y empezó a mover los pies como un chiquillo avergonzado. Felipa se acercó a una bandeja con varias copas, llenó dos, le ofreció una a Athelstan y depositó la otra en la manaza de sir John. El forense estudió el vino sonriendo, se acercó la copa a los labios y apuró su contenido de un trago. Después chasqueó la lengua, le guiñó el ojo a la chica y alargó la copa para que se la volviera a llenar. Felipa así lo hizo mientras Athelstan soltaba un gruñido por lo bajo.

Sir John tomó la copa y se acercó a la ventana, contemplando la blanca nieve del prado de la torre iluminada por la deslumbradora luz del sol. Athelstan colocó su bandeja de escribir sobre la mesa. Los demás apenas se movieron, como si estuvieran absortos en la contemplación de todo lo que estaba haciendo o diciendo el forense. Lo estudiaban con la misma atención que hubieran puesto unos atemorizados colegiales en presencia de un severo maestro. Cranston contempló la gran campana de rebato iluminada por el sol y se volvió de repente.

–Mowbray ha sido asesinado –anunció–. Bueno, eso es por lo menos lo que yo creo. Recibió el mismo mensaje que sir Ralph, debió de subir al parapeto y la campana tocó a rebato para inducirle a correr. He examinado con sumo cuidado el parapeto...

Recordando que el forense se había limitado a permanecer apoyado contra la muralla, Athelstan reprimió una sonrisa.

–He examinado con sumo cuidado el parapeto –repitió Cranston, dirigiéndole a Athelstan una mirada asesina–. Mowbray no resbaló accidentalmente. La arena y la grava tienen un grosor de una pulgada por lo menos. Alguien planeó su caída.

–¿Era Mowbray aficionado al vino? –preguntó Athelstan.

Cranston se volvió para mirar al segundo caballero hospitalario. Sir Brian sacudió la cabeza.

–Era un curtido soldado –contestó el caballero–. Hubiera podido correr por el parapeto en medio de una cegadora tormenta de nieve.

–Decidme, ¿qué ocurrió anoche? –preguntó Cranston–. Quiero decir antes de que Mowbray sufriera la caída.

–Estábamos todos aquí –terció sir Fulke, mirando con una sonrisa al forense–. La señora Felipa nos había invitado a cenar.

–¡Yo no estaba! –gritó Fitzormonde–. Yo me encontraba en mi cámara, aguardando el regreso del pobre Mowbray.

–Y Rastani tampoco, por supuesto –tartamudeó el capellán, removiéndose en su asiento.

–No –murmuró Fitzormonde–, el moro tampoco estaba.

Athelstan se apartó del escritorio y se agachó delante de Rastani, contemplando su mudo y atemorizado rostro.

–Mi señora Felipa –dijo por encima del hombro del criado–. Quisiera hablar con Rastani, aunque creo que él ya sabe lo que le voy a preguntar.

–¡Y yo también! –gritó sir Fulke–. Yo responderé por él.

–No, mi señor, no lo haréis –tronó Cranston.

Athelstan tocó la mano de Rastani y la notó fría como el hielo. Sus líquidos ojos oscuros reflejaban un profundo temor, pero ¿a qué? ¿A que lo atraparan o lo descubrieran?

–¿Dónde estabas, Rastani? –le preguntó Athelstan.

A su lado, Felipa hizo un extraño gesto con los dedos y él le contestó con el mismo lenguaje de signos.

–Dice que estaba muerto de frío –explicó Felipa– y se quedó en la antigua cámara de mi padre en la Torre Blanca.

–Se mueve tan silenciosamente como un gato –observó Cranston–. Hubiera podido desplazarse furtivamente por la fortaleza sin que nadie le viera.

–¿Qué estáis insinuando, sir John? –replicó airadamente Felipa.

–¿Y cómo hubiera podido hacerlo si no se han encontrado huellas? –preguntó Godofredo en tono burlón, acercándose a Felipa.

–¿Con una bola de nieve quizá? –contestó Cranston sonriendo.

Colebrooke soltó una sonora carcajada.

–Ya os he dicho, sir John, que los centinelas podían ver el lugar desde sus puestos. No vieron acercarse a nadie.

Cranston resolló ruidosamente y contempló su vacía copa de vino con expresión anhelante.

–Antes de que sigáis, sir John –dijo Fitzormonde– y empecéis a hacer conjeturas acerca de dónde estaba yo, sólo os puedo decir que estaba en mi cámara, pero nadie me vio. –Miró con fiereza a Cranston–. No obstante, soy un religioso, un caballero y un hombre de honor. ¡No soy un embustero!

–¿Y por qué estabais allí, sir Brian? –preguntó Athelstan, interrumpiéndole diplomáticamente.

Sir Brian se encogió de hombros.

–Tenía miedo. También había recibido un aviso de muerte –dijo, sacándose de debajo de la capa un trozo de pergamino que Cranston prácticamente le arrebató de las manos.

El caballero hospitalario tenía razón. Era el mismo dibujo que Whitton y Mowbray habían recibido: el tosco dibujo de un barco a toda vela con una crucecita negra en cada esquina.

–También recibí una hogaza de semillas de sésamo –añadió Fitzormonde–, pero la tiré.

–Cuando Mowbray cayó, ¿alguien más examinó el parapeto? –preguntó repentinamente Cranston.

–Lo examinamos Fitzormonde, Colebrooke y yo –contestó Fulke–. Cuando la campana empezó a tocar a rebato, todos abandonamos esta cámara. El caballero hospitalario estaba con nosotros cuando descubrimos el cuerpo de Mowbray. Nuestro joven y gallardo amigo –añadió, señalando con un despectivo gesto de la mano a Godofredo– fue requerido para que nos acompañara al parapeto, pero todos sabemos que las alturas le causan pavor.

Godofredo se ruborizó de vergüenza y apartó rápidamente la mirada.

–¡Tío! –exclamó Felipa–. No es justo que hables así.

–Lo que no es justo –dijo Cranston, interrumpiéndola– es que apenas sepamos nada de lo que ocurrió anoche. Señora Felipa, ¿a qué hora se reunieron vuestros invitados?

–Hacia las ocho, poco después de vísperas.

–¿Y acudieron todos, excepto Rastani y el caballero hospitalario?

–Sí, sí, exactamente.

Cranston se volvió hacia el caballero hospitalario.

–¿Y dónde decís que estabais?

–En mi aposento.

–¿Y Mowbray?

–En el parapeto.

–O sea que, mientras Mowbray meditaba en el parapeto –dijo Cranston, lanzando un suspiro–, ¿todos vosotros menos Fitzormonde estabais reunidos aquí?

–Sí.

–¿Y cuánto tiempo transcurrió hasta que la campana empezó a tocar a rebato?

–Entre dos y tres horas.

–¿Y nadie salió de aquí?

–Sólo Colebrooke para efectuar su ronda y otros para ir al retrete, pero eso está en el pasadizo. –La joven esbozó una leve sonrisa–. Todos bebimos mucho.

–Eso no importa –dijo Athelstan, levantando una mano. Después tomó el pergamino que Cranston sostenía en su mano, se levantó, se acercó al caballero hospitalario y se lo colocó delante de las narices–. Sir Brian, ¿qué significa eso?

El caballero apartó el rostro.

–Sir Brian Fitzormonde –repitió el fraile–, pronto tendréis que comparecer ante el tribunal de Dios. Yo os pregunto por vuestro honor de caballero, ¿qué significa este pergamino?

El caballero levantó sus enrojecidos ojos. Al ver su pálido rostro, Athelstan tuvo la sensación de encontrarse en presencia de un hombre que ya estaba bajo la sombra de las sutiles y negras alas de la muerte. Fitzormonde era probablemente un hombre valeroso, pero Athelstan casi podía percibir el hedor del miedo que emanaba de él.

–Por vuestro juramento a Jesucristo –le dijo Athelstan en voz baja–, os ruego que me digáis la verdad.

Sir Brian levantó repentinamente la cabeza y le susurró algo al oído a Athelstan. El dominico retrocedió asombrado, pero después asintió con la cabeza.

–¿Qué ha dicho? –preguntó Cranston con voz de trueno.

–Más tarde os lo diré, sir John. –Dirigiéndose al resto del grupo, Athelstan preguntó, en un intento de cambiar de tema–: ¿Qué sucedió aquí anoche?

Sir Fulke, con su hipócrita cortesía habitual, se inclinó hacia delante.

–Mi sobrina –dijo– quería agradecernos nuestra solicitud hacia ella a raíz de la muerte de sir Ralph. Nos sentamos a cenar como un grupo de buenos amigos. Hablamos de los viejos tiempos y de lo que podría suceder en el futuro.

–¿Y nadie se fue?

–No, hasta que la campana empezó a tocar a rebato.

–No, sir Fulke –terció Godofredo–. Vos bebisteis mucho. –El joven sonrió hipócritamente–. Tal vez demasiado como para poder recordar. El capellán se retiró. –Godofredo señaló hacia el lugar donde el capellán Guillermo Hammond, vestido como un cuervo, permanecía sentado en su escabel junto al fuego de la chimenea–. ¿No recordáis que os retirasteis, padre?

–Regresé a mi cuarto –dijo el capellán–. Tenía un poco de vino que me había regalado un feligrés –explicó, mirando maliciosamente a Godofredo y después a Colebrooke–. No pertenece a los almacenes de la torre, si es eso lo que estáis pensando. –Encogiéndose de hombros, el clérigo añadió–: Sí, yo también bebí más de la cuenta y casi no podía tenerme en pie cuando regresé. Estaba a punto de entrar en la Torre Beauchamp cuando la campana empezó a tocar.

–¿Qué ocurrió entonces? –preguntó Athelstan. Miró a Colebrooke y se dio cuenta de que el lugarteniente apenas les había dicho nada acerca de sus propios movimientos–. ¿Y bien, mi señor lugarteniente? ¿Qué ocurrió entonces? –repitió.

–Cuando la campana empezó a tocar a rebato, yo y los demás dejamos a la señora Felipa. La guarnición se puso en estado de alerta y se comprobó que todas las puertas estuvieran cerradas. Después todos nos dispersamos, tratando de averiguar qué sucedía. Fitzormonde descubrió el cuerpo de Mowbray, nos reunimos con él y poco después apareció maese Parchmeiner. Examinamos el cadáver y yo subí al parapeto.

–¿Y qué? –preguntó Cranston.

–No vi nada. Nos preocupaba mucho más el hecho de que la campana hubiera tocado a rebato.

–Pero ¿no encontrasteis ni rastro del que había tocado la campana? –preguntó Athelstan.

–No, ya os lo he dicho.

Athelstan miró a su alrededor, exasperado. ¿Cómo era posible, se preguntó, que hubiera sonado una campana sin que nadie hubiera visto quién había tirado de la cuerda? ¿Y que no hubiera quedado el menor rastro de la presencia de alguien en aquel lugar? ¿Y cómo hubiera podido alguien, tras haber tirado de la cuerda de la campana, correr hacia la muralla para provocar la caída de Mowbray? Athelstan lanzó un profundo suspiro.

–¿Dónde está ahora el cuerpo de Mowbray?

–Ya está amortajado –contestó Felipa–. Yace en su féretro delante del cancel del antealtar de la capilla de San Pedro ad Vincula.

–Y allí me reuniré yo con él –musitó Fitzormonde, levantando los ojos con una leve sonrisa en los labios–. Sí, la marca de la muerte se ha abatido sobre mí.

Sus palabras permanecieron suspendidas en el aire como una flecha antes de iniciar su fatal descenso.

Athelstan dio media vuelta al oír un sonoro ronquido de Cranston, rompiendo el silencio. Oyó también la risita de Godofredo y vio la sonrisa del pálido rostro de Felipa y la amarga mueca del capellán mientras Fulke se partía de risa.

–Sir John está agotado porque tiene muchas preocupaciones en la cabeza –explicó–. Mi señora Felipa, ¿podemos ser huéspedes vuestros un ratito? –mirando a Colebrooke, le dijo–: Mi señor lugarteniente, tengo que hablar con sir Brian. ¿Hay por aquí alguna estancia donde pueda hacerlo?

Felipa señaló la puerta de la pared del fondo.

–Hay una muy pequeña al final del pasadizo –dijo, ruborizándose levemente–. Pasado el retrete. Estará caldeada. Esta mañana ordené poner un brasero.

Athelstan inclinó la cabeza, miró con una sonrisa al resto del grupo, desplazó los ojos hacia la dormida figura de Cranston y salió con sir Brian al pasadizo. A la izquierda estaba el retrete, detrás de una cortina que colgaba de una barra metálica. Athelstan apartó la cortina y arrugó la nariz. El retrete era un maloliente cubículo, con una letrina justo al pie de una ventanita ovalada que daba al prado.

–El desagüe va a parar al foso –explicó sir Brian.

Athelstan asintió con la cabeza, soltó la cortina y siguió adelante. La cámara del fondo del pasillo estaba limpia y olía mucho mejor. Las paredes estaban encaladas y las ventanas cerradas. Athelstan se sentó en un sillón y le indicó al caballero un banco adosado a la pared.

–Sentaos, sir Brian. Decidme ahora qué deseáis.

Sir Brian se arrodilló de repente a los pies de Athelstan y trazó la señal de la cruz en el aire. Athelstan miró angustiado a su alrededor, adivinando lo que iba a ocurrir.

–Me acuso, padre, de haber pecado –murmuró Fitzormonde–. Ésta es mi confesión.

Athelstan se echó hacia atrás y las patas del escabel chirriaron sobre el duro suelo de piedra.

–No puedo –dijo–. ¡Me habéis engañado, sir Brian! Cualquier cosa que me digáis ahora estará protegida por el secreto de la confesión.

–¡Lo sé! –dijo con voz sibilante Fitzormonde–. Pero mi alma está hundida en el más negro de los pecados.

Athelstan levantó la cabeza e hizo ademán de levantarse.

–No puedo –repitió–. Cualquier cosa que ahora me dijerais, sólo la podría dar a conocer con la venia de Su Santidad el Papa en Aviñón. Habéis sido muy desleal, sir Brian. ¿Por qué este engaño?

Fitzormonde levantó los febriles ojos.

–Eso no es un engaño –dijo–. Deseo confesarme, padre, tenéis que darme la absolución. ¡Soy un pecador *in periculo mortis*!

Athelstan lanzó un suspiro. Sir Brian tenía razón. El derecho canónico era muy riguroso en aquel punto: un sacerdote estaba obligado a oír en confesión a cualquier hombre que creyera estar en peligro de muerte. La negativa hubiera sido un pecado gravísimo.

–Estoy de acuerdo –murmuró Athelstan.

Sir Brian volvió a hacer la señal de la cruz.

–Me acuso, padre, de haber pecado. Han transcurrido muchos años desde mi última confesión y ahora quiero confesarme en presencia de Dios y confiar en su divina misericordia ante la inminencia de la muerte.

Athelstan cerró los ojos, se reclinó contra el respaldo de su asiento y escuchó una larga letanía de pecados: actos y pensamientos impuros, placeres de la carne, avaricia, cólera, lenguaje malsonante y las habituales y mezquinas disputas que suelen tener lugar en cualquier comunidad. Sir Brian confesó su lucha contra el pecado, su voluntad de hacer el bien y sus constantes fracasos en el cumplimiento de su propósito. Athelstan, que era un experto confesor, comprendió que sir Brian era un hombre bueno, pero profundamente turbado. Al final, el caballero terminó su confesión y se echó hacia atrás sentado sobre los talones, pero no levantó la cabeza.

–Soy un pecador, padre –añadió.

–Dios sabe que todos somos pecadores, sir Brian –replicó Athelstan–. Algunos son conscientes de ello, se confiesan e intentan obrar el bien mientras que otros, como los fariseos, ¡no pueden ser perdonados porque creen que ellos nunca pecan! –Athelstan se inclinó hacia delante–. ¿Deseáis ahora que os dé la absolución? –preguntó, levantando la mano–. *Ego absolvo te* –entonó–. Yo te absuelvo.

–¡Deteneos! –dijo sir Brian, levantando la cabeza.

Athelstan vio las lágrimas que rodaban por sus pálidas y macilentas mejillas.

–¿Hay algo más, sir Brian? –le preguntó dulcemente.

–¡Por supuesto que sí! –contestó Fitzormonde–. Soy un asesino, padre. Un verdadero asesino. Yo le quité la vida a mi amigo. ¡No! ¡No! –Sacudió la cabeza como si hablara solo–. Yo participé en un asesinato. Miré para el otro lado.

Athelstan se tensó, tratando de disimular la emoción que lo embargaba y la curiosidad que sentía ante la singular oportunidad de ver el alma desnuda de un hombre gracias a su condición de sacerdote.

–¿A qué asesinato os referís? –preguntó.

Sir Brian sacudió la cabeza y rompió a llorar como un niño.

–Sir Brian –dijo Athelstan, dándole una suave palmada en el hombro–. ¡Sentaos, os lo ruego!

Sir Brian se dejó caer en el banco. Athelstan miró a su alrededor y vio sobre un arca una jarra de vino y unas copas. Se levantó, llenó una copa y se la ofreció a Fitzormonde.

–El derecho canónico no dice que un hombre no pueda tomar un poco de vino durante la confesión –explicó sonriendo. Secándose las sudorosas manos en la túnica, añadió–: Tal como dice san Pablo: «Un poco de vino es saludable para el estómago».

Sir Brian tomó un sorbo y miró sonriendo a Athelstan.

–Muy cierto, padre –replicó–. Y tal como dicen los romanos, *In vino veritas*. En el vino está la verdad.

Athelstan asintió en silencio, acercó un poco más el sillón y volvió a sentarse.

–Decidme tranquilamente la verdad sobre ese asesinato, tomándoos todo el tiempo que haga falta, sir Brian.

–Hace muchos años yo era un joven alocado –dijo Fitzormonde–, un caballero que soñaba con convertirse en cruzado. Mis amigos aspiraban a lo mismo. Todos servíamos en Londres o sus alrededores: Ralph Whitton, Gerardo Mowbray, Adam Horne y...

Su voz se perdió.

–¿Y quién más?

–Nuestro jefe Bartolomé Burghgesh, de Woodforde, en Essex. –Fitzormonde respiró hondo–. La guerra en Francia había terminado. Du Guesclin estaba reorganizando los ejércitos franceses, nuestro anciano rey chocheaba y en Francia ya no se necesitaban las espadas inglesas. Entonces zarpamos rumbo a Ultramar y ofrecimos nuestros servicios al rey de Chipre. Allí pasamos dos años empapados de sangre. Al final, el rey chipriota prescindió de nosotros y nos quedamos tan sólo con la ropa, los caballos, las armaduras y las heridas de las batallas. Entonces nos convertimos en mercenarios en los ejércitos del califa de Egipto.

–¿Todos vosotros?

–Sí, sí. Éramos todavía como hermanos. Como David y Jonathan. –Fitzormonde sonrió para sus adentros–. No temíamos nada. Nos teníamos los unos a los otros y compartíamos todo lo que teníamos. Estalló una revuelta en Alejandría y nuestro jefe Bartolomé fue contratado por el califa para que ayudara a sus sátrapas a reprimir el levantamiento. –Fitzormonde hizo una pausa para tomar un sorbo de vino–. Fue una lucha sangrienta, pero, al final, conseguimos abrir una brecha en la defensa y Bartolomé nos guió en nuestra entrada. –El caballero miró a Athelstan a los ojos–. Nos abrimos paso con nuestras espadas a través de una muralla de carne humana. ¿Sabéis que los adoquines ni siquiera se podían ver de tanta sangre como corría por ellos? Los ejércitos del califa nos siguieron y entonces empezó la verdadera matanza. Hombres, mujeres y niños fueron pasados por la espada. –Fitzormonde hizo otra pausa y se secó la boca con el dorso de la mano–. Eso también lo quiero confesar, padre, aunque no tuve parte en ello. Bartolomé nos apartó de allí. Encontramos en la casa de un mercader un inmenso tesoro. –Fitzormonde se humedeció los labios con la lengua y cerró fuertemente los ojos, tratando de recordar los acontecimientos del lejano pasado en aquella ciudad agostada por el sol–. Las reglas del califa eran muy severas –añadió–. En nuestra calidad de mercenarios, no nos estaba permitido entregarnos al pillaje, por lo que buena parte de aquel tesoro nos estaba vedado, pero Bartolomé encontró una pesada bolsa de oro. –El caballero señaló la cuerda que ceñía la cintura de Athelstan–. Imaginaos algo el doble de ancho. Dos piezas de cuero cosidas y llenas de dinero. Todas las monedas eran de oro puro. El rescate de un rey en una bolsa de cuero. Tenía que haber miles de monedas.

Fitzormonde recordó el momento en que, agotado y cubierto de sangre, había contemplado boquiabierto de asombro el tesoro que Bartolomé había encontrado bajo las baldosas del suelo.

–¿Qué ocurrió entonces? –preguntó Athelstan.

Fitzormonde le miró sonriendo.

–Bartolomé dio muestras de una gran valentía. Dijo que esperaría a ver si el califa nos recompensaba por haber abierto la brecha en la muralla. Como no lo hizo, Bartolomé se quedó con la bolsa.

–¿Y por qué fue una muestra de valentía?

–Pues porque, si lo hubieran averiguado, Bartolomé hubiera sido abierto en canal, le hubieran arrancado los órganos genitales, se los hubieran introducido en la boca, lo hubieran decapitado y su cabeza hubiera sido clavada en una pica y colocada sobre las puertas de la ciudad. Bartolomé accedió a esconder la bolsa con la condición de que él se quedaría con la mitad del tesoro y los demás nos repartiríamos el resto. Nos pusimos de acuerdo y, al llegar la noche, escapamos de los ejércitos del califa y zarpamos rumbo a Chipre.

–¿Es ésa la relación con el barco? –preguntó Athelstan.

–No. Llegamos sanos y salvos a Chipre, pero el califa envió a unos sicarios para que nos mataran. Eran los hashishoni, los seguidores del Viejo de la Montaña, unos hábiles asesinos que actuaban al amparo de la noche. Estaban tan seguros de sí mismos que hasta nos avisaron de su llegada.

–¿Con una hogaza de semillas de sésamo? –preguntó Athelstan.

–Sí, pero Bartolomé los estaba esperando. Una noche entraron en nuestra casa, pero él había dispuesto que durmiéramos en el tejado mientras él vigilaba nuestro dormitorio a través de una rendija. ¿Sabéis que Bartolomé no dio muestras del más mínimo temor? –dijo Fitzormonde en tono nostálgico–. Los atrapó a los tres en aquella habitación y les dio muerte. –La voz de sir Brian se quebró–. Era el mejor, me refiero a Bartolomé, justo y honrado a carta cabal. Jamás he conocido a un guerrero más temible y audaz y, sin embargo, ¡nosotros lo asesinamos!

Athelstan se levantó, tomó la jarra de vino y volvió a llenar la copa del caballero.

–Proseguid, sir Brian.

–Bartolomé quería regresar a su mansión de Woodforde. Su esposa no gozaba de muy buena salud y además temía por la vida de su hijo. Por si fuera poco, no se llevaba demasiado bien con sir Ralph Whitton. –Fitzormonde frunció el ceño, contemplando su copa de vino–. Ralph era la espina de la rosa y creo que estaba secretamente celoso de Bartolomé. Protestó por el reparto del tesoro, pero Bartolomé no le hizo caso. Dijo que un trato era un trato y que él había encontrado el tesoro, había corrido el riesgo de incurrir en la cólera del califa y había matado a tres asesinos. Sin embargo, añadió, confiaba en sus hermanos de sangre y nos encomendó la custodia del tesoro cuando zarpó de Chipre.

Fitzormonde miró fijamente a Athelstan y el fraile empezó a sospechar la verdadera razón que se ocultaba detrás del dibujo de los trozos de pergamino.

–¿Qué ocurrió con el barco, sir Brian?

El caballero apuró el contenido de la copa de un solo trago.

–Unos días más tarde supimos que Whitton había enviado un mensaje secreto al califa. –Fitzormonde se encogió de hombros–. El resto ya os lo podéis imaginar. El barco en el que viajaba Bartolomé fue interceptado y hundido.

Athelstan giró en redondo al oír que alguien irrumpía ruidosamente en la estancia. Cranston se encontraba de pie en la puerta, mirándole enfurecido con sus legañosos ojos.

–¿Qué es lo que ocurre, maldito monje? –tronó–. ¿Dónde está el...? –Cranston soltó una palabra malsonante y miró con rabia al caballero–. ¿Todavía estáis dispuesto a desafiarme, sir Brian?

Athelstan se levantó, asió a Cranston por el brazo y lo sacó de la estancia, cerrando la puerta a su espalda.

–¡Sir John –le dijo en un susurro–, estoy oyendo a este hombre en confesión!

Cranston trató de apartarle a un lado.

–¡Por todos los diablos! –rugió–. ¡Me importa un ardite!

–Sir John, eso no tiene nada que ver con vos.

Echando mano de todo su peso, Athelstan empujó a Cranston y éste se tambaleó hacia atrás en el pasadizo, recuperó el equilibrio, desenvainó su larga y siniestra daga y se acercó muy despacio, clavando los enrojecidos ojos en Athelstan. El fraile se apoyó en la puerta.

–¿Qué vais a hacer, sir John? –le preguntó–. ¿Vos, el señor forense real, vais a matar a un sacerdote, compañero y amigo?

Sir John se detuvo, se apoyó en la pared y levantó los ojos hacia las grandes vigas que descansaban en las molduras de piedra.

–Dios me perdone, Athelstan –dijo en voz baja–. Pido disculpas a sir Brian. Os espero abajo.

El fraile volvió a entrar en la estancia. Fitzormonde permanecía sentado, sosteniéndose la cabeza con las manos. Athelstan le rozó suavemente el hombro.

–Olvidaos de Cranston –le dijo sonriendo–. Perro que ladra no muerde. ¿Queríais que os oyera en confesión, sir Brian? Burghgesh fue asesinado, pero la culpa la tuvo sir Ralph, ¿no es cierto?

Fitzormonde sacudió la cabeza y levantó los ojos.

–No me tratéis con condescendencia, padre. Ralph nos dijo lo que había hecho. Lo hubiéramos podido impedir. Hubiéramos podido denunciar a sir Ralph ante la justicia. Hubiéramos podido buscar por los mares para ver si Bartolomé había sobrevivido.

–¿Era posible?

–Quizá. A veces, los moros venden a los prisioneros en los mercados de esclavos. Hubiéramos podido ir a ver a la viuda y el hijito de Bartolomé, pero no lo hicimos. –Fitzormonde se golpeó fuertemente la palma de una mano con el puño de la otra–. Hubiéramos podido ejecutar a sir Ralph. En su lugar, nos convertimos en sus cómplices y nos repartimos las mal adquiridas riquezas.

–¿Qué fue de la viuda de Bartolomé?

–No lo sé. Cada cual se fue por su camino. Al final, a

Mowbray y a mí nos remordió la conciencia e ingresamos en la orden de los caballeros hospitalarios, cediendo a la orden la riqueza que nos quedaba. Horne regresó a la ciudad y, gracias a su fortuna, se convirtió en un hombre poderoso y Whitton entró al servicio de Juan de Gaunt. –Fitzormonde posó la copa en el suelo delante de él–. ¿Sabéis, padre, que hasta que Whitton murió no me di cuenta de que éste nos había mantenido en una perversa esclavitud? –Fitzormonde hizo una pausa–. ¿Habéis visto el oso de la torre?

–Sí.

–Todas las tardes voy a verlo –dijo Fitzormonde–. Es una bestia asesina, pero me tiene subyugado. Whitton era así. Sir Ralph había convertido su culpa en un vínculo entre todos nosotros. A medida que pasaba el tiempo, nos fuimos convenciendo de que nuestro horrendo crimen se había olvidado y adquirimos la costumbre de reunirnos cada año para celebrar juntos la Natividad. Pero jamás hablábamos de Bartolomé.

Athelstan asintió con la cabeza.

–Eso es lo peor que tiene el pecado, sir Brian. Permitimos que forme parte de nosotros, como una muela cariada cuya existencia soportamos y olvidamos.

Fitzormonde se frotó el rostro con las manos.

–Pero ¿qué ocurrió hace tres años? –preguntó Athelstan.

–No lo sé. Acudimos a la torre como invitados de Ralph para celebrar la Natividad y cenamos como de costumbre en la Mitra de Oro de Petty Wales, pero, cuando nos reunimos con sir Ralph, su cara estaba tan desencajada como si acabara de ver un fantasma. De hecho, nos dijo que eso era lo que había ocurrido, pero no quiso añadir nada más a pesar de nuestra insistencia.

Athelstan asió al caballero por la muñeca y le obligó a levantar la vista.

–¿Lo habéis confesado todo, sir Brian?

–Todo lo que sé.

–¿Y el trozo de pergamino?

–Un recordatorio del barco en el que navegaba Bartolomé.

–¿Y las cuatro cruces?

–Representan a los cuatro compañeros de Bartolomé.

–¿Y la hogaza de semillas?

Fitzormonde lanzó un suspiro e hinchó los carrillos.

–Un recordatorio de la noche en que Bartolomé nos salvó de los asesinos y un aviso de nuestra propia muerte.

–¿Sabéis quién asesinó a sir Ralph y a sir Gerardo?

–¡Juro por Dios que no lo sé!

–¿Creéis que Bartolomé pudo haber sobrevivido?

–Es posible.

Athelstan clavó los ojos en las encaladas paredes de la pequeña estancia.

–¿Y el hijo de Bartolomé? Ahora debe de ser un joven.

Fitzormonde se encogió de hombros.

–Lo pensé, pero he hecho algunas averiguaciones. El joven Burghgesh resultó muerto en Francia. Y ahora, padre, ¿me queréis imponer la penitencia?

Athelstan levantó la mano y pronunció la absolución, haciendo la señal de la cruz sobre la cabeza inclinada de Fitzormonde. Sir Brian levantó los ojos.

–¿Y mi penitencia, padre? –repitió.

–Vuestra penitencia es la culpa que habéis soportado. Rezad por el alma de Burghgesh y por las de sir Gerardo y sir Ralph. ¡Y otra cosa!

–¿Sí, padre?

–Tendréis que bajar y repetirle la confesión a sir John.

–Me mandará detener por asesinato.

Athelstan esbozó una sonrisa.

–Sir John es un viejo soldado y, cuando está sereno, un perspicaz estudioso del corazón humano. Hay más compasión en su dedo meñique que en el alma de muchos sacerdotes. Os oirá y probablemente pedirá a gritos que le sirvan una copa de vino blanco.

Capítulo 8

Fitzormonde se retiró y cerró suavemente la puerta a su espalda. Athelstan se acercó a la ventana, contemplando con aire ausente la gran campana suspendida en silencio por encima del prado cubierto de nieve. El sol poniente le estaba arrancando unos reflejos de plata. Al volverse, vio a Fitzormonde hablando con Cranston. El forense asentía con la cabeza mientras escuchaba la confesión del caballero.

Athelstan regresó a la cámara de Felipa, pero no había nadie. Permaneció un rato en la estancia, pensando en lo que Fitzormonde le había revelado; en primer lugar, los asesinatos de sir Ralph y Mowbray estaban relacionados con el terrible acto de traición ocurrido en Chipre muchos años atrás. En segundo lugar, pensó estremeciéndose de inquietud, habría otros asesinatos. Mientras guardaba su bandeja de escribir, hizo conjeturas acerca de otras posibilidades. Primero, Burghgesh podía haber sobrevivido y haber regresado para vengarse de sus compañeros. Segundo, alguien, tal vez el hijo de Burghgesh, podía haber regresado para hacer expiar su culpa a los asesinos de su padre. Pero, si hubiera sido alguno de ellos, ¿cómo hubiera podido entrar en la torre, hacer que la campana tocara misteriosamente a rebato y provocar la caída de Mowbray? Athelstan lanzó un suspiro. El asesinato de sir Ralph Whitton era muy sencillo comparado con los enredos que rodeaban el de Mowbray.

El fraile se frotó la barbilla con la palma de la mano y recordó la promesa que le había hecho a Benedicta de reunirse con ella en la prisión de la Armada, donde Simón el carpintero iba a pasar su última noche en la tierra. El recuerdo de Benedicta le hizo sonreír. Su relación con ella se había vuelto más serena y tranquila, pensó, mientras evocaba la figura del doctor Vincentius, confiando en que el médico no la hechizara con su sutil encanto. Su sonrisa se ensanchó. Allí estaba él, un fraile y sacerdote que había hecho voto de castidad, dominado por los celos por culpa de alguien a quien sólo podía considerar una amiga.

Apartó a un lado sus ensoñaciones y miró a su alrededor. Los asesinos... ¿Qué otras posibilidades existían? ¿Sería alguien del grupo? No Fitzormonde, pero ¿tal vez el mercader Horne? ¿Y si Colebrooke hubiera descubierto el turbio pasado de sir Ralph y hubiera querido convertir sus ambiciones en realidad bajo el disfraz de una venganza por las malas acciones del pasado? Athelstan se arrebujó en la capa, tomó su bandeja de escribir y admiró el precioso bordado del lienzo colocado sobre el respaldo de uno de los sillones. Y, por terrible que pudiera parecer, la señora Felipa poseía la frialdad y el aplomo necesarios como para ser una asesina y Parchmeiner podía haber sido su cómplice. Hammond el capellán podía haber actuado por despecho mientras que sir Fulke tenía mucho que ganar.

Al oír que Cranston le llamaba a gritos, abandonó la cámara, bajó y salió al exterior donde el forense estaba dando puntapiés contra la nieve con la puntera de la bota.

–¿Os encontráis mejor, sir John?

Cranston soltó un bufido.

–¿Fitzormonde os lo ha dicho todo?

El forense levantó la vista.

–Sí, creo que sí, Athelstan. ¿Pensáis lo mismo que yo?

El fraile asintió con la cabeza.

–Nuestros pecados siempre nos atrapan. Los griegos los llaman las Furias. Nosotros los cristianos los llamamos la cólera de Dios.

Cranston estaba a punto de contestar cuando vieron a Colebrooke acercándose a ellos desde el otro extremo del prado. El lugarteniente estaba muy pálido y parecía nervioso.

–¡Mi señor forense! –gritó–. ¿Ya habéis terminado aquí?

–Está más claro que el agua –le dijo Cranston a Athelstan

en voz baja–. ¡El hombre nos está pidiendo que nos larguemos!

–Enseguida nos vamos, mi señor lugarteniente, pero ¿os puedo pedir primero un favor?

Colebrooke disimuló su desagrado con una hipócrita sonrisa.

–Por supuesto, hermano.

–Vos tenéis mensajeros aquí. ¿Seríais tan amable de enviarle uno a la viuda Benedicta en San Erconwaldo de Southwark? Rogadle que se reúna con sir John y conmigo en la taberna de las Tres Grullas de Cheapside. Y otra cosa, mi señor lugarteniente.

–¡Sí!

–¿El cadáver de sir Ralph... estaba frío y la sangre ya se le estaba helando en las venas?

–Yo soy soldado, hermano, no médico. Pero creo que sí. ¿Por qué?

–Por nada –contestó Athelstan–. Os doy las gracias.

Colebrooke asintió con la cabeza y se retiró.

Cranston se desperezó lentamente.

–Todo está muy enredado, hermano.

–Ssss, sir John, aquí no. Creo que estas murallas oyen y nuestro fiel amigo Mano Roja está deseando que le escuchen.

Cranston se volvió y soltó una maldición por lo bajo al ver que el loco cruzaba el espacio nevado y se acercaba a ellos, ladrando como un perro cariñoso.

–¡Mucha sangre! ¡Mucha sangre! –gritó Mano Roja–. ¡Muchas muertes y oscuros secretos! Tres mazmorras, pero sólo dos puertas. Pasadizos oscuros. ¡Mano Roja lo ve todo! ¡Mano Roja ve unas grietas en las sombras! –El loco brincó sobre la nieve delante de ellos–. ¡Arriba y abajo! ¡Arriba y abajo cae el cuerpo! ¿Qué pensáis? ¿Qué pensáis?

–¡Largo de aquí, Mano Roja! –le dijo Cranston.

Después, tomando del brazo a Athelstan, pasó con él por delante de la gran sala para dirigirse a la puerta de la Torre

Wakefield. De repente, Athelstan se acordó del oso, se detuvo y regresó al lugar donde el animal permanecía encadenado en el rincón formado por el lienzo de la muralla y el campanario. El fraile contempló al animal con asombro y esbozó una sonrisa, confiando en que sir John no se diera cuenta, pues veía un extraño parecido entre la peluda bestia y el corpulento forense.

–Aquí huele a muerte –dijo Cranston.

El oso se volvió y Athelstan vio en sus enrojecidos ojillos un destello de furia. La enorme criatura se levantó muy despacio, tirando de la cadena que le rodeaba el cuello.

–No sé quién está más loco –murmuró Cranston–, ¡si el oso o Mano Roja!

El animal pareció comprender las palabras de sir John, pues emitió un gruñido entrecortado mientras trataba de echársele encima, levantaba el labio superior y mostraba unos dientes tan afilados como una hilera de dagas.

–Estoy de acuerdo con vos, sir John –dijo Athelstan.

–Será mejor que nos vayamos.

El fraile oyó el crujido de la cadena que rodeaba el cuello del oso y observó con inquietud la vibración de la pieza de hierro clavada en el muro. Después giraron a la izquierda para recoger sus caballos en las cuadras.

–Los podríamos dejar aquí y bajar en barca por el río –dijo Athelstan.

–Dios nos libre de eso, hermano –replicó Cranston–. ¿Acaso no estáis en vuestros cabales? ¡El maldito hielo todavía se mueve y a mí no me gusta pasar bajo el puente de Londres ni siquiera cuando hace buen tiempo!

Abandonaron la torre, subieron por Eastcheap, giraron hacia la iglesia de la Gracia, pasaron por el mercado del Trigo donde se levantaba la iglesia de San Pedro de Cornhill y entraron en Cheapside. En la gran avenida el ruido era ensordecedor. Comerciantes, mercaderes y aprendices se anunciaban a voz en grito, tratando de compensar las pérdidas de los días anteriores. Los alguaciles y corchetes también estaban ocupados conduciendo a dos beodos con unos toneles colocados sobre sus cabezas a través de la plaza del mercado, donde varios sucios y andrajosos chiquillos les arrojaban trozos de hielo y bolas de nieve. Un pordiosero había muerto en una esquina de la calle de la Aguja. El rígido cadáver estaba azulado a causa del frío. Un chiquillo armado con un palo trataba de alejar a dos perros famélicos que estaban olfateando sospechosamente los ensangrentados pies del mendigo. Cranston le arrojó un penique y, subiéndose a un tonel volcado, anunció a voz en grito que él era el forense de la ciudad y quería pedirles por caridad que ayudaran a la pobre criatura a retirar el cadáver.

–¡Me importaría un bledo que fuerais el mismísimo alcalde! –le replicó uno de los comerciantes–. ¡Largaos de aquí y dejadnos en paz!

Athelstan se echó la capucha hacia delante y se bajó las mangas, pues ya sabía lo que iba a ocurrir. Cranston, fiel a sus principios, saltó del tonel y agarró al desventurado comerciante por la garganta.

–¡Estáis arrestado, señor! –le gritó–. ¡Por desacato! Ése es el crimen que habéis cometido. Yo soy el forense real. ¡Si me menospreciáis a mí, menospreciáis a la Corona!

El hombre palideció y le miró con los ojos enormemente abiertos.

–Ahora, señor –añadió Cranston mientras los demás comerciantes se retiraban atemorizados–, ¿preferís que mande reunir a un jurado de vuestro gremio o que lo resolvamos con una multa?

–¡Una multa! ¡Una multa! –contestó el hombre cuyo rostro estaba adquiriendo un tinte cada vez más morado.

Sir John apretó la presa.

–¡Dos chelines! –dijo, sacudiendo al hombre con tal fuerza que Athelstan se adelantó alarmado, pero él le hizo señas de que se apartara–. ¡Dos chelines que pagaréis ahora mismo! –repitió.

El hombre rebuscó en su bolsa y depositó las dos monedas

en la mano del forense. Sir John lo soltó y el hombre cayó al suelo a cuatro gatas, tosiendo y vomitando.

–¿Era necesario, sir John? –le preguntó Athelstan en voz baja.

–¡Sí, lo era, hermano! –contestó Cranston–. Esta ciudad se tiene que gobernar a través del miedo. Si un comerciante se pudiera burlar de mí, en cuestión de una semana todos los bastardos de Londres seguirían su ejemplo.

Cranston miró con altivez a dos corchetes que se habían acercado al oír el alboroto. La arrogante expresión de sus rostros se desvaneció en cuanto le reconocieron.

–¡Mi señor forense! –exclamó uno de ellos–. ¿Qué mandáis?

Cranston señaló el cadáver del mendigo.

–¡Encargaos de que lo retiren! –bramó–. Ya conocéis vuestra obligación. Sabe Dios el tiempo que este desgraciado lleva tendido aquí. ¡Daos prisa antes de que os parta los traseros a puntapiés!

Los corchetes se retiraron, haciendo reverencias como si Cranston fuera el mismísimo regente. Cranston se volvió y chasqueó los dedos mirando al niño, el cual tenía unos brazos y unas piernas tan delgados como palillos, unos grandes y redondos ojos oscuros y un alargado rostro intensamente pálido.

–¡Toma, chico! –dijo, depositando los dos peniques en la esquelética mano del chiquillo que se había acercado a él con el pulgar en la boca–. Ahora vete a los franciscanos. ¿Sabes dónde están? Entre Newgate y el callejón de San Martín. Pregunta por fray Ambrosio. Dile que te manda sir John.

El niño, apretando fuertemente las monedas en su mano, le miró fijamente, soltó un escupitajo entre sus botas y se fue corriendo.

El forense le vio alejarse.

–El predicador Ball tiene mucha razón –dijo–. ¡Esta ciudad no tardará en arder con las llamas de la revuelta si los ricos no espabilan y hacen algo por ayudar a los demás! –Después se volvió a mirar a Athelstan con el semblante muy serio–. Creedme, hermano, el ángel de Dios aguarda en el umbral, empuñando la vara del justo castigo divino. Cuando llegue ese día –añadió–, ¡habrá más muertes violentas que personas hay en esta plaza del mercado!

Athelstan asintió con la cabeza, mirando a su alrededor. El mercado estaba lleno de ricos comerciantes y mercaderes envueltos en pieles y acaudalados artesanos vestidos con chaquetas de piel de conejo y de topo. Todos ellos ofrecían el aspecto propio de los hombres bien alimentados e incluso algunos estaban más gruesos de la cuenta; en cambio, en las callejuelas adyacentes, abundaban los pobres, no los de las parroquias sino los hombres sin tierras que habían sido expulsados de sus granjas y se trasladaban a la ciudad en busca de un trabajo que no encontraban. Los gremios lo controlaban todo y muy pronto todos aquellos vagabundos serían empujados al otro lado del puente de Londres y se apretujarían en los míseros callejones de Southwark donde imperaba la violencia.

–Vamos, sir John –dijo en voz baja.

Subieron por la calle de la Mercería donde se apartaron a un lado para ceder el paso a un grupo de deudores de Marshalsea que, caminando encadenados, avanzaban entre la muchedumbre, pidiendo limosna para sí mismos y para otros reclusos. La taberna de las Tres Grullas se encontraba en la esquina de una calleja, justo delante de Santa María Le Bow. Benedicta los estaba esperando sentada delante de una pequeña chimenea; a su lado, acurrucado como un perrillo, estaba Orme, uno de los hijos de Watkin, el recogedor de estiércol. Athelstan le entregó un penique y le dio una palmadita en la cabeza y el chico escapó corriendo.

–Bueno, Benedicta, ¿habéis dejado mi iglesia bien ordenada?

La viuda sonrió y se desabrochó el cierre de la capa. Athelstan se preguntó de repente, qué tal le sentaría un alegre vestido de tafetán rojo en lugar de los oscuros tonos pardos, verdes y azules que siempre llevaba.

–¿Todo bien? –se apresuró a repetir.

Benedicta le miró.

–Cecilia y la mujer de Watkin se han quedado discutiendo, pero, aparte eso y por mucho que lo lamentéis, la iglesia sigue en pie. ¿Cómo estáis, sir John? –preguntó la viuda, inclinando la cabeza hacia el forense, cuyos ojos estaban mirando enfurecidos al tabernero.

Éste, chismorreando con otros clientes alrededor de unos grandes toneles de vino, no había reparado en su presencia.

–Mucho mejor me sentiría, señora –tronó Cranston, levantando su poderosa voz–, ¡mucho mejor me sentiría si me trataran con más educación y me tributaran el respeto que se debe a un funcionario real!

Al ver que el tabernero seguía charlando sin hacerle el menor caso, Cranston cruzó la sala a grandes zancadas, pidiendo a gritos una copa de vino blanco seco y una jarra de vino tinto para sus acompañantes.

–¿Qué es lo que le ocurre a sir John? –preguntó Benedicta en voz baja.

–No lo sé. Creo que está disgustado con lady Matilde. Por lo visto, se comporta de una forma muy extraña y misteriosa.

–Qué curioso –dijo Benedicta en tono meditabundo–, pensaba decíroslo, hermano. Lady Matilde fue vista en Southwark hace más de una semana. Es tan encantadora, tan menuda y tan dulce. –Benedicta entornó soñadoramente los ojos–. Sí, creo que me dijeron que la habían visto salir de la casa del doctor Vincentius.

–¿Es un hombre aficionado a las damas? –se apresuró a preguntar Athelstan e inmediatamente pensó que ojalá se hubiera mordido la lengua en el momento de hablar.

Benedicta le miró fríamente.

–Fray Athelstan –contestó–, ¿podéis mostrarme a un hombre que no lo sea?

El regreso de Cranston salvó a Athelstan de la apurada situación. El forense se quitó el castoreño, se rascó la cabeza medio calva, le guiñó pícaramente el ojo a Benedicta y se volvió a mirar al atemorizado tabernero, el cual se estaba acercando presuroso con un cuenco de peltre de vino blanco y unas copas de vino tinto para los acompañantes de sir John.

–¿No vais a comer, sir John?

–No –contestó Cranston–. No tengo apetito y temo que el tabernero me envenene el plato, después de la bronca que acabo de echarle.

Benedicta soltó una alegre carcajada.

–¡Calmaos, sir John!

–No –replicó Cranston, levantando su cuenco–. La calma la encontraré en el fondo de este cuenco.

Benedicta le miró con asombro mientras apuraba el contenido de un solo trago y pedía que le sirvieran más, chasqueando la lengua y soltando regüeldos. La viuda se mordió el labio inferior para evitar que se le escapara la risa.

–Vamos a ver, hermano –dijo Cranston, dándose unas palmadas en el voluminoso vientre–, con mis disculpas a la señora Benedicta, ¿qué pensáis de la muerte de Mowbray? –preguntó, humedeciéndose los labios con la lengua–. ¿O de la de sir Ralph?

Athelstan se inclinó hacia delante y deslizó el dedo por el borde de su copa de vino.

–En primer lugar, hemos descubierto que sir Ralph fue asesinado probablemente por alguien que entró en la torre, cruzando el foso helado. En segundo lugar, el toque a rebato de la campana fue la causa de la muerte de Mowbray. En tercer lugar, ambos asesinatos están relacionados sin ninguna duda con la terrible traición que sir Ralph cometió hace muchos años contra Bartolomé Burghgesh en Chipre. –Athelstan contempló con una sonrisa la inquisitiva expresión del rostro de Benedicta–. Estáis desconcertada, mi señora. Pues bien, nosotros también. En primer lugar, ¿cómo puede alguien entrar en la torre, asesinar a sir Ralph y abandonar la fortaleza sin que nadie le vea? En segundo lugar, ¿por qué sir Ralph permaneció tendido sin oponer resistencia y permitió que le cortaran horriblemente la garganta hasta casi separarle la cabeza del cuerpo? Vos habéis visto el cadáver, sir John, y también la cámara. No había la menor señal de lucha y los guardias no oyeron nada. En tercer lugar, ¿quién tocó la campana a rebato y, al mismo tiempo, lo dispuso todo de tal forma que Mowbray cayera del parapeto?

A cada palabra que pronunciaba Athelstan, el rostro del forense se iba alargando.

–La lista de sospechosos –añadió implacablemente el fraile– sigue intacta. Es posible que hayamos conocido al asesino, pero lo mismo puede ser alguien de la torre que alguien de la ciudad de quien nada sabemos.

–Yo no conozco toda la historia –dijo Benedicta, interrumpiéndole–, pero en Southwark la gente se alegra de la muerte de sir Ralph. –Bajó la voz–. Pike el acequiero dice que eso es obra de la Gran Comunidad. Los cabecillas secretos de los campesinos desean debilitar la ciudad antes de que estalle la gran revuelta.

–¡Tonterías! –dijo Cranston, que ya iba por la tercera copa de vino blanco–. ¡Con todos mis respetos, mi señora Benedicta, Pike el acequiero tendría que mantener la boca cerrada y procurar salvarse el cuello!

Athelstan tomó un sorbo de vino e hizo una mueca al percibir su acidez.

–Una persona con quien no hemos hablado, mi señor forense, es el comerciante Adam Horne. Benedicta, antes de que vayamos a ver a Simón a la prisión de la Armada, tenemos que hacer ciertas averiguaciones. ¿Querréis acompañarnos?

Benedicta accedió a hacerlo y los tres se levantaron y salieron a la calle, no sin que antes Cranston le hubiera gritado unas cuantas maldiciones al desventurado tabernero. Fuera ya estaba oscureciendo y sólo quedaba el rojizo resplandor del ocaso. Cranston pisó con cuidado los helados adoquines de la calle y levantó los ojos al cielo.

–¿Por qué está el cielo siempre tan rojo al anochecer?

–Algunos dicen –contestó Athelstan– que es porque el sol

baja al infierno, pero yo creo que son historias de viejas. Vamos, sir John.

Athelstan rodeó al forense y le tomó respetuosamente del brazo, Benedicta se situó al otro lado y los tres cruzaron el desierto Cheapside. Los tenderetes ya se estaban cerrando y todavía bajaban algunos carros por Newgate o por el este hacia Aldgate. Los cansados aprendices y comerciantes se disponían a cerrar las tiendas y a sacar las linternas para iluminar la calle. La campana de Santa María Le Bow inició el toque de queda, señal de que toda actividad comercial debía cesar, mientras cuatro pilluelos empujaban un grueso nochebueno hasta la puerta de una de las grandes casas de los mercaderes. Cranston se detuvo para preguntarle el camino a uno de los administradores del mercado, sentado en su pequeña garita de portazgo en la esquina de la calle de la Leña. El hombre le indicó la esquina de la calle Mercería con Lawrence.

–Allí encontraréis la casa de Horne –dijo–. Un edificio precioso con una enorme puerta de madera negra rematada por un escudo de armas.

Bajaron por el centro de Cheapside para evitar la nieve fundida que estaba empezando a caer desde los inclinados tejados de las casas. La casa de Horne parecía desierta y no había ninguna linterna por encima de la puerta sino tan sólo una mustia guirnalda navideña. Cranston retrocedió unos pasos para echar un vistazo a las ventanas emplomadas del piso superior.

–No hay ninguna vela encendida –dijo.

Athelstan empujó a Benedicta hacia la pared lateral de la casa para protegerla de la nieve que caía de la pequeña marquesina de la puerta. Levantó la pesada aldaba de bronce en forma de cabeza de dragón y la dejó caer con fuerza. Al no obtener respuesta, volvió a llamar. Se oyó el rumor de unas pisadas antes de que una criada abriera la puerta con semblante atemorizado.

–¿Está en casa el regidor Horne? –le preguntó Cranston con voz pastosa.

La joven sacudió la cabeza en silencio.

–¿Quién es? –preguntó una voz desde la oscuridad del interior de casa.

–¿Lady Horne? –preguntó Cranston–. Soy sir John Cranston, el forense real. ¿Vos habéis enviado hoy un mensaje a los alguaciles del ayuntamiento?

La mujer surgió de las sombras con el pálido y enjuto rostro iluminado por la luz de la vela que sostenía en las manos. Las lágrimas rodaban por sus mejillas, sus tristes ojos aparecían rodeados por unas profundas ojeras y llevaba el cabello gris oscuro recogido en unas trenzas bajo un velo de color blanco.

–Sir John –dijo, tratando de sonreír–, será mejor que entréis. ¡Muchacha, enciende las antorchas de la solana y trae velas!

Lady Horne los acompañó a través de un pasadizo de bóveda de piedra hasta una agradable pero fría solana. Un mortecino fuego ardía en la chimenea. Lady Horne los invitó a sentarse mientras la criada encendía las velas. Athelstan miró a su alrededor. La estancia era extremadamente lujosa, con tapices de tonos azulados en las paredes y lienzos de lino exquisitamente bordados sobre las mesas, los arcones y los respaldos de los sillones. Aun así, el temor se palpaba en el aire. La casa estaba excesivamente silenciosa. Miró a lady Horne, sentada al otro lado de la chimenea con un rosario de perlas y marfil entrelazado entre los dedos.

–¿Deseáis tomar algo? –les preguntó la dama.

Cranston estaba a punto de contestar, pero Athelstan se le adelantó.

–No, milady. El asunto es muy urgente. ¿Dónde está vuestro esposo?

–No lo sé –contestó lady Horne en un susurro–. El terrible mensaje se recibió esta mañana y sir Adam salió inmediatamente después. Dijo que iba a los almacenes que tenemos río arriba. He enviado mensajes allí, pero el chico me ha dicho que mi esposo ya se había ido. ¿Qué ocurre, sir John? ¿Qué significa todo eso? –preguntó, mirando con ojos suplicantes al forense.

–No lo sé –mintió Cranston–. Pero vuestro esposo, lady Horne, corre un grave peligro. ¿Sabe alguien adónde ha ido?

La mujer inclinó la cabeza y sus hombros se estremecieron a causa de los sollozos. Benedicta se levantó, se arrodilló a su lado y le acarició cariñosamente las manos.

–Lady Horne, os lo ruego –insistió Athelstan–. ¿Sabéis algo acerca del mensaje o de la razón por la cual vuestro esposo se ha asustado tanto?

La mujer sacudió la cabeza.

–No, pero Adam nunca estaba tranquilo. –Lady Horne levantó los ojos–. Era un hombre de inmensa fortuna, pero, por la noche, se despertaba empapado en sudor y gritaba como un loco, hablando de un sangriento asesinato. A veces, se pasaba una hora temblando, pero jamás me reveló nada.

Cranston miró a Athelstan, haciendo una mueca. El fraile contempló el reloj de arena que había en una mesa a su espalda.

–Sir John –dijo, levantándose–, son casi las siete. ¡Tenemos que irnos!

–Lady Horne –Cranston rozó suavemente el hombro de la esposa del mercader al ver que ésta se disponía a levantarse–, quedaos aquí, la criada nos acompañará. Si regresa vuestro esposo, decidle que acuda a mi casa. No está lejos. ¿Me lo prometéis?

La mujer asintió con la cabeza antes de clavar los ojos en las moribundas pavesas de la chimenea.

Una vez en la calle, Cranston golpeó el suelo con los pies y juntó las manos.

–Esa mujer está muerta de miedo –comentó–. Sospecho que conoce el origen de la riqueza de su marido, pero ¿qué podemos hacer? Horne puede estar en cualquier lugar de la ciudad.

Athelstan se encogió de hombros.

–Sir John, Benedicta y yo tenemos que ir a la prisión de la Armada. Prometimos al consejo parroquial visitar a Simón el carpintero.

–Ah, sí –dijo Cranston–, el asesino.

–¿Vos os vais a casa?

Sir John contempló las sombras del crepúsculo. Lo hubiera deseado con toda su alma, pero ¿de qué le hubiera servido? En su casa se hubiera quedado sentado en un sillón, emborrachándose como una cuba.

–Sir John –repitió Athelstan–, lady Matilde os estará esperando.

–No –dijo Cranston en tono obstinado–, os acompañaré a la prisión de la Armada. Quizá os pueda ayudar en algo.

Athelstan miró a Benedicta y levantó los ojos al cielo. Hubiera preferido librarse por una vez de sir John. Estaba harto de sus constantes estallidos de cólera. Apreciaba sinceramente al voluminoso caballero, pero en aquella ocasión hubiera deseado que no le acompañara. Sin embargo, se mostró de acuerdo. Pisaron el barro manchado de sangre del matadero, se taparon las narices para no aspirar los olores de putrefacción y giraron a la izquierda al callejón de los Deanes, una angosta callejuela donde el barro llegaba hasta los tobillos y en la cual abundaban las casas con tribunas en los pisos superiores. Al llegar a la esquina del callejón de los Arqueros, se apartaron a un lado para permitir el paso de un enorme carro tirado por cuatro caballos con las crines recortadas, los ojos cubiertos con anteojeras y los ollares dilatados a causa del repugnante hedor de la muerte. Los cascos de los caballos y las ruedas del carro estaban cubiertos de paja, por cuyo motivo éste se deslizaba como un vehículo fantasma. En una esquina del carro, una antorcha iluminaba el siniestro rostro del carretero, envuelto en una capa con capucha.

–¿Qué es eso? –preguntó Benedicta, cubriéndose la nariz con el embozo de su capa.

Athelstan hizo la señal de la cruz en el aire y rezó para que el carro prosiguiera su camino, pero éste se detuvo a su lado. El conductor trató de calmar a los caballos en el momento en que dos gatos surgieron de las sombras, maullando en pos de alguna presa. Cranston sabía lo que transportaba el carro, pues había reconocido en el conductor al verdugo de Tyburn.

–No miréis –dijo.

Pero Benedicta, dejándose llevar por la curiosidad, se apoyó en el brazo de Athelstan y, poniéndose de puntillas, miró por encima del borde del carro y contempló horrorizada los pálidos y helados cadáveres tendidos bajo un sucio lienzo. Sus miembros estaban torcidos de distintas maneras, pero todos tenían alrededor del cuello una ancha franja morada mientras que, en sus congestionados y amoratados rostros, las hinchadas lenguas asomaban a través de los fríos labios y los ojos en blanco parecían querer escaparse de las cuencas.

–¡Dios bendito! –exclamó, apoyándose contra la pared mientras el conductor hacía restallar el látigo y el carro reanudaba su camino–. ¿Qué era eso?

–Los ahorcados de los olmos –contestó Cranston–. Por la noche, se cortan las sogas de los cadáveres y éstos son conducidos a las grandes caleras, cerca de la cartuja. –Miró con semblante enojado a la viuda–. ¡Os dije que no mirarais!

Benedicta experimentó unas náuseas, se detuvo un momento y, apoyándose en el brazo de Athelstan, siguió a Cranston hacia Ludgate en dirección a la prisión de la Armada.

La pequeña cárcel no contribuyó precisamente a mejorar su estado de ánimo. Por encima de los grises muros, asomaban unos siniestros y oscuros edificios mientras que una negra puerta con una arcada parecía bostezar como si quisiera devorar a todos los incautos que se acercaran a ella. Cranston tiró de la cuerda de una campana y les franquearon el paso a través de un portillo abierto en la puerta. Un carcelero los condujo a la garita del portero, el cual se inclinó en reverencia al reconocer a sir John. Entonces Athelstan se alegró de que el forense los hubiera acompañado. Cruzaron la gran sala donde cumplían condena los deudores, la cual estaba amueblada con bancos de roble adosados a los muros y dos largas mesas de la misma madera, ambas cubiertas de mugre. Las personas reunidas a su alrededor olían muy mal y tanto los hombres como las mujeres iban envueltos en sucios andrajos y raídas capas de lana. Se abrieron paso entre ellos hasta llegar a un pasadizo de suelo de piedra, flanqueado por unas ventanas enrejadas, a través de cuyos barrotes los pobres deudores sacaban unos cuencos y pedían limosna con voz suplicante.

Al final, bajaron por unos resbaladizos y agrietados peldaños que conducían a la sala de los condenados, un espacioso sótano abovedado con unas mazmorras al fondo.

–¿A quién deseáis ver? –preguntó bruscamente el portero.

–A Simón el carpintero.

El portero se adelantó corriendo, tomó una llave y abrió una de las puertas.

–¡Vamos, Simón! –gritó–. ¡Una visita muy especial! Nada menos que el forense de Londres, un fraile y una bella dama. No se puede pedir más.

Simón salió de la celda con paso cansino. Athelstan a duras penas lo reconoció: tenía la cara completamente llagada y el cabello largo y enmarañado a causa de la suciedad y los parásitos. Iba cubierto de harapos y llevaba las manos y los pies encadenados. El carpintero se acercó torpemente a ellos, levantando las manos para apartarse el cabello del rostro. Tenía los labios azulados a causa del frío y los ojos le ardían de fiebre por encima de las pálidas y hundidas mejillas.

–¿Me traéis el indulto, padre? –preguntó, esperanzado.

Athelstan sacudió la cabeza.

–No, lo lamento. He venido sólo para visitarte, Simón. ¿Puedo hacer algo por ti?

El carpintero le miró, después miró a Benedicta y, echando la cabeza hacia atrás, rompió en una histérica risotada hasta que el portero le abofeteó el rostro. El condenado se desplomó al suelo como un perro apaleado. Athelstan se arrodilló a su lado.

–¡Simón! –le dijo en un susurro–. ¡Simón!

El carpintero levantó la cabeza.

–¿Quieres que te sean perdonados los pecados? Te puedo oír en confesión.

El hombre le miró con expresión desesperada.

–Ya no hay nada que hacer –añadió Athelstan en voz baja–. Mañana a esta hora, Simón, ya estarás en presencia de Dios.

El carpintero asintió con la cabeza y rompió a llorar como un niño. Athelstan se volvió.

–Sir John, Benedicta, os ruego que me dejéis un momento a solas con él.

Ambos se retiraron. El forense le ordenó a gritos al portero que los siguiera y, por segunda vez en un día, Athelstan oyó la confesión de un hombre a punto de enfrentarse con la muerte. Al principio, Simón habló muy despacio y Athelstan tuvo que hacer un esfuerzo para resistir el frío de la mazmorra que se filtraba a través del tejido de sus ropas y estaba convirtiendo sus piernas en dos bloques de hielo, pero después Simón dio rienda suelta a todas sus emociones. Habló de todo y enumeró una desdichada letanía de fracasos que había culminado finalmente en la violación de una niña. Athelstan le escuchó, le dio la absolución y se levantó, frotándose las entumecidas piernas para que recuperaran el calor. El portero regresó.

–Mañana, Simón –dijo Athelstan–, me acordaré de ti. Otra cosa, Simón. –El condenado levantó los ojos–. No te olvides de mí ante el trono de Dios.

El carpintero asintió con la cabeza.

–No quería hacerlo, padre. Estaba solo y había bebido más de la cuenta.

–Lo sé –murmuró Athelstan–. ¡Que Dios os ayude a ti y a ella! –Athelstan se volvió hacia el portero y le arrojó una moneda de plata–. Dadle una buena comida.

El portero la atrapó e inclinó la cabeza.

Athelstan estaba a punto de marcharse cuando Simón lo llamó:

–¡Padre!

–¿Sí, Simón?

–Hoy me ha venido a ver Ranulfo el cazador de ratas. Lo había contratado un carnicero de los mataderos. Dijo que vos estabais en la torre por la muerte de sir Ralph Whitton. –El carpintero esbozó una sonrisa–. Aunque me hayan sido perdonados los pecados, es bueno saber que ese malvado se ha ido antes que yo. La torre es un lugar muy extraño, padre.

Athelstan asintió con la cabeza y comprendió que Simón estaba tratando de prolongar la visita.

–Yo trabajé allí una vez –añadió el carpintero–. ¡Un lugar muy extraño y mucho peor que éste!

–¿Y eso por qué, Simón?

–Bueno, aquí las celdas tienen puertas por lo menos. En la torre hay unas mazmorras en las que entras, se quitan las puertas y te quedas dentro hasta que te mueres detrás de un tabique de ladrillos.

–¿De veras? –dijo Athelstan, sonriendo con dulzura–. Que Dios te acompañe, Simón.

Athelstan subió de nuevo los peldaños para reunirse con Cranston y Benedicta. No hablaron hasta que salieron de la prisión y el portillo se cerró ruidosamente a su espalda.

–La antesala del infierno –dijo Athelstan mientras los tres bajaban por el callejón de los Arqueros bajo la oscura mole de San Pablo.

En la calle del Viernes sir John se despidió de sus acompañantes. Athelstan se apartó un momento con él y contempló sus legañosos ojos.

–Os doy gracias por haber venido, sir John. Estad tranquilo. Volved a casa y hablad con lady Matilde. Estoy seguro de que todo irá bien.

Cranston se rascó la cabeza.

–Dios sabe, hermano, que el único bien que hoy he podido hacer ha sido escuchar a Fitzormonde y ayudar a aquel chiquillo. Ya sabéis, el que estaba con el mendigo muerto.

–Nos habéis acompañado a la prisión.

–Sí –dijo Cranston–. No he podido conseguir el indulto para Simón, vos lo sabéis, hermano, pero le he podido ofrecer una última ayuda.

–¿Cuál, sir John?

–He dejado una moneda para el verdugo. Simón no danzará en el aire. Será acompañado a lo alto de los peldaños. –Cranston chasqueó los dedos–. Se le quebrará el cuello y todo terminará enseguida. –El forense golpeó el suelo con los pies y contempló el cielo estrellado–. Será mejor que regreséis corriendo a casa, hermano. Las estrellas os esperan. –Dio media vuelta y echó a andar calle arriba–. ¡Ojalá –dijo, levantando la voz– hubiéramos podido encontrar al regidor Horne!

Capítulo 9

Mientras Athelstan y Benedicta cabalgaban despacio cruzando el puente de Londres sobre las oscuras y agitadas aguas del Támesis, Adam Horne salió del monasterio de los frailes de la Cruz cerca de la calleja de Mark, al norte de la torre. Se había presentado allí poco después de vísperas para recoger el mensaje que, según le habían dicho, alguien había dejado para él en aquel lugar. El canoso y desdentado hermano lego le recibió con una sonrisa y lo acompañó a la garita del portero.

–Lo hemos tenido aquí toda la tarde –musitó el lego, entregándole un delgado rollo de pergamino.

Horne lo desdobló y, rogándole al hermano que le acercara una vela, leyó rápidamente el contenido.

–¡Oh, Dios mío! –exclamó, perdida ya toda esperanza.

A primera hora de la mañana había recibido un trozo de pergamino con el tosco dibujo de un barco y una aplanada hogaza de semillas de sésamo. Procurando ocultarle sus temores a su pobre esposa, se había ido a los almacenes donde le esperaba otro mensaje: no debería regresar a su casa, se le ordenaba en la breve carta, sino acudir al monasterio de los frailes de la Cruz donde se disiparían todas sus inquietudes. No debería temer nada sino depositar toda su confianza en el remitente que sólo deseaba lo mejor para él. Ahora aquella breve y cruel nota había acabado con sus esperanzas: el misterioso comunicante se disculpaba por no haber podido reunirse con él y le pedía que le aguardara entre las viejas ruinas del noroeste de la torre. Horne rompió la nota en pedazos, abandonó el convento y echó a andar en medio de la oscuridad de la noche, siguiendo los helados caminos que discurrían entre las granjas y las alquerías. Contempló el cielo cuajado de estrellas y se estremeció no de frío sino de angustia por lo que pudiera ocurrir. El sentido común le aconsejaba huir, pero ya había esperado demasiado. La amenaza llevaba muchos años pendiendo como una espada sobre su cabeza y quería enfrentarse con ella de una vez por todas. Confiaba en sí mismo y creía que aquel encuentro quizá serviría para terminar de una vez con sus temores. Entonces podría regresar a casa, absuelto de la parte de culpa que le correspondía en aquel terrible crimen cometido años atrás.

La hilera de árboles terminó y Horne se detuvo al borde del prado, contemplando al otro lado la siniestra mole de la torre. ¿Y si se dirigiera allí? Lanzó un suspiro de desesperación. ¿Quién podría ayudarle? Sir Ralph había muerto y el caballero hospitalario superviviente no tendría tiempo para él. Tragó saliva al pensar en su culpa. ¿Convendría que siguiera adelante? Contempló el prado cubierto de hielo y escuchó el gemido del viento entre los árboles. Por encima de su cabeza graznó un cuervo que volaba hacia la orilla del río en busca de alimento. Oyó la estridente voz de un zorro y se le erizaron los pelos de la nuca. Se volvió y contempló con inquietud el sendero lleno de barro. ¿Habría alguien allí? ¿Y si le hubieran seguido?

Contrajo el rostro en una mueca. Puede que ahora fuera un rico mercader un poco entrado en carnes, pero quince años atrás había combatido como caballero, hombro con hombro con soldados que no se arredraban ante nada. Sí, había sido tan culpable como Whitton. Fitzormonde y Mowbray siempre habían sido más blandos y compasivos y no se les podía culpar enteramente de lo ocurrido. Él, en cambio, se había mostrado de acuerdo con el plan de Whitton y, gracias a ello, se había convertido en un próspero mercader.

Acarició la larga daga que llevaba colgada del cinto y su puño metálico le infundió valor. Si hubiera algún asesino por allí, pensó, mejor enfrentarse con él de inmediato que ser sorprendido en mitad de la noche. Se oyó el grito de una lechuza. Horne soltó un gruñido.

–¡Que vengan todos los perros infernales del negro abismo de Satanás! ¡Les devolveré golpe por golpe!

Sus palabras lo consolaron mientras paseaba entre las ruinas cubiertas de nieve. Los antiguos decían que el gran César tenía un palacio en aquel lugar. Presa de una mezcla de desazón, temor y fingida valentía, Horne se sentó en medio de las ruinas. Allí se sentía más seguro. A pesar de la oscuridad, el prado cubierto de nieve y de quebradizo hielo le advertiría de la presencia de cualquier asesino.

El mercader contempló las ruinas de la villa romana. No lejos del lugar donde él se encontraba vio un muro medio derruido. Si algún asesino acechara allí detrás, primero tendría que cubrir la distancia que lo separaba de él y, por si acaso, él llevaba una ballesta en miniatura colgada del cinto, con una flecha a punto. La oscuridad era cada vez más cerrada. Estudió las luces de la ciudad. El vino que había bebido, el ejercicio y el miedo le hacían sentirse un poco adormilado. Una breve ráfaga de viento glacial lo indujo a arrebujarse en su capa y a mover los pies para estimular la circulación de la sangre en las venas. Miró a su alrededor y le empezó a fallar la confianza mientras se preguntaba quién podría ser aquel extraño benefactor. Cerró los ojos y trató de dormir un poco. Era lo que siempre le había dicho Bartolomé Burghgesh.

«Duerme siempre que puedas, mi querido Adam. El verdadero soldado siempre come, bebe, duerme y se acuesta con una moza cuando se presenta la ocasión.»

Horne sonrió para sus adentros. ¡Un hombre valiente y temible! ¡Un verdadero paladín! Él lo apreciaba, pero Ralph Whitton siempre había estado celoso de Bartolomé porque éste era mejor soldado que él. Sin embargo, tenía que haber algo más. Algo relacionado con el hecho de que la esposa de Whitton hubiera mirado con buenos ojos al joven Bartolomé en el período en que éste había servido como abanderado en la torre. Horne sonrió en su fuero interno. Qué extraña coincidencia, el mismo lugar donde Whitton había hallado la muerte. Levantó los ojos. Le parecía haber oído algo. Permaneció inmóvil y prestó atención, pero sólo los graznidos de los cuervos y el lejano ladrido del perro de alguna granja rompían el silencio. Horne movía incesantemente los pies. Esperaría unos minutos más y se iría. Miró al suelo y se preguntó quién debía de ser el asesino. ¿Sería el caballero hospitalario Fitzormonde? ¿O Fulke, el hermano de sir Ralph? Conocía muy bien a Burghgesh. ¿O quizá alguien que se creía el vicario de Dios en la tierra, con derecho a administrar justicia e imponer castigos? ¿Y si Burghgesh hubiera sobrevivido, hubiera sido hecho prisionero y años más tarde hubiera regresado a Inglaterra para sembrar la muerte y la destrucción entre sus enemigos? ¿Y si fuera su hijo y heredero? ¿Habría muerto efectivamente en Francia o se habría enterado del terrible destino de su padre y habría regresado en secreto para acabar con sus asesinos?

Horne se mordió el labio. Tenía que enfrentarse con la realidad de que era un asesino, pues había tomado parte en el asesinato de Burghgesh. A veces por la noche semejante idea lo hacía despertarse gritando. ¿Sería por eso por lo que Dios no le había concedido ningún hijo y heredero? ¿Sería la esterilidad de su mujer una consecuencia de la justicia divina? Oyó un ruido, se levantó aterrorizado y contempló la aparición, de pie junto a la vieja muralla.

¡Un hombre cubierto con una armadura de caballero, la cruz roja de los cruzados en el pecho y el rostro oculto por el yelmo! La misma pieza de acero con alas de águila a ambos lados y un penacho azul en la parte superior. Un frío terror le atenazó el corazón.

–¡Dios mío! –musitó–. ¡Es Burghgesh!

¿O acaso sería una aparición infernal? La figura permanecía de pie delante de él con los pies ligeramente separados y la mano protegida por el guantelete, asiendo el puño de la enorme espada de dos filos cuya hoja descansaba sobre uno de sus hombros.

–¿Eres Burghgesh? –le preguntó en un susurro.

La aparición se acercó. Sólo el crujido de los pies sobre el duro hielo rompía el silencio.

–¡Adam! ¡Adam! –La voz era la de Burghgesh, pero sonaba más hueca y sombría–. ¡Adam! –repitió la voz–. ¡He vuelto! ¡He venido a vengarme! Tú, mi compañero de armas, el amigo por quien hubiera dado la vida. –Una mano cubierta por el guantelete se proyectó hacia delante–. ¡Me traicionasteis! ¡Tú, Whitton y los demás!

De pronto, Horne se movió y su mano se desplazó hacia la pequeña ballesta que le colgaba del cinto.

–Tú no eres un fantasma –dijo en tono despectivo–. ¡Y en caso de que lo seas, vuelve al infierno, que es el lugar que te corresponde!

Mientras él sacaba la ballesta, la enorme espada de dos filos cortó el aire y le separó la cabeza del cuerpo. La cabeza, moviendo todavía los labios, giró en el aire como una pelota. El tronco, escupiendo una fuente de roja sangre y cuajarones, permaneció en pie unos segundos antes de desplomarse sobre el ensangrentado hielo. El armado verdugo de Horne limpió cuidadosamente la espada, extrajo el cuchillo y se arrodilló junto al cuerpo de su víctima.

Unas horas más tarde sir John Cranston, soltando maldiciones entre dientes, abandonó la calleja de la Canasta Ciega, subió por el callejón de los Melindres y entró en la calle Fenchurch. El alba acababa de romper y sir John, incapaz de conciliar el sueño, se había levantado temprano para discutir con el regidor Venables el caso de la prolongada ausencia de Rogelio Droxford, todavía buscado por el asesinato de su amo cuyo cadáver decapitado él mismo había descubierto. Se había pasado toda la noche dando vueltas en su inmensa cama de matrimonio. Había procurado calmarse, pero estaba furioso con Matilde por su obstinada negativa a responder a sus preguntas y requerimientos. Su única respuesta era morderse el labio, sacudir la cabeza y apartar el rostro para que él no viera sus lágrimas. Al final, Cranston se había levantado y se había encerrado en su estudio, pero al ver que no podía concentrarse, había terminado de vestirse y había decidido ir a despertar a Venables. Esbozó una perversa sonrisa. Le había encantado fastidiar al viejo regidor, despertándole poco antes del amanecer. Sin embargo, el soñoliento Venables no había podido facilitarle ninguna información adicional sobre Droxford.

–No puede estar muy lejos, sir John –murmuró Venables, muerto de sueño–. Bien sabe Dios que, con este tiempo tan malo, sólo un loco se atrevería a huir de los confines de la ciudad y, además, hemos divulgado ampliamente tanto la descripción como la recompensa. –El regidor esbozó una sonrisa–. A fin de cuentas, sir John, no es hombre que se pueda olvidar fácilmente.

–¿Qué queréis decir?

–Pues que le faltan dos dedos de una mano y tiene toda la cara cubierta de verrugas peludas. –El regidor se arrebujó en su bata forrada de piel y empezó a pasear por el pasillo embaldosado, dándole a entender claramente al forense su deseo de que se marchara–. Pero ¿qué tiene Droxford de especial, sir John?

–¡El hecho de ser un asesino, maese Venables, un criminal que le ha robado a su amo más de doscientas libras y anda suelto por ahí como si tal cosa!

Venables estudió el enfurecido rostro de Cranston y no tuvo más remedio que estar de acuerdo con él. Tras lo cual, sir John se fue, murmurando maldiciones contra los funcionarios que no se preocupaban por nada. Pero, en lo más hondo de su ser, Cranston sabía que era un hipócrita. La cuestión de la torre estaba todavía envuelta en el misterio. El fugitivo Droxford y el despreocupado regidor eran simplemente los blancos más cercanos de su ira. Entró en la todavía desierta calle de los Lombardos y subió hasta el lugar donde se encontraban los cepos, poco antes de llegar al gallinero. Unos corchetes permanecían de pie alrededor de un mendigo con los pies y las manos fuertemente aprisionados, el rostro paralizado y los ojos enormemente abiertos.

–¿Qué pasa aquí? –rugió Cranston.

Los corchetes se apartaron.

–Alguien olvidó soltarlo anoche –contestó uno de ellos–. ¡El pobre desgraciado ha muerto congelado!

–¡Pues otro pobre desgraciado lo pagará! –replicó sir John, reanudando la marcha por la amplia avenida, donde más adelante se cruzó con un grupo de indeseables, prostitutas y pequeños delincuentes que, encadenados todos juntos, estaban siendo conducidos a una gran jaula de hierro colocada encima del canal. Una atemorizada criada le abrió la puerta. Sir John se detuvo bruscamente, entornando los ojos. Le había parecido ver una sombra en la calleja que flanqueaba la casa. Volvió sobre sus pasos. Nada. Sacudió la cabeza y, jurándose a sí mismo no volver a beber tanto vino blanco, pasó junto a la asustada criada, bajó por el pasillo y entró en la cocina pavimentada con baldosas de piedra. Dio gracias a Dios de que Matilde no se encontrara allí, pues estaba harto de discutir con ella.

–¿Algún recado? –le ladró a Leif, todavía sentado tranquilamente en su rincón preferido de la gran chimenea.

El mendigo cojo levantó la vista del cuenco de verdura y carne con especias y sacudió la cabeza.

–No, sir John –contestó–, pero he sacado brillo a todos los cacharros de peltre.

–Muy bien –rezongó Cranston–. Menos mal que hay alguien que trabaja en esta ciudad.

El forense se llenó una copa de vino y tomó una pequeña barra de pan blanco que la cocinera había puesto a enfriar sobre la mesa de la cocina. Después se comió unos cuantos bocados de pan y bebió ruidosamente unos tragos de vino con los ojos clavados en el fuego de la chimenea. ¿Qué podía hacer?, se preguntó. Las muertes de Whitton y Mowbray en la torre seguían siendo tan misteriosas como al principio. Tampoco había conseguido encontrar a Horne. Sabía que sus superiores del ayuntamiento y, peor todavía, el regente en su palacio de Savoy, no tardarían en pedirle cuentas sobre su actuación. Oyó una brusca llamada a la puerta.

–Abre tú, Leif –gruñó–. Yo estoy muerto de frío.

Leif le miró con expresión compasiva.

–¡Que vayas a abrir te he dicho, holgazán! –rugió Cranston–. ¡En esta casa hay algo más que hacer que sentarte en el suelo y llenarte la boca con toda la comida que tus pegajosos dedos puedan coger!

Leif lanzó un suspiro, posó el cuenco en el suelo y abandonó la cocina. Cranston oyó abrirse la puerta y el renqueante regreso del mendigo.

–¿Quién era? –preguntó, guiñándole pícaramente el ojo a la criada que también había salido presurosa a ver quién era. La muchacha le miró con inquietud y Cranston se maldijo en su fuero interno. Estaba asustando a todo el mundo con su mal humor. Tendría que moderarse. ¿Y si le pidiera ayuda a Athelstan?–. Vamos, hombre, ¿quién era?

–Nadie.

–¿Qué quieres decir?

–Pues que no había nadie. –Leif se apoyó en el marco de la puerta–. Sólo esto –añadió, sosteniendo en alto una gastada bolsa de cuero con unas oscuras manchas de líquido en la parte inferior–. No había nadie, sólo esto –repitió Leif.

–¡Pues ábrelo de una vez, hombre! –gritó Cranston en tono irritado, volviéndose de espaldas para llenarse de nuevo la copa.

Giró en redondo al oír el horrorizado grito de Leif y el sordo rumor del cuerpo de la sirvienta al caer al suelo desmayada. El mendigo estaba petrificado y sus ojos contemplaban horrorizados la mano levantada en la que sostenía por el cabello la decapitada cabeza de Adam Horne, regente y mercader.

Cranston había visto muchas cabezas decapitadas tanto de taberneros asesinados como de nobles ejecutados en Tower Hill, pero aquello era algo auténticamente espeluznante, no tanto por los ojos entornados y el cuello del que todavía goteaba sangre sino por la boca abierta a la fuerza, en cuyo interior se habían introducido los restos mutilados de los órganos genitales del mercader.

Cranston tomó la cabeza que sostenía el aterrorizado mendigo, la introdujo de nuevo en la bolsa, se inclinó sobre la muchacha todavía desmayada y, llamando a gritos a Matilde, echó a correr por el pasillo hacia la puerta. La abrió de par en par y bajó corriendo por Cheapside, pero la nevada avenida estaba todavía desierta y no se veía ni rastro del misterioso visitante. Cranston se detuvo empezó a experimentar unas fuertes náuseas mientras el estómago se le encogía como un trapo mojado al percatarse del verdadero alcance de lo que acababa de ver.

–¡Qué hijo de puta, Dios mío! –musito–. ¡Ayúdanos, Señor!

Regresó tambaleándose a la casa. Pálida como la cera, Matilde le esperaba al pie de la escalera.

–¿Qué ocurre, sir John?

–¡Regresad a vuestra estancia, mujer! –le gritó Cranston–. ¡Y no os mováis de allí!

Después se volvió hacia los mozos y criados que se habían congregado alrededor de la puerta de la cocina.

–Tú –le dijo a uno–, ¡ve a buscar a un médico! ¡Y vosotras –les dijo a la cocinera y a su ayudante–, llevad a la chica a la solana!

Ayudaron a la muchacha semiinconsciente a levantarse y Cranston entró de nuevo en la cocina. Leif permanecía sentado en un escabel, tan inmóvil como si lo hubieran empalado. La bolsa con su horrendo contenido se encontraba en el mismo lugar donde Cranston la había dejado. El forense empezó a ir de un lado para otro. Se rasuró, se cambió el jubón, se ajustó alrededor de la cintura el cinto de la espada y tomó la más gruesa de sus capas, descolgándola de un gancho que había a la entrada de la despensa. Encontró un pesado saco de harina en una de las dependencias exteriores de la casa e introdujo cuidadosamente en él la gastada bolsa de cuero.

–Leif –le ordenó al mendigo–, dile a lady Matilde que voy al ayuntamiento y después a Southwark.

El mendigo, habitualmente locuaz, se encontraba todavía

bajo los efectos de lo que había visto, por lo que se limitó a asentir en silencio con la cabeza, mirando boquiabierto a Cranston mientras éste se echaba el saco al hombro.

–Oye, Leif –añadió el forense, volviendo la cabeza y mirando con una perversa sonrisa al mendigo–. Todavía queda un poco de estofado si te apetece.

Leif apartó el rostro, reprimiendo el impulso de vomitar mientras Cranston abandonaba a toda prisa la casa, soltando imprecaciones contra todo el mundo.

En la iglesia de San Erconwaldo, Athelstan acababa de terminar la misa de difuntos y estaba bendiciendo el cadáver de Borrachín, un viejo beodo que vivía en el sótano de la taberna del Caballo Pío. A falta de parientes, Pike el acequiero y Watkin el recogedor de estiércol habían introducido el cuerpo en un saco de hilo y lo habían colocado sobre un catafalco de madera delante del cancel del antealtar. Athelstan había establecido unas normas muy estrictas; cualquier pobre que muriera en la parroquia tenía derecho a ser enterrado dignamente, y Borrachín entraba dentro de aquella categoría. El fraile hizo la señal de la cruz sobre el cadáver y lo roció con la vara del *Asperges.* A su alrededor, los feligreses, entre los cuales se encontraba Benedicta, le oyeron instar al alma a reunirse con Jesucristo mientras él suplicaba a las milicias celestes que salieran al encuentro del alma del desventurado, la condujeran al Paraíso y no permitieran que cayera en manos de Satanás. Athelstan hizo una pausa. ¿Y el cuerpo?, se preguntó. ¿Estaría a salvo? Se miró los dedos y observó que tenía las yemas manchadas de yeso. ¿De dónde habría salido?, pensó. No lo tenía durante la misa.

–¡Padre! –le dijo el monaguillo Crim en voz baja.

Athelstan levantó la vista, sobresaltado.

–Padre –repitió el chico, mirándole con una traviesa sonrisa–, ¡no habéis terminado la oración!

Athelstan apartó a un lado sus conjeturas.

–Te rogamos, bienaventurado arcángel san Miguel –dijo,

entonando la plegaria final–, te dignes conducir el alma de este hermano nuestro. –Hizo una pausa. ¿Cómo lo podía llamar? ¿Borrachín? ¿Qué pensarían los ángeles de semejante nombre?–. Que te dignes conducir el alma de nuestro hermano Borrachín –añadió en tono desafiante– al seno de Abraham.

Miró con expresión provocadora a los fieles, pero éstos se habían arrodillado y mantenían las cabezas inclinadas para ocultar sus sonrisas. Athelstan procuró disimular su turbación y les hizo señas a Pike y a Watkin de que levantaran el catafalco y lo siguieran hasta el cementerio junto con Crim, el cual estaba aguardando con un cirio en la mano. Fuera, el viento apagó la llama del cirio. Crim resbaló sobre el hielo y cayó de espaldas, soltando unas maldiciones tan graciosas que Athelstan tuvo que hacer un esfuerzo para reprimir la risa. Cruzaron el solitario cementerio hasta llegar a la somera fosa que Pike había cavado en la tierra. Athelstan vio a dos leprosos envueltos en sus capas en las inmediaciones del osario. Recordó de repente la rama que había utilizado para introducir las Sagradas Formas a través de la abertura del muro para que los leprosos pudieran comulgar. Sonrió para sus adentros. De allí procedía el yeso. Ya estaban junto a la fosa. Pike y Watkin depositaron sin demasiada ceremonia el cuerpo de Borrachín en la fosa y, mientras Athelstan pronunciaba unas oraciones, lo cubrieron rápidamente con terrones de arcilla. Después el fraile bendijo el sepulcro, Watkin expresó su esperanza de que nadie tocara el cadáver y todos regresaron a la iglesia. Athelstan prefirió no hacer ningún comentario a las palabras del recogedor de estiércol. Al parecer, los ladrones de sepulcros, quienesquiera que fueran, ya habían desaparecido. A lo mejor, se habían ido a otro sitio para causarle quebraderos de cabeza a otro desdichado cura. Subió por la nave, cruzó el cancel y entró en la fría y pequeña sacristía. Experimentó un sobresalto al ver surgir una voluminosa figura de entre las sombras.

–¡Sir John! –exclamó–. ¿Es necesario que acechéis de esta manera como un ladrón en la noche?

Cranston le miró con una sonrisa.

–Tengo que hablar con vos, hermano, y no aquí.

Athelstan le estudió atentamente.

–¿Habéis estado bebiendo, sir John?

Cranston sonrió con afectación.

–Sí y no. ¡Daos prisa! Os esperaré mientras os quitáis las vestiduras.

Athelstan disimuló su irritación. Se quitó la casulla, la estola y la capa consistorial, las colgó a toda prisa en el armario, le entregó un penique a Crim por su ayuda y después empujó a sir John a la iglesia. Una vez allí, le hizo señas a Benedicta, la cual se encontraba de pie junto a la pila bautismal.

–Cerrad la sacristía, os lo ruego –le dijo–. Y después procurad que no quede nadie en la iglesia. –Miró a su alrededor–. ¡Watkin! –gritó. El recogedor de estiércol se acercó, mirando recelosamente a sir John–. Watkin –le dijo el fraile–, voy a salir. Cuida de apagar las velas y de que todo esté en orden en la iglesia y, si tan preocupado estás por el cementerio, vigílalo tú mismo.

El sacristán le miró con expresión ofendida y Athelstan pensó que ojalá se hubiera mordido la lengua. No quería ser tan mordaz, pero la sigilosa aparición de Cranston lo había sacado de quicio. Al salir con el forense de la iglesia, vio que *Buenaventura* casi se acercaba pegando brincos para saludar a sir John, pero éste no estaba de humor para soportar que el maldito gato se restregara contra su pierna, por lo que apuró el paso para ir en busca de los caballos.

–Seguidme, mi querido Mefistófeles –dijo Cranston–. A un lugar caliente y seguro.

Salieron a la calle, se abrieron paso entre los carros, bajaron por el puente de Londres y llegaron a la acogedora taberna del Caballo Pío. A Cranston le encantaba aquel lugar que era un auténtico nido de iniquidades, pero en el cual se servían unas cervezas muy buenas, unos vinos excelentes y unas comidas deliciosas. Por si fuera poco, conocía personalmente a Joscelyn, el tabernero.

–Un auténtico pecador –había comentado en cierta ocasión– que entrará en el cielo porque ha robado las puertas.

Athelstan estaba de acuerdo. El dueño del Caballo Pío era un antiguo pirata manco, el cual le había dicho una vez que gustosamente hubiera ido a la iglesia de no haber sido porque el perfume del incienso siempre le provocaba mareos. Athelstan sonrió para sus adentros. Le parecía imposible que acabara de enterrar a Borrachín, el que solía lavar las bandejas y las jarras de aquella taberna. Miró a su alrededor. Todo parecía más limpio que de costumbre; las paredes estaban recién encaladas, las vigas se habían pintado y los juncos del suelo eran frescos y olían muy bien. Joscelyn se acercó a ellos sonriendo y rascándose la barbilla con la única mano que le quedaba. Ya estaba saboreando la posibilidad de unos buenos beneficios. Sir John era un bebedor extraordinario, tremendamente apreciado por todos los taberneros de la ciudad.

–Mi señor forense –dijo Joscelyn, inclinándose en una burlona reverencia–, seáis bienvenido a mi humilde morada.

–¡Por los clavos de Cristo! –tronó Cranston–. ¿Acaso has vuelto a las andadas, maldito hijo de Satanás? ¿De dónde has sacado el dinero para limpiar este abismo de iniquidades?

Joscelyn se encogió de hombros y alargó la mano con los dedos extendidos.

–Tengo un nuevo socio –explicó orgullosamente–. ¡Vendió su taberna cerca de la Barbacana y se trasladó al otro lado del río para verse libre de la curiosidad de ciertos forenses!

Cranston soltó una sonora carcajada y se dirigió con Athelstan a una mesa de un rincón, un poco separada del resto de los parroquianos. El fraile se sentía un poco cohibido. Vio a Pike el acequiero cerca de los toneles, con la arcilla del cementerio todavía fresca en sus manos, conversando animadamente con unos desconocidos. La Gran Comunidad, pensó, los campesinos de los nevados campos que rodeaban la ciudad, preparando revueltas, planeando traiciones y conspirando para organizar rebeliones. Pike le vio y, mirándole con recelo, levantó su jarra. Athelstan le devolvió la sonrisa, pero, a los pocos minutos, observó que Pike se levantaba y abandonaba la taberna con sus acompañantes.

Cranston se sentó de espaldas a la pared, chasqueó la lengua y contempló con expresión anhelante los jamones y otras carnes, colgados de las alfardas para que se curaran. Un mozo abrió un nuevo tonel y, a través de una puerta abierta, el forense vio la cocina y el horno donde Joscelyn cocía su propio pan. Un muchacho de rostro tiznado recogía el carbón y la leña y empujaba ambas cosas hacia un pulcro montón de blanca ceniza. Después introduciría el pan, cerraría la puerta del horno y, cuando éste se enfriara, el pan ya estaría cocido. Un curioso lugar, pensó sir John, en el corazón de la miseria de Southwark y, sin embargo, sus vinos y cervezas eran siempre los mejores y la comida era exquisita. Al fondo de la taberna, vio una mesa con un gran adorno de plata en forma de barco. Se rascó la cabeza. Demasiada prosperidad repentina. Se preguntó con aire ausente si Joscelyn habría vuelto a las andadas y estaría dedicado al negocio del contrabando.

Athelstan estudió al forense por el rabillo del ojo. El estado de ánimo de sir John había mejorado, pero él no soportaba tener que pasarse el día viéndole apurar una copa de vino tras otra. El tabernero se acercó.

–Mi señor forense, ¿ya habéis decidido lo que vais a pedir?

Cranston miró hacia el techo con semblante inquisitivo.

–¡No quiero pescado! –dijo–. Un faisán o una perdiz bien asados y rellenos con especias. Quiero una salsa muy espesa. ¡Y pan recién hecho!

–¿Y el reverendo padre? –preguntó Joscelyn con ironía.

–El reverendo padre –contestó suavemente Athelstan– quisiera un cuenco de puré de puerros, un poco de pan y una copa de vino con más agua que clarete.

Esperaron a que Joscelyn se retirara para dar las órdenes en la cocina.

–¿Y bien, mi señor forense? –preguntó Athelstan–. ¿Qué ha ocurrido?

Cranston le refirió con la mayor concisión posible los terribles acontecimientos que habían tenido lugar aquel día a primera hora.

–He estado también en el ayuntamiento –terminó diciendo en tono profundamente abatido–. El alcalde me ha comunicado en términos inequívocos el disgusto de Su Alteza el Regente duque de Lancaster por los escasos progresos en nuestras investigaciones. Al parecer, Adam Horne era un miembro de su séquito.

–¿Y cuál ha sido vuestra respuesta?

–Le he dicho que me daba igual y que estaba haciendo todo lo que podía.

–Y supongo que el alcalde habrá aceptado vuestra elocuente respuesta.

Cranston apoyó la espalda contra la pared.

–Bueno, hemos discutido un poco, pero tengo el suficiente sentido común como para no provocar un enfrentamiento. Le he explicado que habíamos buscado a Horne, pero no lo habíamos encontrado. –El forense miró a Athelstan con semblante afligido–. Tengo que resolver la cuestión de lady Matilde –añadió en voz baja–. Me enturbia la mente.

Athelstan esperó a que el mozo les sirviera el vino.

–Mirad, sir John, vamos a estudiar estas cuestiones desde el principio. –El fraile levantó la mano–. No, es necesario. Y os ruego que aceptéis mis disculpas, pero, de momento, tenemos que apartar a un lado el asunto de lady Matilde.

Cranston asintió con aire sombrío.

–Sir Ralph Whitton –dijo Athelstan– fue advertido de que iba a morir a causa de un terrible acto de traición cometido en Ultramar hace muchos años. Yo sé que sir Ralph era culpable de semejante acto. Por eso escribió aquellas oraciones a San Julián el Hospitalario en las páginas posteriores de su *Libro de Horas*.

–¿Quién era?

–Un caballero que cometió terribles asesinatos y se pasó la vida expiando sus pecados. Sea como fuere –añadió Athelstan–, el caso es que sir Ralph se muda desde sus aposentos habituales a la presunta seguridad de la torre del baluarte Norte. Tiene tanto miedo que se niega incluso a llevarse a su criado moro Rastani. La víspera de su muerte bebe mucho y se retira a su cámara. ¿Qué ocurrió entonces? –preguntó el fraile, tratando de apartar a Cranston de sus oscuros pensamientos.

El forense tomó ruidosamente un sorbo de su copa.

–Pues bien, mi querido fraile, según las pruebas que tenemos, sir Ralph se fue a la cama, cerró la puerta por dentro y se guardó la llave. La puerta que conduce al pasadizo al que se abre la cámara estaba protegida por los guardias mientras que el otro extremo del pasadizo estaba cerrado por un muro de ladrillo. Los guardias prestaron servicio toda la noche justo a la entrada del baluarte Norte. Ambos son hombres de confianza y tanto la llave de la puerta del pasadizo como la de la cámara de sir Ralph están a su lado, colgadas de un gancho de la pared. Hemos establecido sin el menor asomo de duda que ningún centinela abandonó su puesto ni oyó ni vio nada que le llamara la atención.

–¿Y el asesinato? –le espoleó Athelstan.

–El joven Godofredo –añadió sir Cranston–, a quien sir Ralph profesaba, al parecer, un gran afecto, se presentó a primera hora de la mañana siguiente. Los guardias lo registran por si llevara armas y le abren la puerta del pasadizo. Después, siguiendo las órdenes de sir Ralph, vuelven a cerrar la puerta y Godofredo va a despertarle. Los guardias le oyen llamar a la puerta y gritar, pero después nuestro joven héroe regresa, les dice que no consigue despertar a sir Ralph, está a punto de regresar para abrir la puerta de la cámara, pero cambia de idea y va en busca del lugarteniente Colebrooke. Ambos regresan a la cámara de sir Ralph y abren la puerta; la estancia aparece intacta, pero Whitton yace en la cama con la garganta cortada, el cadáver está frío como el hielo y las contraventanas están abiertas de par en par. Y aquí, mi querido fraile, es donde empiezan nuestras dificultades.

–No si aceptamos nuestra conclusión –dijo Athelstan–. La de que alguien cruzó el foso helado y, utilizando los huecos del muro, trepó hasta la cámara de sir Ralph. El asesino levantó la aldabilla de las contraventanas, entró y cometió el crimen. Aun así, nuestras conclusiones tienen también algunos fallos. ¿Por qué sir Ralph no opuso resistencia y permitió que le cortaran la garganta? Era un soldado, un guerrero. –El fraile sacudió la cabeza–. Lo único que sabemos es que el asesino tenía que ser alguien de la torre que sabía que sir Ralph había cambiado de aposento y cometió personalmente el asesinato o contrató a un sicario para que lo hiciera.

Athelstan contempló a unos hombres que estaban jugando ruidosamente a los dados en el otro extremo de la taberna.

–Y el asesinato de sir Gerardo Mowbray tampoco está muy claro –añadió Cranston–. ¿Quién tocó la campana? ¿Cómo cayó Mowbray? En cambio, el asesinato de Horne –dijo– es relativamente más fácil. El asesino echó mano del remordimiento y el temor y probablemente consiguió atraer al desventurado al solitario lugar donde halló su horrible muerte.

–¿Dónde murió? –preguntó Athelstan.

–En las viejas ruinas que hay al norte de la torre. Y antes de que me lo preguntéis, os diré que el asesino no dejó ninguna huella.

–¿Y los sospechosos? –preguntó Athelstan en tono cansado, inclinándose hacia delante para darle a sir John una palmada en el brazo–. ¡Vamos, mi señor forense, aguzad vuestro ingenio!

Cranston se encogió de hombros.

–Bueno, lo pudo haber hecho sir Fulke. Encontramos su hebilla en el hielo y tenía mucho que ganar con la muerte de su hermano. Rastani, el criado de sir Ralph, era muy ágil y pudo trepar por el muro. –Cranston hizo una mueca, mirando a Athelstan–. Por cierto, he comprobado la coartada que ambos tienen. La noche en que murió sir Ralph, sir Fulke y Rastani no estaban en la torre y hay personas que pueden dar testimonio de su paradero.

–Maese Godofredo podría ser un criminal –añadió Athelstan–, pero la noche en que murió sir Ralph estaba en la cama de Felipa y la noche en que murió sir Gerardo, él y su dama se encontraban juntos en la cámara de esta última. Cierto que fue a despertar a sir Ralph, pero primero lo registraron por si llevara armas y además no tenía la llave y, aunque hubiera entrado en la estancia, sir Ralph, por mucho que lo apreciara, no le hubiera ofrecido mansamente la garganta para que se la cortara. –Athelstan se frotó el rostro–. Las posibilidades son infinitas. Hammond, el capellán desleal. Colebrooke, el lugarteniente envidioso. La gentil señora Felipa. Por no hablar del caballero hospitalario que, a lo mejor, nos ha contado una sarta de embustes. –El fraile entornó los ojos–. Tenemos que comprobar la veracidad de sus declaraciones –añadió.

–O Mano Roja –dijo Cranston–. El loco que, a lo mejor, no lo está tanto como parece.

Athelstan miró sonriendo al forense.

–Pero hemos hecho algunos progresos, sir John. Si creemos en lo que ha dicho Fitzormonde, sabemos la razón de los asesinatos: la muerte de Burghgesh en aquel desdichado barco del Mediterráneo hace muchos años. La imagen del pergamino quiere recordar a los asesinos el acto que cometieron y la hogaza de semillas de sésamo es un aviso del inminente destino que los aguarda.

–Y eso... –Cranston levantó la voz, mirando enfurecido al tabernero para que le sirviera la comida, pues su estómago ya estaba empezando a protestar– nos lleva a otro misterio. ¿Murió Burghgesh realmente? ¿O acaso regresó y permanece escondido en Londres, tal vez incluso en la torre? ¿O hay alguien más? ¿Su hijo o algún amigo?

Cranston se apoyó contra la pared en el momento en que

Joscelyn se acercaba con unas humeantes bandejas de comida. El tabernero sirvió personalmente a sir John, cortando unos buenos trozos de pechuga de faisán y colocándolos hábilmente con la única mano que tenía en una bandeja de peltre mientras una criada se apresuraba a llevar a la mesa una jarra del jugo en el cual se había cocido el ave. Sir John sonrió complacido, se sacó de la bolsa su propia cuchara de peltre, desenvainó la daga y empezó a comer como si llevara varios días de ayuno. Athelstan le miró asombrado, pues el constante apetito del forense constituía para él un motivo de perenne fascinación. Un mozo le sirvió al fraile un cuenco de sopa fuertemente aderezada con especias. Athelstan pidió prestada una cuchara de peltre y empezó a comer muy despacio.

–Se han olvidado de traernos el pan –masculló sir John.

Athelstan llamó a la criada y ésta les sirvió inmediatamente una pequeña barra de pan blanco recién hecho, envuelta en un lienzo de lino. Mientras comía, Athelstan reflexionó acerca de lo que acababa de discutir con el forense y esperó a que sir John saciara un poco su apetito.

–Hay una cuestión que hemos pasado por alto.

–¿Cuál es? –preguntó Cranston con la boca llena.

–El asesinato de Horne significa que el asesino nos conoce, pues, de lo contrario, ¿por qué razón hubiera enviado semejante trofeo a vuestra casa?

–¡Porque el muy bastardo está loco de remate!

–No, no, sir John. Eso es un aviso. El asesino cree estar cumpliendo la voluntad de Dios. Y su mensaje es el siguiente: Manteneos bien apartados hasta que haya cumplido mi misión. No os entremetáis. –Athelstan posó la cuchara–. Es terrible –dijo en un susurro–. Arrancar los órganos genitales de un hombre e introducirlos en la boca de una cabeza cortada. Ahora recuerdo que Fitzormonde lo comentó.

–¿A qué os referís?

–Bueno, dijo que el califa de Egipto castigaba de este modo a cualquiera que desobedeciera sus órdenes. La cabeza y los órganos genitales se cortaban y ambas cosas se exponían sobre las puertas de la ciudad de Alejandría. Está claro, sir John –dijo Athelstan–, que nuestro asesino tiene que ser alguien que ha vivido en Ultramar y conoce a los hashishoni... sabe lo que significa la hogaza de semillas de sésamo y conoce esa horrible forma de humillar el cadáver de un criminal ajusticiado.

Cranston posó el cuchillo.

–Pero ¿quién es el asesino, hermano?

–No lo sé, sir John, pero creo que tendríamos que regresar a la torre y hablar de nuevo con nuestro grupo de sospechosos.

–¿Y después?

–Iremos a Woodforde.

Cranston soltó un bufido.

–No está lejos, sir John –dijo Athelstan–... a muy pocas leguas de Aldgate, bajando por el camino de Mile End. Tenemos que averiguar si Burghgesh regresó y qué fue de su hijo. Además –añadió–, es posible que, de esta manera, tengáis un poco más de tiempo para pensar en la cuestión de lady Matilde.

Cranston clavó la punta del cuchillo en un trozo muy tierno de carne de faisán, asintió con un murmullo y siguió comiendo como si en ello le fuera la vida.

Capítulo 10

Athelstan y Cranston terminaron de comer y cruzaron el puente de Londres. Bajo sus pies, las oscuras aguas discurrían muy sucias y se oía el crujido de los trozos de hielo azotando los tajamares que protegían los arcos de madera de la furia del Támesis. Al pasar por Billingsgate aspiraron el olor de los tenderetes de arenques frescos, bacalao, tencas e incluso lucios, pues las flotas pesqueras habían sabido aprovechar muy bien aquella pausa de buen tiempo.

En la torre reinaba un gran ajetreo cuando llegaron. Como buen soldado que era, Colebrooke había ordenado que la guarnición se pusiera inmediatamente a trabajar para disipar el tedio provocado por el mal tiempo y distraerse de los recientes asesinatos. El lugarteniente se encontraba en el prado de la torre, dando órdenes a los hombres que estaban limpiando las catapultas, los escorpiones y los arietes. Varios arqueros, hundidos hasta los tobillos en el barro, hacían prácticas de tiro mientras otros llevaban a cabo las duras tareas impuestas por los implacables sargentos. Athelstan recordó vagamente los rumores que circulaban sobre la posibilidad de que los franceses atacaran los puertos del canal e incluso se adentraran en el Támesis para saquear e incendiar la ciudad.

El desagrado de Colebrooke al ver a Cranston y Athelstan fue de todo punto evidente.

–¿Habéis encontrado a los asesinos? –les preguntó a voz en grito.

–¡No, mi señor lugarteniente! –le contestó Cranston, gritando a su vez a pleno pulmón–. Pero los encontraremos. Y cuando los encontremos, vos podréis levantar el patíbulo.

Cranston se apartó a un lado para permitir el paso de un

carnicero y dos flecheros que estaban empujando dos barriles de carne de cerdo salada hacia la despensa. El forense arrugó la nariz. A pesar de las especias y de la gruesa capa de sal, la carne de cerdo olía a rancio y él experimentó una sensación de asco invencible al ver unos insectos saliendo por debajo del borde de un barril. En aquel momento, juró en su fuero interno no aceptar jamás comida procedente de la despensa o las cocinas de la torre. Al comprender que no podría librarse de sus visitantes, Colebrooke se retiró para dar nuevas órdenes. Athelstan aprovechó su ausencia para acercarse al lugar donde el oso, tendido en el sucio suelo, estaba ocupado rebuscando en un montículo de basura que tenía delante. El loco Mano Roja permanecía sentado, contemplando con fascinación de niño travieso a la enorme bestia.

–¿Estás contento, Mano Roja? –le preguntó dulcemente Athelstan.

El hombre hizo una mueca, agitando las manos en el aire como si imitara al oso. Athelstan se agachó a su lado.

–¿Te gusta el oso, Mano Roja?

El loco asintió con la cabeza sin apartar los ojos del animal.

–Al caballero también le gusta –dijo Mano Roja con la voz pastosa mientras de su boca se escapaba una vaharada de vino.

–¿A qué caballero?

–Al de la cruz.

–¿Te refieres a Fitzormonde?

–Sí, sí, Fitzormonde. Viene muchas veces a verlo. A Mano Roja le gusta Fitzormonde. A Mano Roja le gusta el oso. A Mano Roja no le gusta Colebrooke. Colebrooke sería capaz de matar a Mano Roja.

–¿Te gustaba Burghgesh? –preguntó rápidamente Athelstan, observando que en los ojos del loco se encendía un destello de reconocimiento–. Tú le conocías –añadió–. Sirvió aquí cuando era un joven soldado.

Mano Roja apartó la mirada.

–Estoy seguro de que lo recuerdas –añadió Athelstan.

El loco sacudió la cabeza y clavó la mirada en el oso, pero Athelstan le vio parpadear para sacudirse las lágrimas que habían asomado a sus ojos. El fraile lanzó un suspiro y se levantó, sacudiéndose el hielo de la capa.

–¡Fray Athelstan! –gritó Cranston–. El lugarteniente Colebrooke es un hombre muy ocupado. Dice que no puede perder el tiempo mientras vos conversáis con un loco.

–El lugarteniente Colebrooke tendría que comprender –contestó Athelstan– que la decisión sobre quién está cuerdo y quién está loco es materia opinable y sólo Dios puede juzgar.

–Padre, no quisiera ofenderos –replicó Colebrooke, quitándose el cónico yelmo y acunándolo entre sus manos–, pero tengo una guarnición bajo mi mando. Haré lo que vos queráis.

–¡Muy bien! –dijo Athelstan con una sonrisa en los labios–. ¿Dónde está el cuerpo de Mowbray?

Colebrooke le indicó la capilla de San Pedro ad Vincula.

–Delante del cancel del antealtar. Mañana será enterrado en el cementerio de la iglesia de Todos los Santos.

–¿Lo habéis puesto en un ataúd?

–No, no.

–Bien, deseo ver el cadáver y después mi señor forense y yo quisiéramos hablar con todos los que han resultado afectados por la muerte de sir Ralph.

Colebrooke rezongó por lo bajo.

–Estamos aquí con la autoridad del regente –le recordó Athelstan–. Cuando termine este asunto, mi señor lugarteniente, informaré acerca de la ayuda que hayamos recibido en nuestra investigación o de los obstáculos con que hayamos tropezado. Nos reuniremos con el grupo en la capilla de San Juan.

Colebrooke esbozó una forzada sonrisa y se retiró a toda prisa, ordenando a gritos a sus soldados que fueran en busca de sir Fulke y los demás. Cranston y Athelstan se dirigieron a la iglesia de San Pedro. En el oscuro y húmedo templo hacía mucho frío. La nave tenía forma de caja y las redondas columnas parecían montar guardia al borde de los sombríos pasillos. Al fondo, la luz penetraba a través de un pequeño rosetón. El cancel del antealtar era de lustrosa madera de roble y, delante de él, rodeados por un círculo de cirios, yacían los cuerpos de sir Ralph Whitton y sir Gerardo Mowbray. A pesar de que los embalsamadores habían hecho todo lo que habían podido, tanto Cranston como Athelstan aspiraron los efluvios de la putrefacción mientras subían por la nave. Ambos cuerpos yacían cubiertos por unos lienzos sobre unas esteras de mimbre colocadas encima de unas mesas de tijera. Cranston se detuvo a cierta distancia y le indicó a Athelstan por señas que siguiera adelante.

–He comido demasiado, hermano –murmuró–. Examinad lo que queráis y salgamos de aquí.

Athelstan obedeció de mil amores. No prestó la menor atención al cadáver de sir Ralph, pero levantó la insignia que cubría el del caballero hospitalario y el lienzo que había debajo. No deseaba contemplar el rostro de Mowbray. Ya había visto bastantes muertos. En su lugar, examinó las blancas y escamosas piernas del caballero y tomó uno de los cirios para estudiar detenidamente la magulladura amarillo-morada que se observaba justo por encima de la espinilla de la pierna derecha. Después, volvió a cubrir el cuerpo con el lienzo, dejó en su sitio el cirio de sebo, hizo una genuflexión de cara al presbiterio y salió de la iglesia seguido por Cranston. Una vez en los peldaños del pórtico, ambos aspiraron con ansia unas bocanadas del fresco y vigorizante aire del exterior.

–Dios mío, sir John –dijo Athelstan–, siempre he creído que San Erconwaldo estaba en muy malas condiciones, pero, si alguna vez vuelvo a quejarme de su estado, recordadme esta iglesia y me callaré de golpe.

Cranston le miró sonriendo.

–Con mucho gusto lo haré, hermano. ¿Habéis encontrado lo que buscabais?

–En efecto, sir John. Creo que sir Gerardo no fue empujado desde el parapeto. Alguien colocó una lanza o un trozo de madera en lo alto de los peldaños mientras el caballero se encontraba en su lugar acostumbrado al fondo del parapeto, cerca de la Torre de la Sal. –Athelstan frunció los labios–. Sí, se pudo hacer al amparo de la noche mientras sir Gerardo estaba enfrascado en sus propios pensamientos. –El fraile entornó los ojos y contempló el distante muro de la torre–. La campana tocó a rebato. Mowbray corrió por el parapeto. En medio de la oscuridad, no vio el obstáculo. Su pierna se golpeó contra él y entonces resbaló y cayó.

–Pero no sabemos quién tocó la campana ni quién colocó el palo en el parapeto. Recordad –añadió Cranston– que, aparte Fitzormonde y Colebrooke, todo el mundo estaba en la cámara de la señora Felipa.

–Lo pudo hacer Colebrooke –replicó el fraile–. Pudo ver al caballero en el parapeto, subir sigilosamente, colocar el palo y arreglárselas de alguna manera para que la campana tocara a rebato.

–Pero no tenemos ninguna prueba, ¿verdad?

–No, sir John, no la tenemos. Pero las estamos reuniendo. Poquito a poco. –Athelstan lanzó un suspiro–. Sólo el tiempo dirá si podremos conseguirlo.

Encontraron a Colebrooke y a los demás miembros del grupo sentados en los bancos de la capilla de San Juan. Sus rostros no podían disimular la irritación que sentían por el hecho de que los hubieran vuelto a convocar. Hammond permanecía sentado casi de espaldas; Fulke estaba repantigado en su asiento mirando al techo; Rastani parecía más tranquilo que antes y Athelstan creyó ver en sus brillantes ojos oscuros una irónica expresión de burla. Colebrooke paseaba arriba y abajo como si estuviera en un desfile y la señora Felipa, apoyada contra la pared, contemplaba tristemente el prado de la torre.

–¿Dónde está Godofredo? –preguntó Athelstan.

–Puede que Godofredo Parchmeiner, que es un joven más

bien insensato y asustadizo, tenga muchos defectos –contestó Fulke sin prestar atención a la enfurecida mirada de su sobrina–, pero es muy trabajador y tiene cosas mejores que hacer que haraganear en la torre, respondiendo a vanas preguntas mientras los hombres buenos siguen muriendo a manos de un asesino que anda tranquilamente suelto por ahí sin que nadie le pare los pies.

–Gracias por vuestro discurso, sir Fulke –dijo Cranston, mirando a su alrededor con una falsa sonrisa–. Sólo tenemos una pregunta que hacer y os pido disculpas, sir Brian, pero es simplemente un nombre. Bartolomé Burghgesh... ¿significa algo para alguno de vosotros?

Athelstan se sorprendió de la transformación que provocaron las palabras de Cranston. La sonrisa del forense se ensanchó.

–Bueno pues, ahora que hemos conseguido despertar vuestra atención –añadió sir John, desviando rápidamente la mirada hacia el encolerizado rostro del caballero hospitalario–. No es necesario que vos respondáis, sir Brian, y, si tenéis un poco de paciencia, comprenderéis la razón de nuestra pregunta. ¿Bartolomé Burghgesh? –repitió, dando unas palmadas.

–¡Por todos los diablos! –gritó sir Fulke, levantándose para situarse en el centro de la estancia–. No juguéis con nosotros, sir John. Burghgesh era un nombre que mi hermano sir Ralph jamás permitía pronunciar en su presencia.

–¿Y eso por qué? –preguntó inocentemente Athelstan.

–Mi hermano no podía soportarlo.

–Pero habían sido compañeros de armas.

–Lo *habían sido,* en efecto –puntualizó sir Fulke–. Se enemistaron en Ultramar. Más tarde Bartolomé murió en un barco que unos piratas moros apresaron en el Mediterráneo.

–¿Por qué? –tronó Cranston.

–¿Qué queréis decir?

–¿Por qué razón vuestro hermano odiaba tanto a Bartolomé Burghgesh?

Fulke se acercó un poco más a Cranston.

–Por una cuestión de honor –contestó, bajando la voz. Se humedeció los labios con la lengua y le dirigió una nerviosa mirada a Felipa–. Sir Ralph acusó en cierta ocasión a Bartolomé de mirar demasiado a su señora esposa y madre vuestra.

–¿Y las acusaciones tenían algún fundamento? –preguntó Athelstan.

–No –tartamudeó Fulke–. Seré sincero... yo apreciaba a Bartolomé. –La expresión de su rostro se suavizó–. Era un hombre jovial, siempre dispuesto a pensar bien de los demás. Era amable y cortés.

Athelstan intuyó de repente la dureza del carácter de sir Fulke.

–Vos le apreciabais mucho, ¿no es cierto?

–Sí y la noticia de su muerte me entristeció sobremanera. –Fulke movió los pies y bajó la vista al suelo–. Seré sincero –añadió–. Cuando era más joven, solía pensar que ojalá Bartolomé fuera mi hermano, pues, que Dios me perdone, pero no le tenía demasiado cariño a Ralph. Hace años –añadió levantando unos ojos velados por una profunda tristeza–, ambos sirvieron como oficiales aquí en la torre. –Fulke tosió y carraspeó–. Mi hermano era cruel y traidor. Maltrataba a Mano Roja e incluso golpeó al padre aquí presente cuando sólo era un joven e inexperto clérigo.

El capellán se ruborizó de vergüenza.

–¡Vamos, decid la verdad! –Fulke miró a su alrededor, enseñando los dientes como un perro–. ¡Sir Ralph era un hombre odiado!

La señora Felipa se adelantó con semblante muy pálido.

–¡Mi padre está amortajado en espera del entierro y vos habláis mal de él!

–¡Que Dios me perdone, Felipa, pero estoy diciendo la pura verdad! –Fulke extendió la mano–. ¡Preguntádselo a Rastani! ¿Quién le arrancó la lengua cuando era chico?

El moro le miró sin pestañear.

–¡Es cierto! –dijo Fitzormonde–. Fue por el moro por lo que empezaron las desavenencias entre Burghgesh y Whitton.

Fulke se hundió de nuevo en el banco.

–Ya he dicho suficiente y estoy cansado de todas estas preguntas. Pero vuestro padre era un malnacido, señora Felipa, y nadie de los presentes me podrá contradecir.

Cranston y Athelstan se sorprendieron de aquel súbito estallido de odio y animadversión. Dios mío, pensó Athelstan, aquí cualquiera podría ser el asesino de sir Ralph. Burghgesh era un hombre apreciado. ¿Alguien de los presentes se habría considerado con derecho a ser el verdugo de Dios y vengar la muerte de un hombre bueno? Athelstan miró a su alrededor y, aprovechando el repentino silencio, preguntó:

–¿Hoy maese Parchmeiner no vendrá por aquí?

–No –contestó sir Fulke con aire cansado–. Por el amor de Dios, padre, ¿cómo queréis que a alguien le apetezca estar aquí? Hay demasiados recuerdos y demasiado odio.

La señora Felipa, sentada en uno de los bancos, se cubrió el rostro con las manos. Sir Fulke se acercó a ella y le dio unas suaves palmadas en el hombro. Cranston vio aparecer una leve sonrisa en el rostro de Rastani. ¿Sería él el asesino?, se preguntó. Recordó las palabras de Athelstan, según las cuales el asesino de Adam Horne había utilizado el método que se practicaba en la morería para profanar el cuerpo de los criminales y traidores.

–Ya hemos visto suficiente –musitó Athelstan–. Podemos irnos.

–Sólo una cosa más –dijo Cranston–. ¿Conocíais al mercader Adam Horne?

–¡Otro malnacido! –gritó sir Fulke–. Sí, sir John. Horne era amigo de mi hermano.

–¡Pues también ha muerto! –anunció lacónicamente Cranston–. Lo encontraron asesinado anoche en las ruinas que hay al norte de aquí.

Fitzormonde soltó una maldición por lo bajo. Los demás levantaron los ojos alarmados.

–Me pregunto dónde estabais todos vosotros –preguntó Cranston.

–¡Por todos los diablos, sir John! –replicó Colebrooke–. Ahora que ya ha empezado el deshielo, cualquiera puede entrar y salir por las poternas.

Cranston esbozó una leve sonrisa. El lugarteniente tenía razón: hubiera sido prácticamente imposible conseguir que todos dieran cumplida cuenta de sus movimientos. Horne podía haber sido asesinado en cualquier momento entre el anochecer y el amanecer.

–Vamos, sir John –dijo Athelstan.

Ambos se despidieron sin la menor ceremonia y Cranston rechazó el intento de Colebrooke de acompañarles. Apenas dijeron nada hasta que recogieron sus caballos y abandonaron la torre para subir hacia Eastcheap.

–¡El Señor se apiade de nosotros! –exclamó Cranston, rompiendo súbitamente el silencio–. Qué odio tan grande puede albergar el corazón de los hombres, ¿verdad, hermano?

–Sí –contestó Athelstan, apartando suavemente a *Philomel* del albañal cubierto de nieve que discurría por el centro de la calle–. Quizá deberíamos recordarlo todos, sir John. Las envidias y los malentendidos sin importancia son los que alimentan las llamas del resentimiento que después encienden las hogueras del odio.

Cranston miró al fraile por el rabillo del ojo y sonrió ante el intencionado comentario: lo que era cierto en el caso de Fulke y los demás moradores de la torre lo era también en sus relaciones con lady Matilde.

–¿Y adónde vamos ahora, hermano?

–A la tienda de maese Parchmeiner, delante de la posada de la Cancillería cerca de San Pablo.

–¿Por qué? –preguntó Cranston.

–Porque no estaba presente con los demás en la torre, mi querido Cranston, y tenemos que interrogarlos a todos.

Subieron por la calle del Pabilo y entraron en la Trinidad,

un próspero sector de la ciudad que Athelstan raras veces frecuentaba. Las casas eran grandes y lujosas, con plantas bajas de sólida madera y gabletes de entramado de vigas negras y yeso blanco. Los tejados eran de tejas, a diferencia de lo que ocurría en las viviendas de muchos de los feligreses de Athelstan, los cuales tenían que conformarse con la caña y la paja. Muchas ventanas tenían paneles de cristal puro y estaban protegidas por hierro y madera. Los criados de aquellas casas echaban habitualmente en los albañales el agua que habían utilizado para lavar la ropa y, por consiguiente, las calles no apestaban como las de Southwark. Delante de las majestuosas entradas montaban guardia hombres armados que ostentaban los vistosos escudos de armas de sus amos: osos, cisnes, dragones alados, leones, dragones y bestias todavía más extrañas. Los prósperos y bien alimentados mercaderes paseaban con sus esposas, las cuales lucían vestidos de seda y raso adornados con delicadas incrustaciones de finas perlas. Dos canónigos de la catedral pasaron por su lado envueltos en unas gruesas capas de lana forradas de armiño. Unos abogados caminaban arrogantemente por la calle con sus túnicas rojas, moradas y escarlatas ribeteadas de piel de cordero y las capas echadas hacia atrás para dejar bien a la vista sus fajas cuajadas de adornos.

Unos cerdos paseaban con unas campanitas alrededor del cuello para que todo el mundo supiera que eran propiedad del hospital de San Antón y nadie los podía matar. Unos corchetes, utilizando unas varas con puntas de acero, se hallaban ocupados en la tarea de dispersar las aves de corral o mantener a raya a unos feroces perros de rubio pelaje que ladraban sin cesar mientras otros trataban de acorralar a una extraña criatura que, vestida de urraca con unos harapos blancos y negros, proclamaba a gritos las maravillosas reliquias de la cristiandad que guardaba en su viejo cofre de cuero.

–¡Un diente de Carlomagno! –gritaba–. ¡Dos patas del asno que llevó a la Virgen María! ¡El cráneo de un cuñado de

Herodes y algunas de las piedras que Jesucristo transformó en pan!

Athelstan se detuvo y apartó a los corchetes que estaban hostigando al pobre diablo.

–¿Dices que tienes una de las piedras que Jesucristo convirtió en pan? –le preguntó, reprimiendo la risa.

–Sí, hermano –contestó el vendedor de reliquias mientras se le iluminaban los ojos de emoción ante la perspectiva de unas buenas ganancias.

–Pero es que Jesucristo no convirtió las piedras en pan. El demonio le pidió que lo hiciera, pero Él se negó.

Cranston se acercó sonriendo para ver la reacción del charlatán. El vendedor de reliquias se humedeció los resecos labios con la lengua.

–Pues claro que las convirtió, hermano –replicó el hombre en voz baja–. Me consta de buena tinta que, cuando Satanás se fue, Jesucristo lo hizo, pero después las volvió a convertir en piedras para demostrar que no se quería dejar tentar por la comida. Sólo os costará un penique.

Athelstan introdujo la mano en su bolsa y sacó una moneda.

–Toma –dijo, depositándola en la mugrienta mano–. Esto no es por la piedra. Guárdala. Es tu ingenio lo que premio.

El hombre se quedó boquiabierto de asombro mientras Cranston y Athelstan reanudaban su camino, todavía riéndose de su rápida respuesta. Pasaron por delante de la puerta chica de San Pablo donde un hermano lego estaba ofreciendo a unos leprosos unas mohosas rebanadas de pan con carne de cerdo rancia, según lo dispuesto por las autoridades de la ciudad, las cuales creían sinceramente que tales alimentos les eran beneficiosos. Cranston hizo una mueca de repugnancia.

–¿Creéis de veras que es buena? –le preguntó repentinamente a Athelstan.

–¿Cómo decís, sir John?

–¿Creéis que esta comida es buena para los leprosos?

Athelstan contempló a las figuras con sus capuchones grises, sus bastones y sus cuencos de pedir limosna.

–No lo sé –contestó–. Tal vez sí.

Los leprosos le hicieron pensar en los dos que se ocultaban en el cementerio de San Erconwaldo. En su mente se agitaba un vago recuerdo que no lograba identificar, por lo que decidió apartarlo momentáneamente a un lado. Al entrar en una calleja cerca de la calle del Viernes, Cranston empezó a preguntar a gritos a los viandantes la dirección de la tienda de Parchmeiner. La encontraron en la esquina de la calle del Pan, en la planta baja de un angosto edificio de planta y primer piso. En el piso de arriba estaba la vivienda. Delante había un tenderete que, a causa del mal tiempo, estaba vacío, por cuyo motivo abrieron la puerta y entraron. Athelstan cerró los ojos y aspiró inmediatamente un dulce aroma de vitelas y pergaminos recién frotados, que inmediatamente le hizo recordar la bien abastecida biblioteca y la silenciosa cancillería de su época de novicio en los dominicos. La tienda era una pequeña estancia de paredes encaladas con unos estantes en los que se amontonaban los pergaminos y los tinteros de cuerno, las piedras pómez, las plumas de ave y todos los demás adminículos necesarios en una biblioteca o cancillería.

Godofredo, sentado junto a un pequeño escritorio, se levantó sonriendo al verles entrar.

–¡Sir John! –exclamó–. ¡Fray Athelstan, sed bienvenidos! –Se dirigió a la oscura trastienda y sacó dos escabeles–. Sentaos, os lo ruego. ¿Os apetece un poco de vino?

Inesperadamente, Cranston sacudió la cabeza.

–Yo sólo bebo cuando lo hace sir John –contestó Athelstan con ironía.

El vendedor de pergaminos sonrió y volvió a sentarse detrás de su escritorio.

–Bien, ¿en qué puedo ayudaros? No creo que hayáis venido para comprar vitelas y pergaminos... aunque podría ofreceros lo mejorcito de la ciudad, hermano. Soy miembro del gremio y todo lo que vendo lleva su sello. –El afable rostro de Godofredo se contrajo en una sonrisa–. Pero no creo que hayáis venido a comprar –repitió, sacudiendo la cabeza con la cara muy seria–. Es por el asunto de la torre, ¿verdad?

–Sólo una cosa –contestó Cranston, removiéndose con inquietud en el pequeño escabel–. ¿Significa algo para vos el nombre de Bartolomé Burghgesh?

–Sí y no –contestó Godofredo–. Jamás le conocí personalmente, pero oí hablar de él a sir Fulke y una vez Felipa lo mencionó en presencia de su padre. Sir Ralph se enfadó muchísimo y abandonó la estancia hecho una furia. Como es natural, le pregunté a Felipa por qué y ella me explicó que se trataba de un viejo enemigo de su padre, pero no quiso entrar en más detalles.

Athelstan estudió atentamente al joven. ¿Podía aquel lánguido y blandengue jovenzuelo ser el terrible Asesino Rojo, el que perseguía despiadadamente a sus víctimas en la torre?

–Godofredo –le dijo.

–Sí, hermano.

–¿Cuánto tiempo hace que conocéis a Felipa?

–Unos dos años.

–¿Y sir Ralph os apreciaba?

El vendedor de pergaminos le miró sonriendo.

–Sí, aunque sólo Dios sabe por qué. Apenas sé montar a caballo y el oficio de las armas no me atrae.

–¿Estuvisteis con él la noche en que murió?

–Sí, tal como ya dije, estuve con él en la gran sala. Sir Ralph estaba de muy mal humor y el vino lo puso sentimental.

–¿Se emborrachó?

–Mucho.

–¿Y vos lo acompañasteis hasta su cámara?

–Tengo que responder una vez más sí y no. Maese Colebrooke me ayudó. Yo acompañé a sir Ralph hasta lo alto de la escalera de la torre del baluarte Norte, pero el pasadizo era tan estrecho que sólo Colebrooke lo acompañó hasta su cámara.

–¿Y aquella noche vos estuvisteis con la señora Felipa?

El joven bajó los ojos con expresión turbada.

–Sí. Si lo hubiera sabido, sir Ralph se hubiera enojado muchísimo.

–Pero él aceptaba vuestro compromiso con su hija, ¿no es cierto? –preguntó Athelstan.

–Sí, creo que sí.

–¿Por qué? –tronó Cranston–. Vos mismo habéis dicho que no sois soldado.

–No, no lo soy. No soy ni un señor ni un caballero, sir John, sino sólo un comerciante, y muy bueno, por cierto. Soy de esos que prestan dinero al rey para que pueda contratar a los caballeros. –El vendedor de pergaminos abarcó con un gesto de la mano su bien surtido establecimiento–. Puede que no lo parezca, pero mis beneficios son muy elevados. Soy un hombre rico, sir John.

–Otra cosa –dijo Athelstan–. Ya la hemos mencionado antes. Vos fuisteis a despertar a sir Ralph. ¿Qué ocurrió?

–Los guardias abrieron el pasadizo y lo cerraron a mi espalda, tal como sir Ralph les había ordenado que hicieran. Bajé y traté de despertar al condestable. No hubo respuesta y regresé. Se lo dije a los guardias y tomé la llave de la cámara de Whitton. Iba a abrir, pero cambié de idea y fui en busca de Colebrooke.

–¿Por qué lo hicisteis?

Godofredo hizo una mueca.

–El silencio me hizo comprender que algo extraño ocurría, por no hablar de la fría corriente de aire que se filtraba por debajo de la puerta de la cámara de Whitton.

Athelstan recordó la rendija que había bajo la puerta de sir Ralph y asintió con la cabeza. Cualquiera que hubiera notado la fuerte corriente de aire desde el exterior hubiera comprendido que algo había ocurrido.

–¿Por qué no abristeis vos mismo la puerta? –preguntó Cranston.

El joven sonrió con cierta timidez.

–Tuve miedo, sir John. Sir Ralph no era un hombre muy apreciado. Ahora creo que temía que hubiera alguien en la cámara.

–¿Y la noche en que murió Mowbray?

–Estaba con la señora Felipa, borracho como una cuba. Podéis preguntar a los demás.

–¿Y no salisteis en ningún momento?

Godofredo hizo una mueca.

–Como los demás, sólo abandoné la estancia para utilizar el retrete del pasadizo. Cuando la campana empezó a tocar a rebato, salí con los otros para ver qué ocurría. No hice gran cosa. Estaba muy bebido y me dan miedo aquellos peldaños del parapeto. Empecé a pasear por allí, simulando hacer algo y, al final, encontré a Fitzormonde y Colebrooke junto al cuerpo de Mowbray. –El joven hizo una pausa y clavó los ojos en los de Athelstan–. Sé por qué habéis venido. Ha habido otra muerte en la torre, ¿verdad?

–Sí, sí –contestó Athelstan en voz baja, revelándole los detalles de la muerte de Horne.

Godofredo se reclinó contra el respaldo de su asiento y emitió un suave silbido.

–Supongo que deseáis interrogarme al respecto.

–Nos sería muy útil saber dónde estuvisteis anoche –dijo Cranston.

Parchmeiner se encogió de hombros.

–Estuve trabajando en la tienda y después me emborraché como una cuba en la cercana taberna del Grifo de Oro. Podéis preguntar allí.

Athelstan sonrió. ¿De qué hubiera servido?, pensó. A Horne hubieran podido matarlo a cualquier hora. Estudió el infantil rostro de Parchmeiner.

–¿Vos sois de Londres? –preguntó, concentrando la mirada en el pergamino que Godofredo tenía sobre su escritorio.

–No, hermano. Mi familia es galesa, de ahí me viene el color de la tez. Se trasladaron a vivir a Bristol, donde mi padre vendía pergaminos y vitelas en una tienda justo al lado de la catedral de allí. Cuando él murió, yo me vine a Londres. –Godofredo tomó el pergamino–. Mi hermana, que ahora ya está casada, sigue viviendo allí; me acaba de escribir, comunicándome su deseo de venir a pasar los festejos navideños aquí. Ella, su esposo –Godofredo adoptó una expresión de falsa solemnidad– y su numerosa prole infundirán un poco de vida a la torre. –El joven se volvió hacia sir John–. Mi señor forense, ¿tenéis más preguntas que hacerme?

Sir John sacudió la cabeza.

–No, señor, ya he terminado.

Se levantaron, se despidieron y salieron a la fría calle.

–¿Qué pensáis, hermano?

–El joven llegará muy lejos en su negocio, sir John. Tiene raíces. –El fraile miró sonriendo al forense–. Sí, sir John, yo también me he preguntado como vos si podría ser el hijo de Burghgesh, pero estoy seguro de que no lo es. –Athelstan se detuvo y miró fríamente a Cranston–. Estamos buscando a un asesino sin ningún nexo, sir John. Alguien que finge ser lo que no es. Alguien que conoce el gran acto de traición cometido muchos años atrás. La pregunta es: ¿de quién se trata?

–¡Bien! –dijo Cranston, juntando las manos–. Aquí no lo vamos a encontrar, hermano, pero quizá en Woodforde... –El forense se limpió la nariz con el dorso de la mano y levantó los ojos al cielo–. No quiero quedarme en Londres –añadió–. Lady Matilde necesita descansar un poco de mi presencia. ¿Y vos, hermano?

–Creo que mi parroquia podrá resistir un poco más la continuada ausencia de su pastor –contestó secamente Athelstan.

Se despidieron en la esquina de la calle del Viernes con la del Pez, acordando reunirse dos horas más tarde en una taberna del otro lado de Aldgate, situada en el camino de Mile End. Sir John se alejó a pie, conduciendo su caballo por la brida mientras Athelstan bajaba por Trinidad hasta Walbrook y seguía por la Cordelería hasta llegar al puente de Londres. Se alegró de que San Erconwaldo estuviera prácticamente vacío a excepción de Watkin a quien había dado severas instrucciones sobre la vigilancia del templo, y de Ranulfo el cazador de ratas, el cual había acudido allí para recordarle su promesa de permitir que San Erconwaldo se convirtiera en la iglesia de su gremio en caso de que llegara a fundarse la cofradía de los cazadores de ratas.

–Te prometo, Ranulfo, que lo pensaré –le contestó, procurando disimular la gracia que le causaba la idea de una iglesia de San Erconwaldo llena de encapuchados cazadores de ratas, todos con el mismo aspecto que Ranulfo, en cuyo amarillento y marchito rostro se dibujó una sonrisa de afilados dientes cuando bajó los peldaños, brincando alegremente como un chiquillo.

–Hermano –dijo Watkin en tono lastimero.

–¿Qué quieres?

–Bueno... –El recogedor de estiércol, se volvió hacia los peldaños de la entrada de la iglesia y señaló con la mano el cementerio cubierto de hielo–. Aún no hemos colocado una guardia.

–¿Y por qué tenemos que colocarla, Watkin? Los ladrones de tumbas ya se han ido a otra parte.

El recogedor de estiércol sacudió la cabeza.

–No lo creo, hermano, y temo que ocurran cosas mucho peores.

Athelstan trató de sonreír.

–No digas disparates. Mira, Watkin, mañana regresaré muy tarde. Llévale un mensaje al padre Lucas de San Olave. Ruégale que sea tan amable de venir aquí a decir misa mañana por la mañana. Tú ya sabes dónde está todo, ¿verdad? Y dile a la viuda Benedicta que te ayude. ¿Lo harás?

Watkin asintió en silencio y se retiró, rezongando contra los curas que no se tomaban en serio las historias de las negras sombras que cometían actos horribles en los cementerios de la ciudad. Athelstan le vio alejarse y lanzó un suspiro. ¿Cómo podía ocuparse del asunto del cementerio sin que hubiera la menor prueba de peligro o amenaza? El forense le estaba dando tantos quebraderos de cabeza como las terribles muertes que estaban investigando. ¿Qué le ocurría a lady Matilde?, se preguntó Athelstan. ¿Por qué razón Cranston no se lo preguntaba directamente?

El fraile sonrió mientras se dirigía a la casa parroquial. Qué curioso, pensó. Cranston, que no temía nada que caminara con dos patas, se amilanaba ante su menuda esposa. Comprobó que todas las puertas y ventanas de la casa estuvieran bien cerradas, colocó las alforjas sobre el pobre *Philomel* y, tomándolo por la brida, echó a andar por el helado sendero. Se detuvo en una cervecería y le dejó al calderero Tab unos mensajes para Benedicta y Watkin; quería que ambos cerraran la iglesia después de la misa de la mañana y que la viuda, si no fuera mucha molestia, se llevara a *Buenaventura* a su casa. Después, regresó a la calle principal, pasando por delante del priorato de Santa María de Overy y cruzó el puente de Londres. Se detuvo a medio camino para rezar una oración por la seguridad del viaje en la capilla de Santo Tomás y siguió adelante.

Cranston le estaba esperando en la pequeña taberna del otro lado de Aldgate en el Portsoken que daba al pestilente foso de la ciudad. El forense parecía de buen humor y Athelstan llegó a la conclusión de que debía de ser por el gran cuenco de vino que tenía delante. Sin embargo, todo se debía a que Cranston había tomado la firme decisión de no seguir molestando al fraile con sus inquietudes y preocupaciones y ahora trataba de disimular su zozobra guiñando el ojo y soltando eructos. Athelstan le acompañó tomando una última copa de vino calentado con un atizador al rojo vivo y aderezado con canela antes de pedir que sacaran los caballos de las cuadras y emprender el camino de Mile End. Cranston seguía tan contento como al principio, gracias a una milagrosa bota de vino que no parecía vaciarse jamás. Athelstan, cansado y llagado por la silla de montar, rezó y maldijo en silencio mientras Cranston, soltando ventosidades y balanceándose sobre la silla, no paraba de parlotear de esto y de aquello. Al final, Athelstan paró a *Philomel* y agarró al fiscal por las muñecas.

–Sir John –le dijo–, en este asunto de la torre... no estamos llegando a ninguna parte. ¿Cuánto tiempo creéis que podremos seguir así?

–Hasta que terminemos –contestó Cranston–. ¡Por todos los diablos, hermano! Las órdenes son las órdenes y a mí me importan un carajo los monjes gruñones, los caminos helados o los viajes incómodos. ¿Os he contado los preparativos que está haciendo lady Matilde para las fiestas de la Natividad?

Athelstan lanzó un suspiro, sacudió la cabeza y espoleó a *Philomel* mientras Cranston le deleitaba con los pormenores del banquete que estaba preparando lady Matilde a base de cabeza de jabalí, pichones de cisne, carne de venado, tarta de membrillo y crema de manzana. El forense charlaba como una urraca mientras el día declinaba y el crepúsculo caía como un manto gris sobre las vastas extensiones nevadas. La brumosa oscuridad que los envolvía borraba el lejano bosque y sólo les permitía entrever las lucecitas de las aldeas por las que pasaban. No soplaba el más mínimo viento, pero todo estaba sumido en un silencio sepulcral y hacía un frío espantoso.

–Estoy seguro –dijo Athelstan– de que hasta los pájaros se van a congelar en los árboles y de que las liebres de la colina no saldrán de sus madrigueras.

Cranston, tras haber vaciado finalmente la bota de vino, se limitó a responder con toda una serie de regüeldos. Pasaron por una encrucijada en la que colgaba un cadáver ennegrecido y congelado, con la cabeza inclinada hacia un lado y un rostro irreconocible después de que los cuervos se hubieran dado un festín. Cranston se detuvo y señaló con el dedo una trémula luz en la distancia.

–Allí nos detendremos a pasar la noche, hermano. La taberna del Amigo de la Horca es extremadamente acogedora. –El forense se inclinó hacia Athelstan y añadió con una sonrisa–: A pesar de su nombre, os gustará.

Y le gustó. Era un limpio establecimiento con unas cuadras muy seguras, una sala que olía a hierbas recién cortadas y una gran chimenea encendida... pero no le hizo demasiada gracia la enorme cama con dosel que tendría que compartir con sir John.

–No, no, mi señor forense –murmuró el fraile–. Insisto en que durmáis solo.

–¿Y eso por qué, monje?

–¡Porque, si empezáis a dar vueltas dormido, puede que muera aplastado por vuestro peso, mi señor forense!

Riéndose y gastando bromas, ambos dejaron sus bolsas en la habitación y bajaron a la sala donde la mujer del tabernero les sirvió unas doradas y crujientes empanadas de pescado cuya fuerte salsa disimulaba la escasa frescura del producto. Athelstan le pidió diplomáticamente al tabernero que colocara un catre en la habitación y se sentó a cenar, haciendo gala de un apetito casi tan voraz como el de Cranston. Éste bebió como si fuera la última noche de su vida y, al final, se apoyó contra una columna junto a la enorme chimenea, soltó un eructo y se dio por satisfecho. Athelstan contempló las llamas y escuchó el rumor del viento que súbitamente había empezado golpear las contraventanas cerradas.

–¿Hermano?

–¿Sí, sir John?

–Este asunto de la torre... ¿no podría ser algo relacionado con la magia negra?

–¿Qué queréis decir?

–Hablo de la cabeza que me enviaron a casa.

Athelstan extendió las manos hacia las llamas.

–No, no, sir John. Tal como ya os he dicho, aquí no estamos tratando con demonios sino con algo mucho peor: un alma hundida en el pecado mortal. Pero ¿a quién pertenece? –El fraile miró a sir John, cuya roja narizota volvía a estar metida en el interior de una copa de vino–. Lo que más me desconcierta –añadió Athelstan– es ¿por qué precisamente ahora? ¿Por qué el asesino ha elegido este preciso instante?

¿Y cómo conoce las terribles circunstancias que rodearon la muerte de Burghgesh?

–¿A qué os referís? –preguntó Cranston con voz pastosa.

–Pues a que tendríamos que estar buscando a una persona sin un pasado –contestó Athelstan–, alguien que se ha presentado aquí de repente, pero todos aquellos con quienes hemos hablado tienen un espacio bien conocido.

Cranston soltó un ruidoso eructo.

–No sé –dijo–. Creo que podría ser algo relacionado con la magia negra porque no consigo aclarar el enredo. Tal como ya le he dicho a lady Matilde...

El forense enmudeció de golpe, contempló su copa de vino y volvió a ponerse muy serio.

–Vamos, sir John –le dijo Athelstan en voz baja–. Ya es hora de que nos vayamos a dormir.

Cranston aceptó inesperadamente su consejo, apuro la copa de vino y la posó ruidosamente sobre la mesa. Después se levantó tambaleándose y miró con una benévola sonrisa a su compañero.

–Pero ¿vos creéis en eso, hermano?

–¿En qué, sir John?

–¿En la magia negra? Me refiero a lo que está ocurriendo en vuestro cementerio.

–Si queréis que os sea absolutamente sincero, sir John, temo más las malas artes del corazón humano que las perversidades del demonio. Y ahora vamos a descansar.

Athelstan se alegró de haber sabido elegir el momento adecuado, pues, al llegar a lo alto de la chirriante e insegura escalera de madera, Cranston ya estaba medio dormido y sólo tuvo tiempo de comentar con voz quejumbrosa lo mucho que echaba de menos a lady Matilde. El fraile lo acompañó por el oscuro pasillo que conducía al dormitorio. Una vez allí, lo ayudó a tenderse en la cama, le quitó las botas y procuró que estuviera lo más cómodo posible. El forense se volvió de lado, eructó y empezó a roncar. Athelstan sonrió y cubrió su voluminosa figura con una colcha. Dormido, le recordaba más que nunca al enorme oso del muro de la torre. El fraile se arrodilló junto a la pequeña ventana, se santiguó y pronunció en un susurro las palabras del salmo de David.

–«Desde lo hondo a ti grito, Señor. Oh, Señor, escucha mi voz.»

Cuando llegó al cuarto versículo, se distrajo. ¿Tendría razón sir John?, se preguntó. ¿Estaría el demonio, el Asesino Rojo, actuando no sólo en el cementerio sino también en la Torre de Londres? Cerró los ojos, terminó de recitar el salmo y se acercó a su catre. Se pasó un buen rato escuchando los sonoros ronquidos de Cranston y se quedó dormido justo en el mismo instante en que, en la silenciosa oscuridad de San Erconwaldo, unas sombras atravesaban el cementerio y se inclinaban sobre una tumba recién cavada.

Capítulo 11

En su sueño, Athelstan se encontraba en la cubierta de un negro barco. El bauprés, el mástil y las velas estaban cubiertos por crespones negros. Por encima de él en la popa, un esqueleto de pálido y siniestro rostro sujetaba el timón, mirándole con una perversa sonrisa en los labios. El mar estaba tan claro y sereno como un grueso cristal oscuro. El cielo sin estrellas era como un lienzo de color morado alrededor del barco que surcaba las aguas rumbo al rojo resplandor del horizonte que marcaba la entrada del infierno. En lo alto del mástil una figura se movía a sacudidas. Athelstan contempló el ennegrecido y contraído rostro de Pike el acequiero, colgando por el cuello. El fraile se volvió al notar una palmada en el hombro. Era su hermano Francisco, con el rostro blanco azulado bajo una mata de cabello negro. Una delgada serpiente de roja sangre le salía por una de las comisuras de la boca; su pecho era una abierta y burbujeante masa de sangre justo en el lugar donde había recibido la herida mortal.

–¿Huiste del monasterio, hermano? –preguntó una hueca voz.

Athelstan alargó la mano:

–Perdóname, Francisco –murmuró, mirando a su alrededor.

¿Estaría Cranston allí? Le parecía haber oído su voz.

Se acercó a la entrada de la bodega y miró hacia abajo. Una mujer desnuda permanecía agachada en el suelo con el rostro oculto por un velo negro; un sapo le asomaba por la boca y alrededor de su cuello se enroscaba una serpiente de color ámbar cuyos rojos y oblicuos ojos fulguraban como diamantes. A su lado se acurrucaba una rata de hinchado vientre. Athelstan bajó los escalones. A su espalda, con rostro severo e impasible, se encontraba arrodillado un caballero cubierto con una armadura cuyas manos protegidas por los guanteletes descansaban sobre el puño de una enorme espada de doble filo. La bodega olía a muerte. Athelstan sintió que alguien se le acercaba por detrás y tembló horrorizado cuando una mano le sujetó el hombro.

–¡Athelstan! ¡Athelstan! ¡Por el amor de Dios, hermano!

El fraile abrió los ojos. Cranston, con el mofletudo rostro arrugado en una mueca de preocupación, le miraba con inquietud.

–¿Qué os ocurre, hermano?

–Estaba soñando, mi buen sir John –contestó Athelstan, levantando una sudorosa mano para frotarse el rostro–. Estaba soñando –repitió.

–¡Pues no debía de ser un sueño muy placentero!

–No, sir John. Unos súcubos de la noche con el poder de mil escorpiones se han adueñado de mi mente.

Cranston le miró inquisitivamente.

–Era una broma –dijo Athelstan, sonriendo–. Creo que mi pesadilla me la ha provocado la mesa y no la tumba. Anoche cenamos demasiado.

–Ayer ya no existe y hoy estamos a hoy –replicó Cranston–. Vamos, hermano, ya ha despuntado la aurora.

Athelstan se levantó, pronunció una apresurada oración y se lavó con el agua helada de un agrietado aguamanil de peltre. Recogieron sus cosas y bajaron a la fría y desierta taberna. La chimenea no estaba encendida y la sala no parecía tan alegre y acogedora como la víspera; desayunaron a toda prisa unas gachas de avena calientes acompañadas por unas copas de vino calentado con especias y azúcar, ensillaron los caballos y salieron al sendero para regresar al camino.

El día prometía ser bueno. Un mortecino sol estaba a punto de asomar por el horizonte, transformando la oscuridad en una polvorienta atmósfera grisácea; los caballos avanzaban muy despacio por el helado camino mientras ambos jinetes vigilaban la posible existencia de baches, pues algunos de ellos eran tan hondos como la altura de un hombre y podían provocar la caída e incluso la muerte tanto del incauto jinete como del caballo. La campiña estaba desierta y silenciosa. Athelstan se estremeció al recordar la pesadilla y el pavoroso silencio que la envolvía. Los setos de ambos lados del camino estaban todavía cubiertos por una gruesa capa de nieve y, al otro lado, los campos permanecían ocultos bajo una dura sábana de hielo. Un círculo de hambrientos cuervos sobrevoló un robledo cuyas negras ramas se recortaban contra el cielo cada vez más claro.

–Ya quisiera estar de regreso en Londres –dijo Cranston con voz quejumbrosa–. ¡Aborrezco la maldita campiña y aborrezco el silencio!

Athelstan vislumbró una mancha de color en una zanja del borde del camino y guió su montura hacia allí para echar un vistazo. Vio el cadáver congelado de un anciano, cubierto de la cabeza hasta las rodillas con una holgada y raída túnica. Cerró los ojos y musitó una oración tras haber visto los agujeros negro-azulados que los hambrientos cuervos habían dejado en el cuerpo tras picotear la blanquecina carne del pobre viejo.

–¡Dios lo tenga en su gloria! –murmuró Cranston–. Aquí no podemos hacer nada, hermano.

Cruzaron una silenciosa aldea dormida en la que la única señal de vida eran unos penachos de negro humo. Al cabo de una hora de viaje, se acercaron a la aldea de Leighton. En la encrucijada vieron a un grupo de aldeanos alrededor de un negro patíbulo. Afortunadamente, la horca de hierro estaba vacía. Los aldeanos rodeaban un cadáver mientras dos corpulentos sujetos golpeaban con sus picos y azadones la endurecida tierra al pie del patíbulo. Respiraban afanosamente y el aliento se les congelaba en el aire mientras los azadones cavaban un hoyo no muy hondo. Athelstan miró a Cranston. El forense se encogió de hombros, pero su mano se deslizó bajo la capa hacia el puño de la daga. Los aldeanos se volvieron al oírles acercarse. Una anciana de rostro amarillento y arrugado con el huesudo cuerpo envuelto en un viejo pellejo de vaca se adelantó hacia ellos.

–¡Buenos días os dé Dios! –les gritó–. ¿Cómo viajáis por este camino? –Sus lechosos ojos se desviaron hacia Athelstan–. Buen día, padre. Es raro ver a un cura levantado tan temprano.

–¡Madre! –le dijo Cranston, aflojando el embozo que le cubría la boca–. Es bueno ver a alguien con este tiempo tan malo. ¿Qué estáis haciendo?

–Dando sepultura a Eadwig.

–¿Aquí? –preguntó Athelstan–. ¿No tenéis iglesia ni cementerio?

La vieja levantó una escuálida mano.

–¡Venid a ver! ¡Venid a ver!

Ambos se acercaron a regañadientes. La cabalgadura de Cranston se puso nerviosa y hasta *Philomel* pareció perder la calma mientras contemplaba al grupo de aldeanos. Éstos abrieron paso al forense y a su acompañante. Athelstan vio unos rubicundos y mugrientos rostros, unos grasientos y enmarañados cabellos y alguna que otra mirada de odio dirigida a sus bien alimentados caballos y a las cálidas capas de lana con que ellos se cubrían. Cranston echó un vistazo al cuerpo de Eadwig, cerró los ojos y se apartó. El campesino había sido ahorcado. Tenía el rostro ennegrecido y la lengua medio mordida, pero todavía fuertemente atrapada entre los amarillos dientes mientras que un ojo le había saltado de la órbita y colgaba grotescamente sobre la magullada mejilla.

–¡Dios misericordioso! –exclamó Athelstan en voz baja–. ¿Qué ocurrió?

–Él mismo se mató –contestó la vieja con voz cascada–. ¿Vos conocéis la ley, padre?

–Sí, madre, la conozco –dijo Athelstan, desviando los ojos hacia una estaca de madera apoyada contra el patíbulo–. Sir John, sugiero que sigamos adelante.

El forense no necesitó que se lo repitieran dos veces. Dieron media vuelta con sus caballos, sin prestar atención a las carcajadas que estallaron a su espalda. Athelstan cerró los ojos y rezó un fragmento del primer salmo que le vino a la mente, suplicando que Dios lo librara de los espantosos terrores propios del mundo de los hombres. A su espalda oyó el apagado sonido de un mazo de madera, clavando la estaca en el corazón del suicida.

–¡Santo Dios! –dijo Cranston–. Vosotros los curas tendríais que modificar esta disposición, Athelstan. Sólo el buen Dios sabe por qué razón este pobre diablo se quitó la vida, pero ¿es justo que un suicida sea enterrado al pie de un patíbulo en una encrucijada con una estaca clavada en el corazón?

–Los obispos han intentado acabar con esta costumbre –contestó Athelstan–, pero las enseñanzas de Jesucristo, sir John, en ciertos lugares y en ciertos corazones, son tan tenues y frágiles como una telaraña.

Atravesaron Leighton, siguieron el sendero que bordeaba la oscura masa del bosque de Epping y entraron en Woodforde justo cuando la campana de la iglesia tocaba para nona. La aldea era lo más humilde que cupiera imaginar: unos cuantos aldeanos encapuchados y envueltos en sus capas para protegerse del frío se apresuraron a apartar a las gallinas del camino de los caballos. Algunos muchachos estaban sacando unos cubos de madera de un pozo y alguna que otra mujer vaciaba el contenido de los orinales en el centro de la calle. Hasta la cervecería estaba todavía cerrada a cal y canto.

–Parece la aldea de los muertos –comentó Athelstan.

–Sí y puede que lo sea, hermano –replicó Cranston a través del embozo–. El frío impedirá las faenas del campo.

Un chiquillo con la cara muy pálida a causa del frío apareció como por arte de ensalmo y empezó a caminar solemnemente a su lado, sosteniendo en una huesuda mano una sucia bolsa de lona. Athelstan refrenó a *Philomel.*

–¿Qué ocurre, chico?

El niño se limitó a mirar con los ojos muy abiertos la cola de *Philomel.*

–Vamos, muchacho, ¿qué es lo que quieres?

–Mi madre me ha dicho que os siga. Me ha dicho que espere a que el caballo levante la cola.

Cranston soltó una carcajada.

–¡Está esperando a que caguen nuestros caballos! –dijo–. Es un buen abono y, cuando se seca, arde muy bien en la chimenea.

Athelstan sonrió, se echó la capucha hacia atrás, rebuscó en su bolsa y le arrojó al chico un penique.

–Puedes quedarte con todo lo que dejen nuestros caballos, muchacho –le anunció con la cara muy seria–. Y este penique es por la molestia. ¿Conoces a la familia Burghgesh? posee una mansión aquí.

–Todos se fueron –contestó el chico sin apartar los ojos de la cola de *Philomel*–. La casa está fuera de la aldea, cerca de Buxfield, pero está vacía y cerrada. El padre Pedro os lo dirá –añadió, señalando la iglesia con su tejado de color rojo y su torre de piedra gris, elevándose por encima de las copas de los árboles.

–Pues entonces –dijo Athelstan, espoleando a *Philomel* para lanzarlo al trote–, ¡allá vamos!

Cruzaron la verja y siguieron el sendero que serpeaba entre los árboles y los sepulcros cubiertos de malas hierbas hasta llegar a la iglesia normanda que se levantaba en la cima de un otero. A su lado había una sencilla casa de planta y piso con techumbre de paja y unas ventanas protegidas tan sólo por unas contraventanas de madera. El niño los seguía, sosteniendo la bolsa en una mano mientras en el puño de la otra protegía el penique de Athelstan como si fuera la llave del mismísimo cielo.

–¿Está el padre Pedro?

–Allí estará –contestó el niño– y, a cambio de otro penique, os vigilaré los caballos.

Athelstan asintió con la cabeza y le arrojó otra moneda.

–Este chico llegará muy lejos –dijo Cranston mientras desmontaban y llamaban a la puerta.

Oyeron el rumor de unos pestillos y, cuando se abrió la puerta, vieron el rasurado y jovial rostro del padre Pedro.

–¿Viajeros con este tiempo?

Hablaba con un fuerte acento del campo, pero, a pesar de su cabello blanco como la nieve y el ligero encorvamiento de los hombros, parecía un hombre muy activo y animado. Ni siquiera esperó a que sus visitantes se presentaran. Los invitó a pasar a la caldeada y perfumada estancia, charlando por los codos como una urraca. Tomando sus capas, acercó un banco al fuego y les rogó que se sentaran.

–Un forense y un dominico han venido a verme –dijo con fingido asombro mientras se acomodaba en un escabel. Sacó tres cuencos de barro de un pequeño armario que había al lado de la chimenea y les sirvió generosas raciones de sopa de una ennegrecida marmita que colgaba peligrosamente de un gancho de hierro sobre las llamas–. Un poco de pescado, algunas hierbas y lo que me quedaba de las hortalizas –explicó–. Ah, sí, y unas cuantas cebollas.

Athelstan y sir John recibieron en sus manos los calientes cuencos y tomaron un sorbo de un suculento cocido que les quemó la boca y los labios, pero les calentó los fríos estómagos. El padre Pedro los estudió mientras tomaba un sorbo de su cuenco. Athelstan le miró sonriendo y posó el cuenco.

–Está demasiado caliente para tomarlo, padre –le dijo en tono de disculpa–. E incluso para sostenerlo con las manos.

Sin embargo, Cranston no tuvo ninguna dificultad. Tomó ruidosamente unos sorbos cual si fuera un perro muerto de hambre y rebañó lo que quedaba con las duras costras de pan que el padre Pedro le ofreció en una bandeja de madera. Al final, el forense soltó un regüeldo, chasqueó la lengua y le devolvió el cuenco a su anfitrión.

–Es lo mejor que he saboreado en muchos días, padre. Os agradecemos vuestra hospitalidad. –El forense acercó las manazas a las llamas–. No os entretendremos demasiado –dijo–. ¿Conocéis a la familia Burghgesh?

El padre Pedro entornó los ojos.

–Sí –contestó–, la conozco.

Athelstan tomó cautelosamente un sorbo de la sopa ya un poco más fría.

–¿Nos lo diréis, padre?

El clérigo se encogió de hombros.

–¿Qué queréis que os diga? Bartolomé Burghgesh y su mujer vivían en una mansión, cerca de Buxfield. Bartolomé siempre había sido un hombre muy inquieto, nacido para la espada y el caballo más que para el arado y las cuentas del administrador. Se fue a Londres y sirvió a los grandes. En tiempos del viejo rey, formó parte de la guarnición de la torre. Después se fue con otros para combatir en Ultramar.

–¿Y su mujer?

El padre Pedro hizo una mueca.

–Era una mujer muy tranquila y enfermiza. Tuvieron un hijo... ¿cómo se llamaba? Ah, sí, Marcos. –El padre Pedro lanzó un suspiro–. Estaban muy bien atendidos. Un administrador cuidaba de la finca y Bartolomé siempre enviaba oro. Después hace unos... unos catorce o quince años... se recibió la noticia de la muerte de Bartolomé. Lo mataron a bordo de un barco que apresaron los moros en el Mediterráneo. Para entonces, Marcos ya era un buen mozo. No recibió la noticia de la muerte de su padre con demasiado pesar, pero su madre se puso enferma y murió al cabo de un año.

–¿Y Marcos Burghgesh?

–Era como su padre, se entusiasmaba con las historias de Roldán y Oliveros y con sus extraordinarias hazañas guerreras. Durante algún tiempo fue señor de la mansión. Tras las victorias del viejo rey en Francia, pidió prestado dinero a los banqueros, se compró un corcel y una armadura y juntó un pequeño ejército de arqueros, formado por hombres de la aldea que tenían sus mismas aficiones. –El cura hizo una pausa, contemplando las llamas–. Recuerdo la mañana en que se fueron –añadió en tono nostálgico–. Era un hermoso día estival. Sir Marcos con su negro corcel y su cabello cobrizo untado con aceite e impecablemente peinado; delante de él cabalgaba su escudero, portando un estandarte con el escudo de los Burghgesh y detrás le seguían seis arqueros con cascos de acero, jubones acolchados, arcos y carcajes llenos de flechas adornadas con plumas de ganso. Fue un espectáculo muy hermoso. –El sacerdote se inclinó ligeramente hacia delante–. Ninguno de ellos regresó –dijo en un susurro–. Todos murieron en medio de la sangre y la suciedad.

Athelstan contuvo la respiración. La historia se parecía mucho a la suya. Él y Francisco se habían incorporado a un ejército como aquél. Él había regresado, pero el cuerpo de su hermano todavía se debía de estar pudriendo en algún olvidado campo de Francia.

–¿Ninguno regresó? –repitió Cranston, tratando de reprimir la emoción de su voz–. Lo cual significa que Marcos Burghgesh podría estar vivo, ¿no es cierto?

–Oh, no, sir John. No me he expresado con claridad. Nadie regresó vivo. Venid, os voy a mostrar dónde está Marcos.

Los tres se levantaron. El padre Pedro les entregó sus capas, descolgó la suya y los tres salieron al frío del exterior. El niño aún permanecía de pie en su sitio como un soldado, sosteniendo las riendas de los caballos mientras sus ojos contemplaban con avidez los montones de humeantes excrementos que amablemente habían soltado *Philomel* y el caballo de Cranston. El padre Pedro se detuvo.

–Chico, lleva los caballos al establo. Allí encontrarás un poco de avena. Después entra y tómate un cuenco de sopa. No te preocupes, los caballos no se van a escapar.

El chiquillo miró a Athelstan.

–Vamos, muchacho –le ordenó el fraile–. Te vas a morir de frío. Te prometo que los excrementos de los caballos son tuyos.

Llegaron a la puerta de la iglesia. El padre Pedro la abrió y los tres entraron en la oscura nave. Hacía mucho frío y la atmósfera estaba helada. Athelstan contempló las cuadradas y sólidas columnas adornadas con ramas verdes como las de su iglesia de Southwark, aunque no tan bonitas. Él no tiene un pintor, pensó. El padre Pedro vio la dirección de su mirada y él se avergonzó de su mezquino orgullo.

–Hermosa iglesia la vuestra, padre –dijo.

El padre Pedro esbozó una sonrisa.

–Hacemos lo que podemos, hermano. Pero daría cualquier cosa por tener un buen pintor y artesano.

Cruzaron el cancel del antealtar y el presbiterio y entraron en una capillita de la Virgen, situada en el rincón del fondo de la iglesia. Sobre un pedestal de madera se levantaba una imagen de madera de la Virgen y el Niño. Adosados a las paredes, había varios sencillos sarcófagos cuadrados sin efigies ni adornos. El padre Pedro se acercó a uno de ellos y le dio unas palmadas.

–Aquí yace sir Marcos –anunció en voz baja–. Su cuerpo fue enviado aquí para su entierro.

Cranston contempló decepcionado el sepulcro de piedra gris.

–¿Estáis seguro, padre Pedro? –preguntó.

–Sí –contestó el sacerdote–. Los embalsamadores arreglaron el cadáver lo mejor que pudieron: antes de que el féretro fuera colocado en el sepulcro, yo examiné una vez más el rostro. Sir Marcos había sufrido una terrible herida mortal en la parte lateral de la cabeza, causada por un hacha o una maza, pero yo estoy seguro de que era él.

Athelstan disimuló su decepción y miró enfurecido a Cranston. Su frío y duro viaje a través de los campos de Essex había sido inútil.

–¿Por qué queréis saber todo eso? –preguntó el padre Pedro, abandonando con ellos la iglesia.

–En Londres ha habido un asesinato, padre –le explicó Cranston, mordiéndose el labio–. Esperábamos que nuestro viaje aquí nos permitiera descubrir nuevas pruebas. ¿Habéis observado algo extraño en la aldea?

–¿Como qué?

–Cualquier cosa –contestó Athelstan–. ¿Alguna noticia o chismorreo sobre la familia Burghgesh?

El clérigo sacudió la cabeza. Athelstan y sir John se miraron el uno al otro con semblante abatido mientras salían de la iglesia y entraban de nuevo en la casa donde el niño se estaba tomando un segundo cuenco de sopa con tanta voracidad como un perro muerto de hambre. Al verles, se retiró apresuradamemte a un rincón. El padre les invitó de nuevo a sentarse y se alejó para llenarles unas buenas jarras de cerveza de una vasija que había justo a la entrada de la pequeña despensa.

–No –repitió, sentándose en el escabel con la jarra de cerveza en la mano–. Woodforde es un lugar muy tranquilo. Y lo es todavía más desde que los Burghgesh se fueron.

–¿Qué ocurrió con la mansión?

–Los delegados reales la cerraron. Nadie ha estado allí desde entonces. –El sacerdote carraspeó levemente–. Tengo obligación de saberlo, pues el gobernador de Essex me paga un pequeño estipendio para que vigile que nadie rompa los sellos de las puertas y ventanas. Todas están selladas –añadió, mirando a Cranston–. A fin de cuentas, allí dentro no hay nada. Todo lo que se podía mover se lo llevaron, el tejado se ha derrumbado y los prados y campos de labranza circundantes se vendieron.

–¿No había ningún otro heredero?

–Que yo sepa, no. –De pronto, el padre Pedro se apartó la jarra de cerveza de los labios–. ¡Dios bendito! –exclamó–. Sí, ocurrió una cosa muy rara hace unos tres o cuatro años –añadió, muy nervioso–. Fue como un sueño. ¿Cuándo sucedió? Sí, a comienzos del Adviento. No recuerdo exactamente en qué año. Había celebrado la misa de la mañana, fui a la casa para desayunar y después regresé a la iglesia para retirar los paramentos del altar. –El padre Pedro contempló el fuego de la chimenea–. Subí por la nave y me sorprendió ver a un hombre con capa y capucha arrodillado a la entrada de la capilla de la Virgen.

–¿Donde está enterrado Marcos Burghgesh?

–En efecto. Me acerqué muy despacio y, al principio, el

hombre no me oyó. En cuanto se percató de mi presencia, se levantó a toda prisa, se echó la capucha hacia delante y, pasando por mi lado, abandonó la iglesia sin responder a mi saludo. Sólo pude ver unos mechones de cabello gris y una barba blanca muy bien cuidada. –El padre Pedro tomó otro sorbo de cerveza–. Llevaba años sin ver a Bartolomé Burghgesh y le tenía por muerto desde hacía tiempo, pero estoy seguro de que el hombre que vi aquella fría mañana de diciembre era sir Bartolomé en persona. Tenía los andares y el porte de un auténtico soldado.

Athelstan se inclinó hacia delante con profundo interés. ¿Estaría vivo sir Bartolomé?, se preguntó. ¿Estaría el sanguinario asesino persiguiendo a sus víctimas?

–Seguid, padre –dijo en un susurro.

–Bueno, yo no le comenté a nadie lo ocurrido. Los aldeanos hubieran pensado que había bebido más de la cuenta o que no estaba en mis cabales –dijo el padre Pedro, mirando con una sonrisa al fraile–. Ya sabéis, hermano, lo mucho que les gusta a las ovejas chismorrear acerca de su pastor.

Athelstan le devolvió la sonrisa y miró de soslayo a Cranston, el cual estaba escuchando boquiabierto de asombro la revelación del sacerdote.

–Un año más tarde –añadió el cura–, en la fiesta de Todos los Santos, yo estaba en la cervecería de la aldea. El otoño ya había llegado y la campiña se estaba marchitando a causa del frío y el mal tiempo. Hablábamos de la muerte y nos estábamos contando mutuamente horribles historias de aparecidos. De repente, el tabernero que Dios tenga en su gloria, pues ahora ya ha muerto, nos dijo que había visto el fantasma de sir Bartolomé Burghgesh. Como es de suponer, todos los demás se burlaron de sus afirmaciones, pero él se ratificó en ellas y añadió que, aproximadamente por las mismas fechas en que yo creía haber visto a sir Bartolomé, un desconocido llegó a la aldea a última hora de la noche y entró en la cervecería para cenar. El hombre llevaba capa y capucha y sólo habló para pedir la comida. –El padre Pedro cerró los ojos–. El tabernero explicó que el hombre había dado a entender con toda claridad que no deseaba ser molestado. Al fin y al cabo, Woodforde se encuentra en el camino de la ciudad y por aquí pasa mucha gente que va a lo suyo. Sea como fuere, el forastero estaba a punto de marcharse cuando a un mozo se le cayó una jarra de cerveza al suelo. El hombre se volvió y, por unos segundos, el tabernero le vio el rostro y juró que era Bartolomé Burghgesh. –El padre Pedro lanzó un suspiro–. Como es natural, yo no dije nada acerca de lo que había visto, pero la cuestión me intrigó y me dirigí a la vieja mansión, cerca de Buxfield. Si era Burghgesh, pensé, lo más seguro era que hubiera regresado a su antigua casa, ¿no os parece? Descubrí que todo estaba intacto. –El sacerdote se encogió de hombros y extendió las manos–. Eso es todo lo que os puedo decir. Sólo Dios sabe si el hombre a quien vimos el tabernero y yo era sir Bartolomé. No oí más rumores acerca de su repentino regreso del extranjero o de la tumba y decidí dejarlo correr.

–Padre –dijo Athelstan–, decidme cuándo ocurrió todo eso, os lo ruego. ¿Hace tres o cuatro años?

El sacerdote contempló el fuego de la chimenea con expresión ensimismada.

–Sí, hace unos tres años –contestó–. Pero no os puedo decir nada más –añadió sonriendo.

Cranston se inclinó hacia delante y le asió la muñeca.

–Padre, vuestra hospitalidad es tan grande como el valor de lo que acabáis de decirnos. –El forense miró con una sonrisa a Athelstan–. Vamos, hermano, aún falta un poco para el mediodía. Si nos damos prisa, podremos regresar a la ciudad antes del anochecer. –Miró de nuevo al padre Pedro–. Os doy gracias por vuestra hospitalidad, padre. –Se volvió y le arrojó un penique al chico acurrucado en un rincón–. Tú, muchacho, vas a ser un buen escudero o un buen mercader.

Se levantaron, recogieron sus capas y, antes de una hora, ya estaban lejos de Woodforde. Atravesaron Leighton, pasaron por delante del siniestro patíbulo con la tumba recién cavada a su pie y regresaron al camino de Mile End. Cranston, que se había detenido en una taberna de la aldea para volver a llenar su milagrosa bota de vino, estaba muy locuaz y no paraba de hacer conjeturas.

–Es posible, hermano –tronó por enésima vez con los labios enrojecidos por el fruto de la viña–, es muy posible que sir Bartolomé esté vivo y permanezca oculto en la torre o muy cerca de ella para poder cumplir su silenciosa venganza.

–Sir John –replicó Athelstan–, podría estar de acuerdo con vos, pero ¿dónde podría ocultarse Burghgesh? ¿Es acaso un miembro de la guarnición? ¿Algún sollastre de la cocina? ¿Algún mercader con derecho de entrada?

Cranston emitió un vulgar ruido con los labios.

–¿O acaso se oculta como una negra araña en la ciudad –añadió Athelstan– mientras otros obedecen sus terribles órdenes?

Cranston refrenó su caballo.

–No cabe duda de que todo eso resulta muy extraño –murmuró.

–¿A qué os referís?

–Bueno, hace tres años, Whitton se alteró mucho y se puso muy nervioso, como si hubiera visto un fantasma o algo por el estilo. Por las mismas fechas, una figura embozada y encapuchada fue vista en la taberna que hay cerca de la torre y esta misma persona, que probablemente era Burghgesh, también fue vista en Woodforde.

–¿Estáis diciendo que la inquietud de Whitton se debió a la reaparición de Burghgesh?

–Exactamente.

–Pero, en tal caso, ¿qué ha sido de Burghghesh desde entonces?

Athelstan y el forense seguían discutiendo y exponiendo sus distintas teorías cuando llegaron a Aldgate muy pasado el anochecer y cruzaron una pequeña poterna de la puerta de la ciudad. Cranston, rebosante de vino y de teorías, estaba seguro de que habían dado con la verdad y Athelstan no lo negaba. Por lo menos, pensó, el viaje a Woodforde había apartado la mente de sir John de la inquietud que lo embargaba a causa de la misteriosa conducta de lady Matilde.

Mientras Athelstan y Cranston regresaban a la ciudad, el caballero hospitalario Fitzormonde se encontraba en el interior de la muralla de la torre, contemplando cómo el enorme oso se atiborraba con las sobras de la cocina de la torre. Al igual que Athelstan, el caballero se sentía fascinado por aquel animal y admiraba en su fuero interno al pobre Mano Roja por ser el único que se atrevía a acercarse a él. A pesar de sus muchos viajes, Fitzormonde jamás había visto una bestia tan grande como aquélla. Casi todos los osos eran pequeños y negros, a veces no más altos que un hombre, pero aquel impresionante animal peludo le recordaba las historias que había oído contar sobre los caballeros de las órdenes teutónicas en los oscuros e impenetrables bosques del norte, donde había venados dos veces más grandes que los de Inglaterra y osos tan gigantescos como aquél, capaces de aplastar un caballo entre sus musculosos brazos.

El oso dejó repentinamente de comer y le dirigió al caballero una mirada de odio reconcentrado con sus rojos ojillos de cerdo. Después abrió las fauces y emitió un profundo rugido, dejando al descubierto unos dientes tremendamente afilados mientras tiraba de la gruesa cadena de hierro sujeta al collar que le rodeaba el cuello. Fitzormonde se apartó y el oso removió el montón de sobras de comida como si temiera que el caballero se las quitara. Fitzormonde golpeó el suelo con los pies para entrar en calor. Al día siguiente, pensó, abandonaría la torre. Ya se lo había comunicado a la señora Felipa y a su remilgado prometido cuando poco antes se había tropezado con ellos.

El caballero levantó la vista hacia los crueles rostros de las gárgolas de la capilla de San Pedro ad Vincula. Sí, pensó, mañana le pagaría al capellán para que cantara otra misa por sus compañeros difuntos y después regresaría a la ciudad y pediría a sus superiores que le encomendaran alguna misión o tarea muy lejos de aquella maldita fortaleza.

Experimentó un sobresalto al oír un zumbido en el aire. Levantó los ojos. ¿Un cuervo? No, ¿qué era? El caballero hospitalario retrocedió presa del pánico al ver que el oso se había puesto de pie y agitaba las enormes patas en el aire, soltando unos temibles rugidos, con el negro hocico y las enormes fauces cubiertas de una espesa y blanca espuma. Su mano se acercó al puño de la daga mientras el oso danzaba como un demonio, tirando de la cadena que lo sujetaba a la pared. ¿Qué le pasaba al animal? ¿Qué había ocurrido?

Fitzormonde hizo ademán de echar a correr, pero, mientras se volvía, oyó que la gruesa cadena se soltaba y vio al oso abalanzándose sobre él. Tiró del puño de la daga y ya la tenía medio desenvainada cuando la enorme garra del oso le aplastó la cabeza como si fuera una manzana podrida. Rugiendo de furia, la bestia clavó las garras en la espalda del caballero moribundo y lo arrastró sobre los adoquines del suelo, proclamando su triunfo con sonoros bramidos de rabia.

Capítulo 12

Athelstan estaba furioso. Sintió que la cólera le ardía en las entrañas hasta que el corazón le empezó a latir con fuerza y la sangre le pulsó en la cabeza. Por un instante, todo le dio igual... olvidó las enseñanzas de su orden sobre la ecuanimidad y los preceptos del Evangelio sobre la mansedumbre. Sólo le importaba la rabia que en aquellos momentos sentía, de pie en el cementerio de San Erconwaldo. La nieve se había convertido en una fría y grisácea masa fangosa que goteaba de las tumbas, las ramas de los árboles y los arbustos y el murete del camposanto bajo un cielo despejado y un pálido sol invernal. Maldijo por lo bajo, utilizando todas las palabrotas que había aprendido del variado repertorio de Cranston. Blandiendo el bastón que sostenía en la mano, golpeó los ladrillos desprendidos con una furia suficiente como para convertir la roca en arena.

Lo encontró todo en orden a su regreso: *Buenaventura* estaba durmiendo en un rincón de la iglesia tan satisfecho como un obispo mientras Cecilia limpiaba y barría la nave. Benedicta y Watkin habían hecho el belén en uno de los pasillos laterales, utilizando unas figuras labradas por Huddle. El pintor había terminado una hermosa representación del Niño en el pesebre por encima de la pila bautismal en la parte interior de la puerta del templo. Hasta la puerca de Úrsula había reprimido su habitual impulso de entrar en el huerto y Pike el acequiero había limpiado el camino de grava que conducía a la entrada de la iglesia.

Mientras acompañaba a *Philomel* a la cuadra y le daba de comer y beber, Athelstan había expresado su satisfacción y había comentado varios asuntos de la parroquia. Sin embargo, había adivinado una cierta inquietud en los rostros de quienes habían acudido a recibirle: Benedicta, Pike, Cecilia y Tab el calderero. Éstos le acompañaron en su recorrido por la iglesia y respondieron a sus preguntas, intercambiándose secretas miradas de preocupación.

Al principio, Athelstan no le dio importancia y pensó que debía de ser algo sin ninguna trascendencia. A lo mejor, Cecilia había vuelto a coquetear con alguien o alguno de los hijos de Pike se había orinado en la iglesia. Quizá Ranulfo se había llevado a *Buenaventura* para que le echara una mano o quizá los hijos de Watkin habían bebido agua bendita. Dos miembros del consejo parroquial revoloteaban a su alrededor como ruidosas gallinas. Al final, poco antes de cerrar la puerta de la iglesia, Athelstan se hartó de tanto sigilo.

–Vamos –les dijo–, ¿qué ha ocurrido?

Ellos restregaron los pies sobre el suelo y apartaron los ojos mientras Benedicta reparaba de pronto en una mancha de su vestido.

–¡Es el cementerio, padre! –contestó bruscamente Watkin–. La tumba de Borrachín ha sido profanada.

–¿Cuándo?

–La noche en que os fuisteis.

Athelstan se puso tan furioso que utilizó un lenguaje que hizo palidecer incluso a Pike el acequiero.

–Puede que ahora sir John haga algo –terció diplomáticamente Benedicta–. ¿O quizá será mejor que recurramos al regidor del barrio?

–¡Ya! –replicó Athelstan–. Y a lo mejor, a los cerdos les crecerán alas y echarán a volar y mañana encontraremos cecina en los árboles. ¡Los que han cometido esta acción son unos malnacidos! Son unos malvados que no temen ni a Dios ni a los hombres. Hasta los paganos honran los cuerpos de los muertos. ¡Eso no lo haría ni un perro!

Los feligreses se retiraron, más atemorizados por la terrible cólera de su cura que por la mala noticia que ellos le habían comunicado. Athelstan se fue hecho una furia a la casa parroquial y se bebió una copa de vino con una rapidez que hasta Cranston le hubiera envidiado. Aquella noche tuvo un sueño muy agitado y ni siquiera le apeteció subir a la torre para contemplar las estrellas. Dio vueltas en su catre, pensando en la imperdonable profanación de su cementerio. A la mañana siguiente se levantó muy temprano, abrió la iglesia, dio de comer a *Buenaventura,* se saltó el oficio de la mañana y trató de concentrarse mientras celebraba la misa. *Buenaventura,* que era un gato muy listo, pareció intuir el cambio de humor de su dueño y se alejó sigilosamente. Al terminar la misa y antes de impartir la bendición, Athelstan se dirigió a los fieles con la cara muy seria:

–Nuestro cementerio ha sido profanado una vez más y yo, Athelstan, sacerdote de esta parroquia, digo ante Dios... ¡que no volverá a haber más enterramientos hasta que la tierra vuelva a ser consagrada y se resuelva la situación! –Miró enfurecido a los fieles–. Acudiré a las más altas autoridades de la nación, al joven rey en persona o al arzobispo de Canterbury. Se pondrá una guardia y, Dios me perdone, ¡pero haré todo lo posible para que esos bellacos sean ahorcados!

Sus feligreses se habían retirado en silencio y ahora, ya más calmado, Athelstan sintió una punzada de remordimiento mientras contemplaba la devastada sepultura de Borrachín.

–Tu mal carácter, cura –musitó para sus adentros–, es tan violento como hace veinte años. Y tu lengua sigue siendo tan afilada como entonces.

Respiró hondo. Sí, pensó, había sido demasiado duro con Benedicta y los demás, pero especialmente con la viuda, la cual se había quedado un momento en la iglesia después de la misa, no para chismorrear sino simplemente para decirle que el principal alguacil del barrio, maese Bladdersniff, la había abordado cuando se dirigía a la iglesia para decirle que deseba hablar con él a propósito de un asunto urgente.

–Ya –dijo Athelstan–, ¡maese Bladdersniff, como de costumbre, cierra la puerta de la cuadra cuando el caballo ya se ha escapado!

Athelstan experimentó una nueva oleada de cólera. Si San Erconwaldo hubiera sido una de las iglesias ricas de la ciudad, inmediatamente se hubiera colocado una guardia y aquello no hubiera ocurrido. Ni siquiera Cranston, el maldito forense, le había ayudado, hundido en sus propias preocupaciones como una quejumbrosa doncella. Athelstan miró una vez más a su alrededor en el frío y desolado cementerio. Recordó al padre Pedro de Woodforde y envidió su serena domesticidad.

–¡Maldito Cranston! –masculló–. ¡Maldito asesinato! ¡Maldita torre! ¡Malditos sean los corazones de los hombres y sus malas obras! –Dio un puntapié al frío barro–. Yo soy un sacerdote –dijo–, no un alguacil.

–¿Padre? ¿Padre Athelstan?

El fraile se volvió y miró con rabia al joven criado encapuchado que permanecía de pie, envuelto en su capa.

–¿Qué quieres, hombre?

–Sir John Cranston me envía desde la torre. Quiere veros en la taberna del Cordero Sagrado de Cheapside.

–Dile a mi señor forense –replicó Athelstan– que estaré allí cuando esté, ¡y que procure no beber demasiado!

El muchacho le miró extrañado y dolido. Athelstan hizo una mueca y extendió las manos.

–Perdona, no sé lo que digo. Mira, dile a sir John que iré en cuanto pueda.

Se acercó un poco más al joven y vio su pálido rostro y los mocos que le colgaban de la nariz.

–Estás muerto de frío –le dijo–. Entra en la casa, hay una jarra de vino sobre la mesa. Llénate una copa. La encontrarás en la repisa que hay sobre la chimenea. Bebe un poco de vino caliente con azúcar y caliéntate la tripa antes de regresar.

El criado dio media vuelta y se alejó como un lebrel.

–Ah, por cierto –le gritó Athelstan a su espalda–, no he querido decir lo que he dicho. ¡Sir John nunca bebe demasiado!

Athelstan regresó lentamente a la iglesia y subió los peldaños del pórtico.

–¿Padre?

Se sobresaltó al ver surgir de la oscuridad a maese Lucas Bladdersniff, el principal alguacil del barrio, con su enjuto y cetrino rostro y su lacio cabello rubio casi ocultos bajo un viejo castoreño.

–Buenos días, mi señor alguacil.

Athelstan le estudió con interés: sus ojos estaban rodeados por unas profundas ojeras y parecían más que nunca un par de agujeros de mear abiertos en la nieve, tal como acertadamente solía describirlos Cranston. Al fraile siempre le había llamado la atención la nariz rota y medio torcida de aquel hombre, tan poco en consonancia con los humos que se daba. Athelstan le invitó por señas a entrar en la iglesia.

–Mi señor alguacil, habéis venido para discutir la cuestión de la profanación y los robos de las tumbas que están ocurriendo en mi cementerio mientras vos y el consejo del barrio no hacéis nada por impedirlo, ¿verdad?

Bladdersniff sacudió la cabeza y se volvió hacia la oscuridad del pórtico de la iglesia.

–¿Qué ocurre? ¿Habéis visto algo ahí?

La boca del alguacil se abrió y cerró como la de una carpa recién pescada. Athelstan le miró con más detenimiento. Parecía mareado. Su rostro mostraba un tinte verdoso y sus ojos estaban llorosos como si acabara de vomitar.

–Por el amor de Dios, hombre, ¿qué es lo que ocurre?

El alguacil miró de nuevo hacia la oscuridad.

–¡Es Borrachín! –dijo en voz baja.

–¿Cómo?

–¡Borrachín! O, por lo menos, una parte de él –contestó, haciendo señas al fraile de que le siguiera.

Athelstan tomó una velita y se dirigió al lugar donde el alguacil se había detenido junto a un trozo de sucia lona en un oscuro rincón del pórtico de la iglesia. Bladdersniff retiró la lona y Athelstan apartó el rostro. Era la pierna de un hombre o, por lo menos, una parte de ella, cortada por encima de la rodilla tan limpiamente como un experto sastre hubiera podido cortar un trozo de tela. Athelstan contempló el ensangrentado miembro y la moteada piel.

–¡Dios misericordioso! –exclamó, aspirando en el aire el hedor de putrefacción de la carne ligeramente hinchada–. ¡Tápalo, hombre! ¡Tápalo enseguida!

Apagó la velita, salió de la iglesia y se detuvo en el último peldaño para respirar el puro aire de la mañana. Oyó a Bladdersniff a su espalda.

–¿Qué os hace suponer que es Borrachín?

–¿No os acordáis, padre? Borrachín siempre andaba contándoles historias a los parroquianos de la taberna sobre su vieja herida de guerra, causada por una flecha en una pierna. Y constantemente mostraba la cicatriz como si fuera una sagrada reliquia.

Athelstan asintió con la cabeza.

–Sí, es verdad –dijo–. El viejo Borrachín solía hacerlo cuando se emborrachaba. ¿Y esta pierna tiene la misma cicatriz? –le preguntó al alguacil.

–Sí, padre, justo por encima de la espinilla.

–¿Dónde la han encontrado?

–¿Queréis verlo?

–Sí.

Bladdersniff bajó con él por la calle del Puente, cruzó Jerwald y bajó por el callejón del Pez Largo que desembocaba en el muelle Roto del río. Athelstan no saludó a nadie por la calle y quienes le conocían se apartaron a un lado al ver la ceñuda y severa expresión de su rostro habitualmente amable.

Sólo veía el sucio barro de las calles y no contestaba a los saludos ni se fijaba en los tenderos y los buhoneros que llamaban a gritos a los clientes desde sus tenderetes. Ni siquiera los delincuentes atrapados en los cepos consiguieron despertar su habitual compasión mientras el desventurado Bladdersniff caminaba a su lado como si no existiera. Athelstan se moría de angustia. ¿Quién habría sido capaz de cometer aquel acto tan repugnante con el cadáver del pobre Borrachín?, se preguntó. ¿Quién podía sacar provecho de ello? Al llegar al muelle Roto, Bladdersniff tomó al fraile por el brazo y le señaló la orilla donde las gaviotas y los cuervos se disputaban las basuras que allí se amontonaban.

Athelstan miró al otro lado del Támesis. El agua parecía tan oscura como su estado de ánimo. Unos grandes trozos de hielo chocaban entre sí en la superficie, bajando rápidamente hacia los arcos del puente de Londres.

–¿Dónde la habéis encontrado?

–Allí abajo, padre –contestó Bladdersniff–. Entre el barro, envuelta en aquel trozo de lona. Un chiquillo que buscaba en la orilla restos de carbón arrastrados por el agua la encontró, llamó a uno de los vendedores y éste reconoció la herida de Borrachín. –El alguacil carraspeó nerviosamente–. He oído hablar de los saqueos de vuestro cementerio.

–¿De veras? Me parece muy bien –dijo Athelstan, esbozando una amarga sonrisa–. ¿Creéis que la pierna fue empujada a la orilla por la corriente?

–Sí, creo que sí. En otra época del año, padre, el río se la hubiera llevado corriente abajo, pero los trozos de hielo la han empujado hacia la orilla.

–¿O sea que, a vuestro juicio, la tienen que haber arrojado aquí?

–Sí, padre, aquí o no muy lejos de este lugar.

Athelstan contempló a su izquierda la cenagosa franja de la orilla del río que se extendía hasta el puente de Londres y quedaba cubierta por el agua cuando subía la marea. Demasiado a la vista, pensó. A nadie se le hubiera ocurrido cometer aquel acto tan vil en un lugar donde cualquiera le hubiera podido ver. Miró a su izquierda y vio la hilera de grandes mansiones cuyos jardines bajaban hasta la orilla del río. Un vago recuerdo se agitó en su mente.

–No sé si...

–¿Qué decís, padre?

–Nada, maese Bladdersniff. Regresad a mi iglesia, recoged lo que queda del pobre Borrachín y enterradlo como consideréis conveniente.

–Padre, ésa no es mi...

–¡Hacedlo! –dijo Athelstan en tono cortante–. ¡Hacedlo si no queréis responder de vuestra conducta ante el forense de la ciudad, sir John Cranston!

–Él no tiene jurisdicción aquí.

–¡Muy cierto, pero la puede conseguir! –replicó Athelstan–. Hacedlo por mí, por lo menos. O por el pobre Borrachín. Os lo ruego.

Bladdersniff le miró fijamente, asintió con la cabeza y se retiró.

Athelstan regresó a San Erconwaldo. Había reconocido una de las casas de la orilla del río y recordaba la limpieza con la cual había sido cortada la pierna. Ello le trajo a la memoria su experiencia militar en los improvisados hospitales de los ejércitos del viejo rey en Francia. Pensó en el cementerio y se preguntó dónde estarían los leprosos. ¿Cómo era posible que no hubieran visto nada? Recordó a los leprosos que había visto en las inmediaciones de San Pablo el día en que él y Cranston habían ido a ver a Godofredo Parchmeiner. ¡Los cuencos de pedir limosna!

El fraile se detuvo en el centro de la calleja del Mozo.

–¡Oh, Dios mío! –musitó–. ¡Oh, Santa Madre de Dios! –Los blancos restos de tiza que tenía en los dedos después de misa cuando él y el joven Crim introdujeron la Sagrada Forma a través de la abertura de la pared... Athelstan experimentó una repentina debilidad en las piernas y se apoyó contra el muro manchado de orines, recordando de pronto otras cosas–. ¡Claro! –dijo en un susurro–. Por eso habían pasado varios días sin que ocurriera nada en el cementerio. ¡El deshielo! Pero, cuando el río se heló, no pudieron librarse de lo que habían robado. –Su rostro se contrajo en una mueca–. ¡Los muy bastardos!

¡Grandísimos bastardos!

Volvió a subir por la calleja del Mozo y salió a una de las calles principales que discurría paralela a la orilla del río. Un chiquillo que corría tras una pelota chocó contra él, resbaló y cayó sobre el helado barro. Athelstan lo asió por el hombro con tal fuerza que el niño se estremeció de dolor.

–¡No quería hacerlo, padre! ¡Os juro que no!

Athelstan contempló su pálido rostro.

–Perdona –le dijo dulcemente–. No quería hacerte daño. Pero toma, chico. Por un penique, llévame a la casa del doctor Vincentius. ¿Conoces al médico?

El chiquillo sacudió la cabeza porque no lo conocía, pero se acercó corriendo al propietario de un tenderete y éste le facilitó las necesarias indicaciones. Después, el niño acompañó a Athelstan por una callejuela y entró en una tranquila calle de preciosas casas de entramado de madera cuyas pinturas medio desprendidas y fachadas sin encalar constituían mudos testigos de tiempos mucho más prósperos. El niño le señaló la tercera casa. Las ventanas estaban cerradas, pero la puerta se había pintado recientemente y tenía unos sólidos refuerzos de reluciente acero. Athelstan le entregó un penique al chico y aporreó la puerta hasta que oyó unas rápidas pisadas y el rumor de unos pestillos. Abrió la puerta un joven de lacio cabello, vestido con una ajustada chaqueta azul ribeteada de piel de ardilla. Al ver al fraile, el muchacho se alarmó.

–¡Fray Athelstan!

–¿De qué me conoces, malnacido? –replicó Athelstan, empujándole contra la pared–. ¿Dónde está el doctor Vincentius?

–En su cámara.

Athelstan no esperó a que el chico le hiciera pasar sino que avanzó a grandes zancadas por el pasillo de paredes encaladas y, al llegar al fondo, abrió la puerta. Vincentius estaba sentado junto al gran escritorio de una acogedora cámara de paredes revestidas de oscura madera. Athelstan aspiró el aroma de hierbas y especias y vio unas estanterías llenas de pergaminos, una carta zodiacal en la pared y una alegre chimenea encendida. El médico se levantó, mirándole recelosamente con sus grandes ojos negros mientras su bronceado rostro se iluminaba con una sonrisa.

–¿Qué ocurre, fray Athelstan? ¿En qué puedo...?

–¡Eso para empezar! –dijo Athelstan, propinándole a Vincentius un fuerte puñetazo que lo arrojó contra la pared, derribó una mesita y provocó la caída de una amarillenta calavera sobre el suelo cubierto de mapas.

El médico se levantó y se rozó con el dorso de la mano la cortada comisura de la boca mientras sus oscuros ojos miraban con expresión burlona al fraile.

–Parece que no estáis de muy buen humor, padre.

Athelstan oyó acercarse al joven a su espalda.

–No pasa nada, Gidaut –le dijo Vincentius al chico–, pero quizá será mejor que empecemos a hacer las maletas.

Athelstan miró enfurecido al médico mientras la puerta se cerraba suavemente a la espalda del joven.

–¡Sois un malnacido, doctor! ¡Un hereje! ¡Un profanador de sepulcros! Acabo de ver lo que queda del cadáver del pobre Borrachín. Si el regidor tuviera una pizca de sentido común, ya estaría aquí con los guardias. Sólo un médico experto hubiera podido cortar una pierna con tanta limpieza. –Athelstan se acercó un poco más al escritorio–. ¡Y no me mintáis! Vos y esa criatura de aquí fuera... –Señaló la puerta con un movimiento de la cabeza–. Menuda pareja estáis hechos. Vestidos como leprosos y con los rostros protegidos con pellejos cubiertos de tiza, vivíais en mi cementerio durante el día o, por lo menos, durante una parte de él, y os enterabais de todo lo que ocurría. ¿A quién se le hubiera ocurrido acercarse a un leproso? Y, aunque alguien lo hubiera hecho, vosotros ya estabais preparados. Llevabais el rostro cubierto con una máscara de tela y la piel de vuestras manos estaba descolorida. ¡De noche regresabais y os llevabais lo que queríais! –Athelstan respiraba afanosamente–. Que Dios me perdone –dijo en voz baja–, no soy mejor que otros hombres. ¿Sabéis que, cuando un hombre es declarado leproso, asiste a su propio réquiem? Se le considera un muerto y así os consideraba yo. Los leprosos de mi cementerio no eran para mí más que unas sombras, un montón de andrajos ambulantes. Sólo una cosa les faltaba: jamás los vi con unos cuencos de pedir limosna y no reparé en ello hasta esta mañana. –El fraile miró enfurecido al médico–. Hubierais tenido que ser un poco más cuidadosos, Vincentius. Vosotros os llevabais los cadáveres y, al terminar, arrojabais al Támesis lo que quedaba. Pero el río bajaba muy lento y esta mañana los horribles restos de vuestras siniestras actividades han sido empujados a la orilla.

Con la espalda apoyada contra la pared, el médico miró cautelosamente al fraile.

–Sois muy observador, Benedicta ya me lo dijo.

Athelstan hizo una mueca de desagrado al ver la expresión de los ojos del médico.

–Sí –dijo, sentándose en un escabel–, pero hubiera tenido que serlo un poco más. Encontré tiza en mis dedos tras haber introducido la Sagrada Forma a través de la rendija de los leprosos. Y eso es un sacrilegio, ¿sabéis? –dijo, mirando con rabia mal contenida a Vincentius–. Recibir la Eucaristía para ocultar vuestros execrables actos. Sí –añadió con la voz ronca de rabia–, hubiera tenido que ser más observador. Nunca os vi con un cuenco de pedir limosna y no recuerdo haberos visto jamás por las calles de los alrededores de la iglesia. –Se levantó–. Habéis quebrantado la ley de Dios y la del rey. Ahora me voy, pero regresaré con la guardia de la ciudad. ¡Esta noche estaréis en Newgate, preparándoos para comparecer en juicio ante el Tribunal Real de Westminster!

–Benedicta también me dijo que erais un cura muy tolerante. ¿No me vais a preguntar por qué, padre? –preguntó suavemente Vincentius. De repente, una expresión de terror se dibujó en sus ojos–. No he obrado bien –murmuró, sentándose pesadamente en su sillón–. Pero ¿qué mal he hecho, en realidad? ¡No, no! –gritó, levantando la mano al ver que

Athelstan iba a replicar–. ¡Escuchadme! He estudiado medicina en Bolonia, con los árabes de España y el norte de África y en la gran escuela de medicina de Salerno. Pero nosotros los médicos no sabemos nada, padre, sólo sabemos aplicar sanguijuelas y sangrar a un hombre hasta dejarlo seco. –Vincentius entrelazó los dedos de las manos y apoyó los codos sobre el escritorio–. La única manera de aprender cosas sobre el cuerpo humano es abrirlo. Cortar cada una de las partes y estudiar la situación del corazón o el curso de la sangre o la composición del estómago. Pero la Iglesia prohíbe hacerlo. –Levantó una mano llena de sortijas–. Os juro que no pretendía ofender a nadie, pero mi ansia de conocimientos médicos es tan grande, padre, como la vuestra por salvar las almas. ¿Adónde podía ir? ¿A los patios donde arrojan a los justiciados o a los campos de batalla donde los cuerpos están tan lacerados que apenas se reconocen? Por eso vine a Southwark, fuera de la jurisdicción de la ciudad. Sí, ya lo sé –añadió al ver la expresión de hastío de los ojos de Athelstan–. A una pobre parroquia por la que nadie se preocupaba, lo mismo que nadie se preocupa por los niños famélicos que vagan por las calles que rodean vuestra iglesia. –Vincentius jugueteó con un pequeño cuchillo–. Decidí fingirme leproso para espiar en el cementerio y me llevé los cadáveres que nadie podía reclamar.

–¡Los reclamaba yo! –gritó Athelstan–. ¡Los reclamaba Dios y la Iglesia!

–Sí, me llevé los cadáveres y los disequé –añadió Vincentius–. Gidaut y yo los enterramos de noche en el río, pero después dejamos de hacerlo a causa de las grandes heladas –añadió sacudiendo la cabeza–. Hice mal, pero ¿me vais a perseguir por eso? Aquí he hecho una buena labor, padre. Id por las calles de Southwark y hablad con la madre a la que extirpé un quiste en la ingle. Con el niño que ya se ha curado de la vista. Con el hombre a quien le soldé la fractura de la pierna. Si me ahorcan, ¿qué ocurrirá, hermano? ¿A quién le importará? Los pobres seguirán muriendo y los médicos de

Cheapside que les exprimen el dinero y la salud a los pacientes aplaudirán al verme danzar, colgado del extremo de una cuerda.

Athelstan volvió a sentarse en el escabel.

–No deseo vuestra muerte –dijo–. Quiero que los muertos de mi cementerio reposen tal como Dios desea. Quiero que os vayáis de aquí, doctor. –Athelstan se levantó y se sacudió el polvo de la túnica–. Lamento haberos golpeado. Pero tenéis que marcharos de aquí. No sé adónde ni me importa, pero, dentro de una semana, ¡quiero que abandonéis la ciudad! –El fraile miró fijamente a Vincentius y, de repente, se sintió muy débil y cansado y se dio cuenta de que llevaba varias horas sin comer–. Siento haberos golpeado –repitió–, pero estaba furioso. –Recordó de pronto que Cranston le estaba esperando y se volvió hacia la puerta–. Ah –dijo–, me debéis un favor.

Vincentius volvió a sentarse en su sillón.

–¿Cuál es, padre?

–Bueno, en realidad, son dos. El primero... vos recibisteis aquí a cierta persona... lady Matilde Cranston. ¿Por qué vino?

Vincentius le miró con una sonrisa.

–Lady Matilde, a pesar de su edad, está encinta.

Athelstan le miró con incredulidad.

–¿Está preñada?

–Sí, hermano. De unos dos meses. Tanto ella como la criatura están sanos, pero teme que sir John no la crea. No quiere que sufra una decepción. Tengo entendido que perdió un hijo hace años.

Athelstan asintió con la cabeza y el médico se alegró al ver la expresión de asombro de sus ojos.

–Me habló de sir John –dijo–. Yo la advertí muy en serio contra los placeres de la carne. Creo que su marido es un hombre muy grueso y no le convienen los excesos.

–En efecto –dijo Athelstan sin haber asimilado todavía lo que acababa de descubrir.

–¿Y el segundo favor, padre?

–¿Vos habéis estado en Ultramar?

–Pues sí. Ejercí mi oficio durante algún tiempo en hospitales de Tiro y Sidón.

–Si os presentaran a alguien de allí, ¿cómo lo saludaríais?

El médico le miró sinceramente extrañado.

–*Shalom* –contestó–. La acostumbrada frase semítica que significa «La paz sea contigo».

Athelstan levantó la mano.

–Doctor Vincentius, me despido de vos. No creo que volvamos a vernos nunca más.

–¿Hermano?

–¿Sí, médico?

–¿Os alegráis de que me vaya por lo que he hecho o porque ya no volveré a ver a la viuda Benedicta? Vos la amáis, ¿no es cierto, cura? ¡Vos que tan duramente acusáis a los demás!

–¡No, no la amo! –replicó con vehemencia Athelstan. Pero, mientras cerraba la puerta a su espalda, comprendió que, como san Pedro, estaba negando la verdad.

Sir John Cranston, forense de la ciudad, permanecía sentado en un rincón de la taberna del Cordero Sagrado, contemplando con aire ausente y ensimismado el panorama de Cheapside que se podía ver desde allí. Se había bebido más de un litro de cerveza y ya se disponía a regresar a casa en la certeza de que Athelstan no acudiría a la cita. Se enfrentaría valerosamente con su mujer, haciéndole todas las preguntas y acusaciones que le tuviera que hacer, pero hubiera preferido que el fraile le diera su consejo sobre unas cuantas cosas.

El forense apoyó la espalda contra la pared y miró a su alrededor. El último acontecimiento de la torre había sido horroroso. Había visto el destrozado cuerpo de Fitzormonde: la mitad del rostro le había sido arrancada y el cuerpo estaba casi irreconocible. Cranston se pasó la mano por la mejilla. Al principio, Colebrooke había pensado que la muerte se había debido a un accidente.

–Fue al anochecer –le había explicado el lugarteniente–. Fitzormonde, tal como tenía por costumbre hacer, había ido a ver el oso. Todo estaba tranquilo hasta que, de pronto, fue como si Satanás se hubiera escapado repentinamente del infierno. El oso se soltó y destrozó al desventurado caballero hospitalario. Mandé llamar a los arqueros y el oso fue abatido. –Colebrooke se encogió de hombros–. No hubo más remedio que hacerlo, sir John.

–¿Y fue un accidente? –preguntó Cranston–. Me refiero al hecho de que el oso se soltara.

–Al principio, eso creímos, pero, cuando examinamos al animal, encontramos esto en sus cuartos traseros.

El lugarteniente le entregó a Cranston un pequeño dardo perteneciente a un tipo de ballesta de pequeño tamaño que solían utilizar las damas para cazar.

–¿Quién se encontraba en la torre en aquellos momentos?

–Todo el mundo –contestó Colebrooke–. Yo, la señora Felipa, Rastani, sir Fulke, Hammond el capellán... todos menos maese Godofredo que había regresado a su tienda de la ciudad.

Cranston le dio las gracias al lugarteniente y se dirigió al triste y húmedo depósito cerca de San Pedro ad Vincula donde yacían los mutilados restos de Fitzormonde a la espera de que los envolvieran en un sudario de lona. El cuerpo no era más que una sanguinolenta masa de carne. Cranston salió de allí con toda la rapidez que pudo, interrogó a todos los que encontró y llegó a la conclusión de que el dardo de ballesta lo había disparado algún arquero secreto: al sentirse herido, el animal se había puesto furioso y, rompiendo la cadena, había atacado a Fitzormonde.

Cranston miró una vez más a su alrededor, lanzó un suspiro y cerró los ojos. ¿No habría ningún medio de resolver aquel enigma?, se preguntó. ¿Y dónde demonios se habría metido Athelstan?

–¿Mi señor forense?

Cranston abrió los ojos.

–Pero ¿dónde estabais, monje? ¿Y a qué viene esta sonrisa?

Athelstan llamó al tabernero sin dejar de sonreír.

–Dos copas del mejor burdeos –dijo, sentándose–. He dicho del mejor –puntualizó, mirando con expresión radiante a sir John–. Mi señor forense, tengo una buena noticia para vos.

Capítulo 13

Sentado en su sillón de alto respaldo en la cocina de suelo de piedra, sir John Cranston contempló amorosamente a lady Matilde, la cual se encontraba de pie junto a la mesa, llenando unas jarras con confites. Al principio, no se había creído la noticia de Athelstan. Sólo asimiló la verdad tras haberse bebido otras tres copas de burdeos y haberle oído repetir al fraile lo que el doctor Vincentius le había dicho. Al final, pensó, todo tiene sentido...

Echó una mirada al talle de su mujer y comprendió que las voluminosas faldas de lady Matilde podían ocultar perfectamente cualquier ensanchamiento de la cintura; sus camisones también eran acolchados y a él ya no le pasaba por la imaginación la idea de otro hijo. Tras la muerte de Mateo acaecida muchos años atrás a causa de la peste a la edad de tres años, Cranston había perdido toda esperanza de tener un heredero. Tamborileó con los dedos sobre el brazo del sillón. Lady Matilde vio su mirada y se inclinó para aspirar el aroma de una de las jarras y disimular su extrañeza ante el repentino cambio de humor de su esposo. ¿Y si se lo dijera ahora?, se preguntó. ¿O mejor esperar hasta el día de la Natividad, tal como tenía previsto hacer?

Lady Matilde se había extrañado al ver que le faltaba el período y una amiga le había recomendado al doctor Vincentius. El médico confirmó sus esperanzas, le indicó lo que tendría que comer y beber y le aconsejó que se cuidara mucho y rechazara los requerimientos amorosos de sir John sin explicarle el motivo. Tenía que estar segura. Lady Matilde se mordió el labio. Había otra razón: en cuanto sir John hubiera averiguado la verdad, no la hubiera dejado en paz ni un minuto. Hubiera permanecido constantemente a su lado como un peludo perro guardián, hubiera vigilado todos sus movimientos y le hubiera echado interminables sermones sobre su «seguridad y bienestar». Lady Matilde inclinó la cabeza y rezó en silencio para que el niño naciera sano. Jamás olvidaría el dolor de sir John cuando murió Mateo. El que era más valiente que un león, permanecía sentado como un chiquillo, sin decir ni una sola palabra mientras las lágrimas rodaban silenciosamente por sus mejillas.

Los pensamientos de sir John seguían una pauta similar. Le había prometido solemnemente a Athelstan no plantearle la cuestión a su mujer y esperar a que fuera ella quien lo hiciera. También le había prometido dejar que Vincentius abandonara Londres incólume. No obstante, lo tendría que pensar. ¿Y si, al comienzo del nuevo año, enviara cartas a todos los gobernadores de los condados de Inglaterra, dándoles a conocer las inicuas actividades del doctor Vincentius en los cementerios? El forense se desperezó y miró a Athelstan, el cual estaba conversando animadamente con Leif el pordiosero.

–Hermano, ¿os quedaréis a cenar?

–No, sir John, tengo que irme. Otra noche quizá.

–¿Y el asunto de la torre?

Athelstan se levantó de su asiento.

–No lo sé, sir John. Quizá es mejor que comáis un poco y reflexionéis acerca de lo que ya hemos averiguado. Lo discutiremos mañana, si no os importa. –El fraile contempló con admiración las jarras que lady Matilde estaba llenando–. ¿Esperáis invitados para la Natividad?

–Creía que sí, padre. Mis parientes de Tiverton en Devon. –Lady Matilde le dirigió a su esposo una mirada de fingido enojo al oír su resoplido de desagrado–. Tenían que venir, pero los caminos están intransitables y ni siquiera pueden pasar los mensajeros. Hablé con la mujer de uno de los regidores. Dijo que el negocio de su marido había sufrido graves pérdidas. Todos los hombres que había enviado al sudoeste han tenido que regresar.

Athelstan sonrió y lady Matilde regresó a sus confites. Trató de disimular su inquietud cuando fray Athelstan informó a su esposo de que uno de sus feligreses, el doctor Vincentius, abandonaría Southwark con carácter definitivo. Lady Matilde apartó el rostro. Lamentaba que el médico se fuera, pues era un hombre extremadamente capacitado. Lanzó un suspiro, contemplando la mesa. Ahora tendría que buscarse otro médico, alguien que fuera mejor que los habituales medicastros que vivían por los alrededores de Cheapside.

Athelstan le guiñó disimuladamente el ojo a Cranston, se despidió y salió a la calle en medio de las sombras del crepúsculo. Recogió a *Philomel* en los establos del Cordero Sagrado y cabalgó en medio de la oscuridad, sonriendo al recordar la reacción del forense al enterarse de la noticia. Esperaba que lady Matilde hubiera oído su comentario acerca de la marcha de Vincentius. A lo mejor, pensó, todo sería para bien.

De repente, *Philomel* resbaló sobre un trozo de hielo. Athelstan soltó un gruñido de irritación, desmontó y, tomando las riendas, guió cariñosamente al viejo caballo por la oscura calle. Por encima de su cabeza se elevaban las sombrías moles de las casas. En el exterior de todas las grandes mansiones de Cheapside ardía una lámpara de aceite, pero, al doblar la esquina de San Pedro de Cornhill y bajar por iglesia de la Gracia para entrar en la calle del Puente, el camino se volvió más oscuro. Tuvo que rodear cuidadosamente los montones de desperdicios, los contenidos de los orinales y las sobras de comida donde las ratas campaban por sus respetos. A su espalda, se cerró una puerta de golpe y un ave nocturna que anidaba en el alero de una casa escapó en medio de un revuelo de negras alas, provocándole un sobresalto. Unos mendigos pedían limosna con voz lastimera. Una prostituta aguardaba en una esquina, luciendo una torcida peluca de color anaranjado que confería a su devastado rostro una apariencia espectral a la luz de la vela que sostenía en la mano. Al ver a Athelstan soltó una carcajada y le hizo un gesto vulgar. El fraile trazó la señal de la cruz. Un rufián de la ciudad apoyado en el quicio de una cervecería agarró el puño de madera de su cuchillo ante la presencia de la solitaria figura, pero lo pensó mejor al ver la tonsura de Athelstan y el crucifijo que pendía de su cuello.

Athelstan siguió adelante y lanzó un suspiro de alivio en cuanto vio a los soldados que montaban guardia en el puente de Londres bajo la luz de las antorchas. Las puertas ya estaban cerradas, pero los arqueros de la ciudad reconocieron al «capellán del forense», tal como llamaban a Athelstan, y le franquearon el paso.

El fraile cruzó el puente y los cascos de *Philomel* resonaron sobre las tablas de madera. Fue una experiencia misteriosa. Por regla general, en el puente reinaba un gran ajetreo, pero, a aquella hora, todo estaba en silencio y envuelto en la espesa bruma del río. Athelstan tuvo la inquietante sensación de estar cruzando un abismo entre el cielo y el infierno. Las gaviotas que anidaban en los arcos del puente levantaron el vuelo en señal de protesta ante aquella inesperada perturbación. Athelstan recordó los cuervos de la torre. Había habido otra muerte, pensó, mejor dicho, dos si se incluía la del oso. El fraile lo sintió por la pobre bestia.

–Quizá ha sido para bien –dijo en voz baja–. En mi vida había visto un animal tan desdichado.

Recordó las enseñanzas de algunos hermanos suyos franciscanos que, siguiendo los preceptos de su fundador, afirmaban que todos los animales formaban parte de la creación de Dios y jamás debían ser maltratados ni mantenidos en cautiverio.

Pasó por delante de la silenciosa y oscura capilla de Santo Tomás de Canterbury en el centro del puente. Los guardias de la orilla de Southwark lo llamaron a gritos y algunos se preguntaron incluso si sería un fantasma. Athelstan dijo su nombre y ellos le dejaron pasar, comentándole en broma el susto que se habían llevado ante su repentina aparición.

El fraile guió a *Philomel* a través de las oscuras callejuelas de Southwark. Allí se sentía más seguro. Le conocían y nadie se hubiera atrevido a abordarle. Pasó por delante de una taberna junto a cuya entrada un muchacho estaba cantando un dulce villancico para ganarse unos mendrugos de pan. Athelstan se detuvo un instante para escuchar las palabras que proclamaban paz y felicidad y le dio a *Philomel* unas palmadas en el cuello.

–¿Dónde vamos a pasar nosotros la Natividad, mi viejo amigo? –le preguntó, reanudando su camino–. A lo mejor, lady Cranston me invitará, en vista de que sus parientes del Oeste no pueden venir.

Se detuvo de golpe.

–¡Los parientes de lady Matilde! –murmuró en la oscura y silenciosa calle, sintiendo que un estremecimiento le recorría la columna vertebral–. Qué curioso –añadió–. Algo sin la menor importancia, un simple detalle secundario de los acontecimientos de la jornada.

Se frotó la cara. Las palabras de lady Matilde le habían hecho recordar algo que había oído.

Llevó casi arrastrando a *Philomel* hasta San Erconwaldo con tanta impaciencia que el caballo soltó un relincho de furia. Instaló al animal en la cuadra, echó un vistazo a la iglesia para cerciorarse de que todo estuviera en orden y recordó con cierto remordimiento su cólera de las primeras horas del día. *Buenaventura* habría salido a cortejar a las gatas. Se dirigió a la casa, encendió el fuego de la chimenea y se comió a toda prisa un pedazo de pan. Tras tomar unos cuantos bocados, arrojó el pan al fuego porque sabía rancio y se llenó una copa de vino aguado. Despejó la tosca superficie de la mesa y empezó a enumerar todo lo que sabía acerca de los asesinatos cometidos en la torre o sus inmediaciones.

Quizá la idea que se le había ocurrido en la calle fuera la clave de todo el enigma. Sonrió al recordar el axioma tantas veces repetido por el padre Anselmo en sus clases de lógica. «Si existe un problema, tiene que existir una solución. Sólo es cuestión de encontrar el camino que conduce a ella. A veces, basta un atisbo de luz. –Después Anselmo solía clavar sus negros ojos en su pupilo–. No lo olvides jamás, mi joven Athelstan. Eso tiene tanta aplicación en el reino de la metafísica como en el de los ordinarios acontecimientos cotidianos.»

Athelstan cerró los ojos.

–Todavía no lo he olvidado, padre –musitó–. Que Dios os tenga en su gloria.

Preparó la bandeja de escribir, ordenó sus pensamientos e introdujo la pluma gris de ganso en el tintero, soltando una maldición al descubrir que la tinta estaba fría. Acercó el tintero a la llama de la vela para calentarla y leyó rápidamente los memorándums que había escrito durante su estancia en la torre. En cuanto se calentó la tinta, anotó cuidadosamente sus conclusiones.

Primo. A pesar de la protección de que gozaba, sir Ralph Whitton había sido asesinado en la torre del baluarte Norte. Sir Ralph dormía tras una puerta cerrada de la cual él tenía la llave, lo mismo que los guardias del exterior. La puerta del pasadizo al que se abría la cámara también estaba cerrada y las llaves eran también compartidas con sus fieles guardaespaldas. Y sin embargo, todas aquellas precauciones no habían servido de nada. Al parecer, su asesino había cruzado el foso helado y, utilizando los huecos del muro de la torre, se había encaramado y, abriendo la ventana, había penetrado en la cámara para asesinarlo.

Secundo. El asesino debía de estar familiarizado con la torre, pues, de lo contrario, no hubiera conocido la existencia de los huecos y, sin embargo, ¿por qué el ruido de las contraventanas al ser abiertas y no digamos la entrada del asesino en la cámara no había despertado a sir Ralph? La hebilla de la bota de sir Fulke había sido encontrada en el foso helado. ¿Sería ésta la clave del posible asesino?

Tertio. El joven Parchmeiner había sido la primera persona que había intentado despertar a sir Ralph, pero la cámara la había abierto el lugarteniente Colebrooke. ¿Habría tenido la mano derecha de sir Ralph algo que ver con el asesinato?

Athelstan estudió lo que había escrito y sacudió la cabeza, sonriendo.

–¡No, no! –dijo en voz baja–. Todo eso tiene que esperar.

Quarto. Mowbray había muerto a causa de una caída desde el parapeto, pero ¿cómo había resbalado? ¿Quién había tirado de la cuerda para que la campana tocara a rebato? ¿Quiénes no estaban presentes en la cámara de la señora Felipa? Sólo dos personas: Fitzormonde y Colebrooke.

Athelstan sacudió una vez más la cabeza.

Quinto. La muerte del regidor Horne. Athelstan hizo una mueca. Ahí no había ninguna clave.

Sexto. ¿La muerte de Fitzormonde? Él y Cranston habían observado que la cadena hubiera podido estar sujeta a la pared con más seguridad y Fitzormonde tenía por costumbre ir a ver al oso. Pero ¿quién había sido el asesino que había disparado el dardo, provocando la cólera asesina de la bestia?

Septimo. Sir Ralph y los demás habían muerto a causa de la terrible traición cometida contra sir Bartolomé Burghgesh. ¿Había muerto Burghgesh efectivamente en aquel barco años atrás o había regresado a Inglaterra? El vicario de Woodforde afirmaba haberle visto, lo mismo que el tabernero de la aldea. ¿Sería la misma misteriosa persona que también había visto el dueño de la taberna de la Mitra de Oro? En caso afirmativo, Burghgesh hubiera sido visto por lo menos por tres personas en la estación del Adviento de tres años atrás, hacia las mismas fechas en que sir Ralph se había sumido en un profundo estado de abatimiento. Pero, si Burghgesh había sobrevivido y regresado a Inglaterra, ¿cómo y dónde se ocultaba ahora? Otro enigma: al parecer, el estado de ánimo de sir Ralph había mejorado posteriormente. No era probable que tal cosa hubiera ocurrido estando vivo Burghgesh. Sir Ralph sólo se hubiera podido consolar si Burghgesh hubiera aparecido tres años atrás y después hubiera muerto.

Octavo. Quienquiera que hubiera enviado las siniestras notas a Whitton y los demás era alguien que tenía acceso a la torre. ¿Acaso Burghgesh o su hijo, ocultos en la ciudad, habían enviado los mensajes y a sus cómplices a la torre?

Nono. ¿Quién se beneficiaba de los asesinatos? ¿Colebrooke? Ambicionaba un ascenso y conocía muy bien la torre. Estaba en la torre cuando los tres habían muerto. ¿Sir Fulke? Él también se beneficiaba de la muerte de su hermano; su hebilla había aparecido en el hielo del foso de la torre del baluarte Norte. Él también conocía la torre y estaba allí cuando murieron los dos caballeros hospitalarios. ¿Rastani? Un hombre misterioso y sutil que, a lo mejor, se había vengado de sir Ralph y sus compañeros. Conocía muy bien la fortaleza y estaba presente cuando habían muerto los dos caballeros hospitalarios.

Athelstan sacudió la cabeza. Lo mismo se podía decir de Hammond, el siniestro capellán. ¿Y si la señora Felipa estuviera conchabada con su enamorado? ¿Y qué decir de Mano Roja, el loco que, a lo mejor, estaba más cuerdo de lo que parecía?

Athelstan levantó los ojos y emitió un jadeo. ¡Mano Roja! El albino jorobado había comentado la existencia de unas mazmorras cerradas con tabiques de ladrillos y Simón el carpintero había hecho una velada alusión a ellas.

Athelstan permaneció un rato sentado, sosteniéndose la cabeza con las manos. Después tomó la pluma, miró a su alrededor en la cocina envuelta en las sombras del crepúsculo y vio una rama de acebo en un rincón del fondo. Faltaban pocos días para la Natividad. Se levantó, se calentó los dedos sobre el brasero y pensó que ojalá pudiera compartir con Benedicta una copa de vino caliente con especias. Contempló el fuego, recordando la alusión del doctor Vincentius a su afecto por la viuda. ¿Tanto se le notaba?, se preguntó. ¿Conocerían también los demás feligreses sus sentimientos? Sacudió la cabeza para despejarse la mente. No, tenía que concentrarse en el asunto que tenía entre manos. Se sobresaltó al oír el ruido de una contraventana y ver saltar una oscura sombra sobre el suelo cubierto de juncos.

–*¡Buenaventura!* –musitó. El gato se acercó y se restregó majestuosamente contra su pierna–. Bueno, maese Gato, ¿has venido para que te dé algo de comer?

El gato se estiró y arqueó el lomo. Athelstan se dirigió a la despensa, llenó de leche un agrietado cuenco de peltre y observó cómo el gato la lamía antes de acurrucarse delante del fuego de la chimenea. Después fue a cerrar las contraventanas. Ventanas, puertas y pasadizos, pensó, recordando una vez más los comentarios de Mano Roja y las misteriosas advertencias de Simón el carpintero. Contempló con envidia al gato.

–Algunos lo pasan muy bien –murmuró, sentándose de nuevo delante de los pergaminos para reanudar su estudio.

Tomó cada uno de los nombres y desarrolló una línea de razonamiento como si estuviera preparando una disputa teológica.

Pasaron las horas y, al final, se frotó los fatigados ojos. Sólo le quedaba un camino abierto: el que le habían mostrado los inocentes comentarios de lady Matilde que tan bruscamente lo habían sobresaltado mientras regresaba a Southwark. Trazó un tosco plano de la torre y siguió examinando las conclusiones a las que había llegado. Poco antes del amanecer, se dio por satisfecho. Había encontrado al asesino, pero poco más. Para el resto, necesitaría a Cranston.

Por la mañana, sir John bajó montado como un joven caballero por Cheapside en dirección a la taberna de la Mitra de Oro, cerca de la torre. El forense tenía la sensación de estar cabalgando en el aire. La fresca brisa matinal le parecía tan cálida y suave como una caricia de mujer.

Aquella mañana había abrazado apasionadamente a lady Matilde antes de levantarse de la cama y ella le había mirado con lágrimas en los ojos, anunciándole que muy pronto le diría una cosa. Él le murmuró unas ternezas, le dio unas palmadas en el hombro, se levantó y vistió y, una vez en la planta baja, pidió a gritos que le sirvieran una copa de vino blanco mientras un mozo le ensillaba el caballo. El hecho de saber que volvería a ser padre le hacía sentirse más orgulloso que un gallo. Se recompensó con un trago de «la bota prodigiosa», tal como la llamaba Athelstan, paladeando con fruición el recio vino tinto mientras miraba satisfecho a su alrededor. ¡Qué día tan hermoso para estar vivo!

Arrojó unos peniques a un grupo de mendigos que temblaban acurrucados en una esquina de la calle de la Mercería y les gritó alegremente unos bienintencionados insultos a unos hombres que estaban limpiando y destripando gallinas y otras aves de corral en unas grandes cubas en preparación para la temporada navideña. Una prostituta con los hombros desnudos, un capirote blanco sobre la cabeza rapada y una nota prendida al sucio corpiño en la que se la proclamaba mujer pública estaba siendo arrastrada por la calle detrás de un gaitero. Cranston mandó detener el desfile y ordenó que la soltaran.

–¿Por qué, sir John? –preguntó el desconcertado corchete.

–¡Porque es la Natividad! –tronó el forense–. ¡Y Jesús, el hermoso Niño de Belén, volverá a estar entre nosotros!

El corchete iba a protestar, pero Cranston acercó la mano al puño de su daga y el tipo no tuvo más remedio que cortar las ataduras de la mujer. Ésta le sacó la lengua al corchete, le hizo un gesto obsceno a Cranston y huyó corriendo por una callejuela. Sir John entró en Petty Wales. Llegó a la taberna y, entregándole las riendas de su caballo a un mozo, entró en el local donde se aspiraban unos deliciosos efluvios de comida.

–¿Dónde demonios os habéis metido, monje? –rugió, dándoles a los demás parroquianos un susto de muerte mientras el tabernero se acercaba presuroso.

–¿Estáis contento, sir John?

–¡Como una mosca en el trasero de un caballo en verano! –contestó el forense, arrojándole la bota prodigiosa al tabernero–. ¡Llénamela! El fraile dijo que se reuniría aquí conmigo. –Mirando a través del humo, vio a Athelstan medio dormido sobre una mesa–. ¡Tráeme una copa de vino blanco, gachas de avena y una lonja de tocino seco! –le ordenó al tabernero, chasqueando la lengua–. ¡Y para el fraile un poco de caldo de anguila y una jarra de cerveza aguada, aunque estemos en Adviento!

El forense cruzó la sala y le dio al fraile medio dormido una palmada en el hombro.

–¡Despertaos, hermano! –gritó–. ¡Os aseguro que el demonio anda errante por el mundo, rugiendo como un león en busca de alguien a quien poder devorar!

–Espero que su mano no sea tan pesada como la vuestra, Cranston –masculló Athelstan, abriendo los ojos y mirando a su alrededor con expresión aturdida.

Cranston se agachó a su lado.

–Buenos días, monje.

–Yo soy un fraile.

–Buenos días, fraile. ¿Por qué no estáis lleno de las alegrías de la Natividad?

–Porque tengo frío y estoy cansado y totalmente desanimado, sir John. –Athelstan estaba a punto de prolongar su letanía de quejas cuando se percató del pícaro destello que se había encendido en los ojos de Cranston–. Me alegro de veros tan feliz, sir John. Supongo que ya habréis pedido la comida, ¿verdad?

Cranston asintió con la cabeza, se quitó el gran castoreño y se acomodó en el banco del otro lado de la mesa.

Ya habían comido hasta saciarse y Cranston se había bebido dos copas de clarete cuando Athelstan terminó de contar su historia. El forense sacudió la cabeza, hizo unas cuantas preguntas y soltó un leve silbido.

–¡Por los clavos de Cristo!, ¿estáis seguro, hermano? ¿Simplemente a través de un pequeño e inocente comentario de lady Matilde?

Athelstan se encogió de hombros.

–Los pequeños comentarios de lady Matilde han causado una gran consternación en los últimos días, sir John.

Cranston eructó, se levantó, pidió a gritos su bota de vino y le arrojó unas monedas al tabernero.

–¿Habéis cumplido mis instrucciones, sir John? –preguntó Athelstan.

–Sí, fraile, las he cumplido. –Sir John se desperezó y bostezó–. Todos nuestros sospechosos esperan en la torre, pero Parchmeiner llegará más tarde. ¿Queréis hablar primero con Colebrooke?

–¿Y Mano Roja?

–Ah, sí, Mano Roja también.

–¿Tenéis el mandato, sir John?

–¡Yo no necesito ningún maldito mandato, monje! Soy Cranston, el forense real de la ciudad, y ellos tendrán que responder a las preguntas o pagar las consecuencias.

Salieron de la taberna, dejaron sus caballos en las cuadras, bajaron por una serie de callejuelas y cruzaron la gran entrada de la torre. Colebrooke los estaba esperando en la garita de la puerta. Athelstan observó que llevaba camisote, cota de malla y sobrecalzas.

–¿Prevéis alguna dificultad, mi señor lugarteniente?

–Las instrucciones de sir John han sido muy severas –contestó Colebrooke.

–¿Dónde está Mano Roja?

–¿Para qué queréis ver a ese loco?

–Porque yo lo mando –replicó Cranston.

Cruzaron el prado de la torre entre cuyo barro ya asomaban algunas hierbas. Les seguían dos soldados. Colebrooke envió a uno de ellos hacia una puertecita que se abría en la base de la Torre Blanca. Athelstan contempló con tristeza el rincón donde solía estar el gran oso, ahora vacío y abandonado, aunque todavía quedaban las huellas de su ocupante y algunas patéticas sobras de comida entre los fríos adoquines.

–¡Dios conceda el descanso al alma del oso! –murmuró. Cranston se volvió a mirarle.

–¿Tienen alma los osos, hermano? ¿Van también al cielo?

Athelstan le miró sonriendo.

–¡Si en vuestro cielo necesitáis osos, sir John, habrá osos! ¡Pero, en vuestro caso, yo supongo que el cielo consistirá en montones de tabernas y cervecerías!

Cranston se golpeó el muslo con el guante.

–Me gusta eso que habéis dicho, hermano –dijo, mirando con expresión de felicidad a un estupefacto Colebrooke.

De pronto, se abrió la puerta de la Torre Blanca y volvió a salir el soldado, arrastrando a Mano Roja por el pescuezo.

–¡Suéltale! –gritó Athelstan. Después se acercó, se agachó y tomó la mano del jorobado en la suya. Contempló los lechosos ojos del loco y vio rodar unas lágrimas por sus enrojecidas mejillas–. ¿Lloras la pérdida del oso, Mano Roja?

–Sí. El amigo de Mano Roja se ha ido.

Athelstan miró al soldado y le indicó por señas que se retirara.

–Lo sé, Mano Roja –dijo en un susurro–. El oso era una bestia magnífica, pero ahora será feliz. Su espíritu es libre.

Mano Roja clavó sus empañados ojos en los de Athelstan y le preguntó sonriendo:

–¿Tú eres amigo de Mano Roja?

Athelstan contempló el rostro del jorobado, su ralo cabello blanco y sus prendas de abigarrados colores. Recordó otras sabias palabras del padre Anselmo: «Recuerda siempre, Athelstan, que todo hombre está hecho a imagen y semejanza de Dios. Una llama arde con la misma fuerza en una vasija rota que en la lámpara mejor labrada».

–Soy tu amigo –contestó–. Pero necesito tu ayuda.

Los ojos de Mano Roja le miraron con recelo.

–Quiero que me muestres tus secretos.

–¿Qué secretos, mi señor?

–¿Qué demonios estáis haciendo, hermano? –preguntó Cranston desde lejos.

Athelstan se volvió y le dirigió una mirada de advertencia.

–Mira, Mano Roja –dijo en voz baja–, tú me hablaste de unas cámaras, unas mazmorras que habían sido tapiadas.

Mano Roja trató de librarse de la presa de los dedos de Athelstan, pero el monje no lo soltó.

–Por favor –añadió Athelstan–. ¿Tenía sir Ralph esas celdas secretas? Si me lo dices, Mano Roja, conseguiré atrapar al responsable de la muerte del oso.

El loco no necesitó otro estímulo. Se volvió diciendo:

–¡Espera! ¡Espera aquí! –Cruzó corriendo la puertecita de la Torre Blanca y volvió salir a los pocos segundos haciendo sonar una campanilla–. ¡Sigue a Mano Roja! –gritó–. ¡Sigue a Mano Roja!

Cranston miró con incredulidad a Athelstan. Colebrooke parecía molesto.

–Pero ¿qué se propone este pequeño insensato? –preguntó Cranston mientras el loco los conducía a través del prado de la torre hasta una oxidada puerta cerrada al pie de la Torre Wakefield–. ¿Qué hay aquí dentro?

Colebrooke se encogió de hombros.

–Unas mazmorras excavadas en la tierra.

–¡Abrid la puerta!

–No tengo las llaves.

–No pongáis obstáculos –tronó Cranston–. ¡Abrid la maldita puerta!

Colebrooke se volvió con los brazos en jarras y dio unas órdenes. Los soldados se alejaron a toda prisa y, siguiendo las instrucciones de Colebrooke, empujaron un enorme ariete montado sobre ruedas y golpearon la puerta con la cabeza de hierro hasta conseguir combarla y sacarla de los goznes.

–¡Antorchas! –ordenó Cranston.

Los soldados fueron inmediatamente por ellas. Mano Roja bajó por unos peldaños cubiertos de barro que se hundían en la fría oscuridad. Al pie de los peldaños se abría un angosto, húmedo y maloliente pasadizo. A la derecha no había más que un mohoso muro, pero, a la izquierda, había dos puertas con las cerraduras oxidadas. Athelstan contrajo los músculos al oír los chillidos de unas ratas. Se volvió y vio un oscuro y grasiento cuerpo, alejándose en la oscuridad.

–¡Derribad las puertas! –gritó Cranston.

Los soldados golpearon la maciza pero podrida madera, abriendo un enorme boquete. Athelstan tomó una antorcha y entró. Unas ratas se escondieron chillando bajo la podrida paja amontonada en un rincón.

–¡Por todos los diablos! –exclamó Cranston–. ¡Aquí no hay nada!

Ambos volvieron a salir. Cranston sostuvo en alto la linterna y examinó el paño de pared entre las dos puertas.

–¡Fijaos en eso, Athelstan!

El fraile estudió cuidadosamente la pared.

–Hay otra puerta –añadió Cranston–, pero está tapiada. Mirad, la pared está abombada y el yeso es más reciente que en el resto del muro.

–¡Lo habéis encontrado! ¡Lo habéis encontrado! –gritó Mano Roja, batiendo palmas y brincando arriba y abajo como un chiquillo–. ¡Han encontrado la puerta secreta! –añadió–. ¡Han ganado la partida! Lo hice yo –anunció con orgullo–. Sir Ralph Whitton me mandó hacerlo. La puerta estaba cerrada y yo tapié la entrada.

–¿Cuándo? –preguntó Athelstan.

–Hace años. ¡Hace muchos años!

Cranston chasqueó los dedos.

–¡Derribad esta pared!

Los soldados empezaron a golpear con mazas y martillos y el pasadizo se llenó de polvo blanco.

–¡Hay una puerta! –gritó uno de los soldados.

–¡Echadla abajo! –les ordenó Cranston.

En pocos minutos, la podrida madera que se ocultaba detrás del tabique se combó y rompió y los soldados abrieron un agujero lo bastante ancho como para que Cranston y Athelstan pudieran pasar. Éstos pidieron antorchas y Cranston sostuvo una de ellas en alto.

–¡Dios mío! –musitó el forense al ver un esqueleto putrefacto sobre un lecho de excrementos resecos–. ¿Quién es ése? ¿Y qué hijo de Satanás ordenó una muerte tan horrible?

–Respondiendo a vuestras preguntas, sir John, sospecho que ésos son los restos mortales de sir Bartolomé Burghgesh. Y Whitton, hundido en el asesinato, ordenó esta muerte.

–¡Mirad! –dijo sir John, acercando la antorcha al lugar del muro donde descansaba el blanco y esquelético brazo.

Athelstan vio la tosca silueta de un barco de tres palos grabada en la piedra. Era idéntica a los dibujos que habían recibido sir Ralph y los demás. Cranston la contempló boquiabierto de asombro.

–Teníais razón, hermano.

–En efecto, sir John. Ahora veamos si el resto de mi teoría también se confirma.

Pidieron a Colebrooke que ordenara a los guardias vigilar la celda y subieron de nuevo al prado de la torre.

–¿Qué habéis encontrado? –preguntó el lugarteniente, acercándose a ellos.

–Tened paciencia, mi señor lugarteniente. Pero venid, tengo que pediros otros favores.

Athelstan lo tomó por el codo y se apartó con él. Cranston vio al soldado y el fraile conversando en voz baja.

De repente, apareció el jorobado y preguntó, saltando arriba y abajo:

–¿Necesitáis a Mano Roja?

Cranston sonrió, se sacó del bolsillo dos monedas de plata y las depositó en su mano, dándole unas cariñosas palmadas en la mejilla.

–De momento, no, Mano Roja, pero te doy las gracias en mi nombre y en los del regente, el alcalde y la ciudad de Londres.

Los ojos del jorobado bailaron de alegría. Después, Mano Roja se alejó pegando brincos y riéndose de los negros cuervos que graznaban ruidosamente por encima de su cabeza.

–¡Mano Roja es un paladín! ¡Mano Roja es un paladín! –gritó.

Athelstan se reunió con Cranston.

–El lugarteniente ya ha recibido las órdenes –murmuró–.

Venid, mi señor forense, el drama está a punto de empezar.

Los restantes moradores de la torre esperaban en los aposentos de Felipa. Sir Fulke lucía una elegante túnica morada con ribetes dorados. Felipa, vestida de riguroso luto y con velo negro en la cabeza, estaba bordando junto a la ventana. Rastani se había sentado junto a la chimenea y el capellán ocupaba un escabel al otro lado. Todos menos Felipa levantaron la vista y miraron enfurecidos a Cranston y Athelstan cuando éstos entraron en la estancia.

–Llevamos una hora esperando –protestó sir Fulke.

–¡Me parece muy bien! ¡Y, por todos los diablos, esperaréis otra si yo lo mando! Venimos con autorización real. ¡Cuatro hombres yacen muertos, entre ellos, sir Ralph Whitton, un alto funcionario, por más que también fuera un malnacido!

La señora Felipa levantó los ojos y palideció de furia. Athelstan cerró los ojos mientras sir John le presentaba sus disculpas a la chica.

–¿Podemos empezar? –preguntó sir Fulke, levantando la voz.

–Dentro de un ratito –contestó Athelstan–. Estamos esperando al señor lugarteniente Colebrooke y al joven Godofredo, si no me equivoco.

Cranston se sentó en la repisa de la ventana al lado de Felipa, pero ésta le volvió la espalda. Athelstan acercó un escabel y colocó su bandeja de escribir, el tintero y la pluma sobre la mesa. Colebrooke abrió la puerta, respirando afanosamente.

–Todo está preparado, sir John –dijo. Después se acercó a Athelstan–. ¡Aquí tenéis, hermano!

Athelstan cerró la mano, ocultó en su holgada manga lo que el lugarteniente le acababa de entregar y miró a su alrededor en la silenciosa estancia. «Es aquí donde atraparemos al asesino», pensó.

Capítulo 14

Cranston entrelazó los pulgares de las manos y miró a su alrededor, radiante de felicidad. Athelstan observó con serena complacencia que, debajo de la capa, sir John lucía un jubón y unas calzas verde botella con ribetes plateados y botones a juego. Era uno de los mejores atuendos del forense, señal inequívoca de que Cranston se encontraba de buen humor. En cambio, los demás miembros del grupo estaban más bien abatidos: Hammond miraba al suelo y Rastani contemplaba las llamas de la chimenea, sir Fulke se mordía el labio y golpeaba impacientemente el suelo con los pies. Colebrooke no paraba de moverse y Felipa pinchaba furiosamente su bordado con la aguja. Se oyeron unas pisadas en el exterior, se abrió la puerta y entró Parchmeiner. Athelstan vio unos soldados y se alegró de que Colebrooke hubiera tenido el sentido común de poner una guardia armada. El joven tenía las mejillas arreboladas y estaba casi sin resuello.

–¡Sir John! ¡Athelstan! ¿A qué vienen tantas prisas?

El fraile se levantó.

–¡*Shalom,* Godofredo!

–La paz sea con vos, hermano –contestó el joven, ruborizándose intensamente.

Athelstan le miró sonriendo.

–¿Cómo conocéis la palabra paz en hebreo?

El joven se encogió de hombros.

–Compro y vendo. Conozco más de un idioma.

–¡Mostradnos las muñecas, maese Parchmeiner!

–¿Por qué? –preguntó el joven, mirándole desconcertado.

–¡Echaos los puños hacia atrás!

–No veo por qué...

–¡Echáoslos hacia atrás! –ordenó Cranston–. ¡Ahora mismo!

Parchmenier se desabrochó los bordados puños de la camisa y Athelstan vio los blancos cercos que surcaban la oscura piel de las muñecas del joven.

–¿De dónde proceden estas señales de grilletes de esclavo? –preguntó Athelstan–. ¿De vuestros tratos comerciales? –Con un súbito movimiento, extrajo el puñal que el joven llevaba en el cinto y se lo arrojó a Cranston–. ¿Y cómo están vuestros parientes de Bristol? ¿Habéis tenido noticias suyas?

El joven entornó los ojos mientras Athelstan contemplaba la firme determinación de su boca y su barbilla. El velo estaba cayendo poco a poco. En el futuro, se prometió Athelstan en silencio, estudiaría los rostros de la gente con más detenimiento.

–No mintáis, Godofredo. Vos no tenéis parientes en Bristol. Vos no enviasteis ninguna carta. El País Occidental está aislado por la nieve. ¿Cómo podíais mantener comunicación con personas de Bristol si los caminos occidentales están intransitables? –Athelstan miró con una triste sonrisa a Cranston–. ¿No es curioso que un comentario tan intrascendente haya servido para aclarar el misterio?

El fraile se acercó un poco más, consciente del repentino cambio que se había producido en la atmósfera de la estancia. Felipa se levantó, cubriéndose la boca con la mano cerrada en puño. Los demás se habían quedado petrificados como estatuas.

–Pero vuestro nombre no es Parchmeiner, ¿verdad? –preguntó Cranston.

Athelstan se adelantó.

–¿Quién sois vos? –preguntó en tono pausado–. ¿Marcos Burghgesh?

Parchmeiner trató de serenarse mientras una leve sonrisa temblaba en su rostro.

–¿Qué disparate es ése? –preguntó–. Te conozco desde hace dos años, Felipa. Procedo de Bristol. Mi hermana vive allí. Vendrá dentro de unos días.

Athelstan sacudió la cabeza.

–No, no vendrá, muchacho. El camino está cerrado, no sólo desde un punto de vista literal sino también metafórico. Además –añadió–, aún no nos habéis explicado qué son estos surcos que rodean vuestras muñecas.

El joven apartó la mirada.

–Antes llevaba pulseras –mintió con descaro.

–Todo eso son tonterías –terció Felipa–. ¿Vais a acusar a Godofredo del asesinato de mi padre?

–¡Sí, lo acuso! –replicó Athelstan.

–¡Pero alguien subió al baluarte Norte!

–¡No, no subió nadie! –Athelstan miró a Colebrooke–. Mi señor lugarteniente, ¿lo tenéis todo preparado?

Colebrooke asintió nerviosamente con la cabeza.

–Pues ya podemos empezar –dijo Cranston–. Mi señor lugarteniente, ¿habéis colocado guardias armados y arqueros tanto en el pasadizo como abajo?

–Sí, sir John.

–Muy bien. Ellos vigilarán a todos los que se encuentran reunidos aquí. Si alguien intentara escapar, ¡que disparen!

Cranston encabezó la marcha, bajando los peldaños y cruzando el prado de la torre hasta el primer lienzo de la muralla donde se levantaba el siniestro y solitario baluarte Norte. Cruzaron la puerta y se detuvieron en el pórtico donde dos soldados montaban guardia. En la pared del fondo había un listón de madera con unos ganchos de hierro de los que colgaban unas llaves.

–Bueno –les dijo Athelstan a los guardias–, la mañana en que sir Ralph fue encontrado muerto... Contadme de nuevo lo que ocurrió.

Uno de los soldados hizo una mueca.

–Yo acompaño al joven Parchmeiner arriba –dijo–. No, tomo la llave del gancho, lo acompaño arriba, abro la puerta del pasadizo, lo dejo pasar, cierro la puerta y vuelvo a bajar.

–Y después, ¿qué?

–Bueno –dijo el segundo soldado–, oímos a maese Godofredo llamando a sir Ralph.

–¿Qué ocurrió después? –preguntó Athelstan.

–Vuelve y llama a la puerta. –El soldado señaló hacia lo alto de los peldaños–. Abrimos, sale y manda llamar al lugarteniente.

–No –dijo Athelstan, interrumpiéndole–. Ocurrió otra cosa, o eso por lo menos nos dijisteis.

Uno de los guardias se rascó la cerdosa barbilla.

–¡Ah! Sí, ya sé –dijo su compañero–. El joven Godofredo dijo que él se encargaría de despertar a sir Ralph y nosotros le dimos la llave. Sube, cambia de idea, vuelve a bajar y llama al lugarteniente Colebrooke.

–Muy bien. –Athelstan esbozó una sonrisa–. Ahora, sir John, voy a seguir los pasos de Parchmeiner. –Miró rápidamente al pálido joven, el cual le estaba mirando a su vez con expresión expectante. Felipa le miraba como una niña que no lograra comprender el repentino e inesperado cambio de humor de uno de sus progenitores. Sir Fulke y el capellán estaban medio aturdidos. De pronto, Athelstan observó que el mudo Rastani se acercaba a Parchmeiner con la mano casi rozando el puño de la daga envainada que llevaba al cinto.

–Mi señor forense –dijo Athelstan–, antes de seguir adelante, mandad que todos depositen sus armas menos el lugarteniente Colebrooke.

Hubo leves protestas, pero Cranston repitió la orden de Athelstan y todos depositaron sus puñales y espadas en el suelo, formando un desordenado montón.

–Ahora ya podemos empezar –dijo Athelstan–. ¿Queréis contar, sir John? –Haciéndole un gesto con la cabeza a uno de los guardias, añadió–: ¡Abre la puerta de arriba!

Cranston contó en voz alta mientras Athelstan subía. La puerta se abrió y cerró a su espalda. Cranston se detuvo unos segundos al llegar al número veinte mientras Athelstan llamaba a sir Ralph. Acababa de rebasar el número cincuenta cuando oyó a Athelstan, aporreando la puerta en lo alto de los peldaños. Uno de los guardias subió corriendo y abrió la puerta. Athelstan salió y bajó los peldaños detrás de él.

–¡Ahora quiero la llave de la cámara de sir Ralph! –dijo. Tomó una de las llaves del gancho, volvió a subir los peldaños, se detuvo a medio subir, sacudió la cabeza y volvió a bajar–. Pensándolo mejor –dijo–, vamos a llamar al lugarteniente Colebrooke. –Le devolvió la llave al soldado–. Dime, ¿he tardado más que el joven Godofredo? –le preguntó.

–No, más o menos lo mismo. Él tardó un poco más en el pasadizo, pero no demasiado.

Sir Fulke se adelantó.

–¿Qué significa todo esto? –preguntó.

Athelstan le miró sonriendo.

–Ahora lo veréis. Mi señor lugarteniente, abrid de nuevo la puerta de lo alto de los peldaños y dejadnos pasar a todos.

El lugarteniente subió corriendo para abrir de nuevo la puerta y todos le siguieron por el frío pasadizo abovedado. Colebrooke abrió la puerta de la cámara de sir Ralph y los demás entraron detrás de él. Sir Fulke soltó una maldición. Felipa lanzó un grito. En la cámara hacía un frío glacial, las contraventanas estaban abiertas y el travesero de la cama de cuatro pilares había sido salvajemente apuñalado y las plumas se habían esparcido sobre el sucio y frío colchón en un siniestro recordatorio del asesinato de sir Ralph.

–¿Quién ha hecho esto? –preguntó el capellán Hammond.

Athelstan no contestó y miró a Parchmeiner.

–Vos sabéis lo que he hecho –dijo en tono pausado–. Exactamente lo que hicisteis vos la mañana en que asesinasteis a sir Ralph, y os voy a decir cómo. Primero, cuando sir Ralph se trasladó al baluarte Norte, vos interpretasteis el papel de amable y considerado futuro yerno y le ayudasteis a trasladar sus cosas. La cámara estaba guardada cuando sir Ralph se instaló aquí, pero antes no lo estaba. Por consiguiente, vos engrasasteis cuidadosamente los goznes y la cerradura de la puerta, lo cual explica la presencia de las manchas de aceite en el pasadizo del exterior. En segundo lugar, el piso de arriba está tapiado y, al fondo del pasadizo, hay un montón de cascotes. Allí escondisteis la daga, tal como, a petición mía, ha hecho Colebrooke con la de sir John. Tras apuñalar el travesero, he vuelto a esconder la daga en aquel lugar. La víspera de la muerte de sir John, os sentasteis con él a la mesa y le ayudasteis a beber más de la cuenta, probablemente con la ayuda de alguna poción para dormir lo bastante fuerte como para dejarlo adormilado. En tercer lugar, acompañasteis a sir John hasta el pie de los peldaños, los guardias lo acompañaron a su aposento y fue entonces seguramente cuando cambiasteis las llaves. Tomasteis la que sir Ralph había dejado allí para uso de los guardias y dejasteis la otra en el gancho. Le he pedido a Colebrooke que haga lo mismo y éste me ha entregado la verdadera llave cuando estábamos en la cámara de la señora Felipa. –Athelstan hizo una pausa–. A la mañana siguiente, os presentáis aquí, los guardias os registran, pero vos sólo lleváis vuestras inofensivas pertenencias, entre las cuales se incluye un llavero, como es natural en cualquier comerciante. –Athelstan le dio al joven una suave palmada en el costado–. Subís los peldaños, los guardias os abren la puerta y vos os dirigís a la cámara de sir Ralph. Mientras llamáis y gritáis, abrís silenciosamente la puerta gracias a que primero habíais engrasado los goznes. Lo demás es muy fácil.

–Pero... –dijo Colebrooke.

–Todavía no –le interrumpió bruscamente Athelstan sin apartar los ojos de Parchmeiner–. Una vez dentro, actuáis con rapidez. Abrís las contraventanas para que entre el aire frío. Puede que sir Ralph, todavía bajo los efectos del soporífero, abriera momentáneamente los ojos mientras vos le cortabais la garganta. Limpiáis la daga con la ropa de la cama, cerráis la puerta, volvéis a guardar la daga en su escondrijo y empezáis a aporrear la puerta del fondo del pasadizo. –Athelstan observó la expresión levemente burlona de los ojos de Parchmeiner, en contraste con la impasible frialdad de su rostro–. Es entonces –añadió– cuando sacáis de vuestro llavero la llave de la cámara de sir Ralph. Bajáis, pedís la llave falsa, volvéis a subir y hacéis el trueque estando de espaldas.

Les devolvéis la llave verdadera a los guardias sin ninguna dificultad, pues dos llaves pueden parecer iguales tal como yo acabo de demostrar, y entonces vais en busca de Colebrooke.

–¡Oh, no! –gritó Felipa, palideciendo intensamente mientras se arrojaba en brazos de sir Fulke sin apartar los ojos de Godofredo–. ¡Oh, no, Dios mío, os lo suplico! –repitió.

–Así fue cómo ocurrió –dijo Cranston secamente–. Mi escribano lo acaba de demostrar. Los guardias vieron y oyeron simplemente lo que tenían que ver y oír.

–¡Fray Athelstan!

–¿Sí, sir Fulke?

–El cuerpo de mi hermano estaba frío cuando subió el lugarteniente.

–Por supuesto que sí –replicó Cranston–. El brasero y la chimenea se habían apagado, lo cual me induce a pensar que Whitton se encontraba bajo los efectos de un fuerte soporífero. El asesino abrió las contraventanas y entró el aire helado. Recordad que era una mañana muy fría y la tardanza de maese Parchmeiner en mandar llamar a Colebrooke debió de contribuir al engaño.

Athelstan vio súbitamente un retazo de color por el rabillo del ojo.

–¡Sir John! ¡Rastani!

El forense, a pesar de su volumen, actuó con rapidez, agarrando al mudo por la pechera del coleto y levantándolo con la misma facilidad que si fuera un niño en el momento en que éste se abalanzaba sobre el asesino de su amo.

–¡Tú –le dijo, sacudiéndolo como si fuera un muñeco de trapo– te vas a estar quieto hasta que todo termine! ¿Has entendido?

El mudo miró con rabia mal contenida a Parchmeiner.

–¿Has entendido? –repitió Cranston, apretando la presa.

El mudo abrió y cerró la boca, asintiendo lentamente con la cabeza. Cranston volvió a dejarlo cuidadosamente en el suelo mientras dos guardias de Colebrooke se situaban uno a cada lado del moro.

–¡Vigiladle bien! –les ordenó Cranston–. ¡Vamos, desenvainad las espadas!

Entre tanto Parchmeiner, sin que se le moviera ni un solo cabello de la cabeza, mantenía los ojos fríamente clavados en el fraile, el cual era profundamente consciente de encontrarse en presencia de un asesino nato que había aprovechado la oportunidad de llevar a cabo su más terrible venganza.

–¡Mi señor Colebrooke! –dijo Athelstan sin apartar los ojos del asesino–. Quiero que se le aten las manos a maese Parchmeiner y que se le anude una cuerda alrededor de la cintura.

Colebrooke dio rápidamente las órdenes y uno de los guardias le colocó a Parchmeiner los brazos a la espalda y le ató las muñecas y los pulgares de ambas manos. Otro soldado se desabrochó el cinto, pasó un extremo por el de Parchmeiner y se anudó fuertemente el otro alrededor de su propia muñequera. Athelstan se tranquilizó mientras recorría con la vista a todos los presentes.

–No es necesario que nos quedemos aquí –dijo–. Podemos regresar a la cámara de la señora Felipa.

La muchacha gemía muy quedo entre los brazos de su tío. El grupo abandonó el baluarte Norte. Mientras atravesaban el prado de la torre, Colebrooke, consciente del peligro, ordenó que un sargento tocara el tambor, llamando a la guarnición a las armas. Se cursaron las debidas órdenes, se cerraron todas las puertas y, mientras subían a la cámara de Felipa, Athelstan oyó que los soldados y arqueros ocupaban sus posiciones abajo.

–Debo disculparme –dijo, volviéndose a mirar a Cranston con una sonrisa en los labios–. Vuestra daga está todavía entre los escombros de la torre del baluarte Norte.

–No os preocupéis –contestó Cranston–. Lo que he visto vale más que mil dagas.

En la cámara, dos guardias custodiaban a Parchmeiner. Athelstan le miró con curiosidad, pues el joven sonreía como si estuviera recordando alguna broma muy graciosa. Los demás estaban muy apagados. Rastani, con expresión enfurruñada, se sentó en un escabel entre dos corpulentos guardias. Felipa gemía hundida en su propio dolor, flanqueda por su tío y el capellán. Cranston se llenó una copa de vino y Athelstan se inclinó hacia la chimenea para calentarse las manos.

–Las demás muertes fueron muy fáciles –añadió en tono pausado–. La noche de su muerte, Mowbray subió al parapeto cerca de la Torre de la Sal mientras los demás estabais cenando aquí en la cámara de Felipa. Sospecho que maese Parchmeiner fue el último en llegar. Mowbray, como todo soldado –añadió, mirando con una sonrisa a Colebrooke– era una criatura muy rutinaria. Digamos de entrada que el temor de maese Parchmeiner a las alturas es una mentira. Éste sabía que Mowbray se encontraba como de costumbre al fondo del parapeto. Subió sigilosamente y colocó el extremo de una lanza o el astil de un hacha en lo alto de los peldaños, entre las almenas de la muralla. Después se dirigió a la cámara de la señora Felipa y comenzó la cena.

–Pero no salió –dijo sir Fulke, interrumpiéndole–. ¡No salió en ningún momento para tocar la campana!

–¡Por supuesto que no! –contestó Cranston–. Mi señor Colebrooke, ¿lo tenéis todo preparado? ¿La guarnición ya está advertida? Muy bien –dijo, posando ruidosamente la copa de vino sobre la mesa–. Tengo que ir al retrete. Si no me equivoco, hay uno al fondo del pasadizo, ¿no es cierto?

Sir Fulke asintió, perplejo. Cranston abandonó la estancia. Los restantes miembros del grupo permanecieron inmóviles como las figuras de un fresco. De repente, todos se sobresaltaron al oír el toque de rebato, seguido de unas bruscas órdenes, gritos y rumor de pies. La campana dejó de tocar y Cranston entró de nuevo en la estancia, sonriendo de oreja a oreja.

–¿Quién ha tocado la campana? –preguntó el capellán.

–Yo –contestó sir John.

–¿Cómo?

–Lo que ha hecho sir John –explicó tranquilamente Athelstan, volviéndose de espaldas a la chimenea– es ir al retrete acompañado de un arquero provisto de una pequeña ballesta. Vi que la ventana del retrete daba al prado de la torre. El arquero, de pie detrás de la cortina que cubre el retrete, ha disparado una saeta contra la campana. Ya conocéis el mecanismo –añadió, encogiéndose de hombros–. Basta una pequeña inclinación para que la campana empiece a sonar.

–Pero estaba oscuro –dijo sir Fulke.

–No, sir Fulke. Si recordáis, de noche hay antorchas encendidas alrededor de la campana.

–¡Pero no se encontró ninguna saeta!

–Naturalmente que no. La nieve que rodeaba la torre estaba intacta. La saeta debió de alcanzar la campana y caer sobre la nieve. Cuando los soldados de la guarnición fueron a ver por qué razón había sonado la campana, buscaron pisadas y no una saeta de ballesta de longitud inferior a la de vuestra mano, hundida en la nieve y el hielo.

–¿Y la ballesta? –preguntó Parchmeiner, interviniendo por primera vez con voz dura y sincopada.

Athelstan sacudió la cabeza.

–Al igual que la daga, la pudisteis dejar en el pasadizo y, al terminar, recogerla o arrojarla al agujero del retrete. ¿Quién se hubiera fijado? Cuando salisteis del retrete y regresasteis corriendo a la cámara, la campana estaba tocando a rebato y todo el mundo corría. Nadie hubiera podido establecer una relación entre vuestra salida de la estancia y el toque de la campana. Vos fuisteis al retrete, no bajasteis y, por consiguiente, los guardias no vieron acercarse a nadie a la campana. Lo demás fue muy fácil –añadió Athelstan–. En medio de la confusión de la noche, subisteis corriendo al parapeto y arrojasteis el arma al foso desde lo alto de la muralla. Si alguien os hubiera visto subir los peldaños, os hubiera tomado por un héroe que estaba buscando la causa de la muerte del pobre Mowbray. –Athelstan miró a Cranston–. Cuando sir John me habló de la saeta de ballesta que habían encontrado clavada en el cuerpo del oso, comprendí de repente de qué forma se había conseguido el misterioso toque de la campana.

De pronto, el fraile se sintió profundamente cansado y se frotó el rostro con las manos.

–Sólo Dios sabe cómo lograsteis atraer al pobre Horne al lugar de su muerte –tronó el forense, acercándose al prisionero–, aunque el hombre estaba tan aterrado que no debió de ser difícil jugar con él. –Cranston asió con su mano el rostro de Parchmeiner y lo estrujó con fuerza–. He visto los siniestros resultados de vuestra obra.

Parchmeiner echó la cabeza hacia atrás, sonrió y soltó un escupitajo en pleno rostro de Cranston. El forense se lo limpió de la mejilla con el dobladillo de su túnica y, levantando la mano, abofeteó al joven en la cara. Después se volvió a mirar a Athelstan mientras Parchmeiner forcejeaba con los guardias.

–No os preocupéis –dijo–, no volveré a pegarle, pero se lo merecía por haber llevado sus malas obras a mi casa y bajo mi techo.

Se volvió a llenar la copa de vino, se acercó al lugar donde Felipa se encontraba sentada al lado de su tío y se la ofreció, pero la muchacha ni siquiera quiso levantar la cabeza. Sir Fulke apartó el rostro y entonces Cranston se situó en el centro de la estancia y tomó un sorbo.

–Llegamos finalmente a la muerte de Fitzormonde –dijo, haciendo una mueca–. Fue muy fácil. Nuestro joven asesino –añadió, señalando a Parchmeiner– simula abandonar la torre. Con la cantidad de gente que había por aquí durante el deshielo, nadie se dio cuenta de que regresaba, vestido tal vez con otra capa y un capuchón. En esta fortaleza hay los suficientes rincones oscuros como para esconder un ejército. Todas las noches Fitzormonde iba a ver al oso y Parchmeiner aprovechó la ocasión. Armado una vez más con una ballesta, disparó una saeta. La bestia enfurecida se abalanza contra Fitzormonde, la cadena se rompe y el caballero hospitalario muere destrozado. Entre tanto, Godofredo aprovecha la confusión para salir por la puerta principal o por una de las poternas para que nadie le pueda acusar de nada.

–¡No tenéis ninguna prueba! –graznó Parchmeiner–. ¡Ninguna prueba en absoluto!

–¡No, pero las tendremos! –contestó Athelstan–. Primero, puedo demostrar que un hombre es capaz de subir al baluarte Norte en mitad de la noche y en pleno invierno. Pero ¿podía volver a bajar? Puedo examinar los escombros que hay al fondo del pasadizo de la cámara de sir Ralph en busca de restos de sangre de la daga que escondisteis allí y que sin duda recogisteis más tarde. Mi señor Colebrooke también puede llevar a cabo una investigación sobre quién engrasó la cerradura y los goznes de la cámara de sir Ralph. Se puede buscar en la campana la huella de la saeta y examinar cuidadosamente el suelo, pues sin duda ésta se encontrará oculta entre el hielo y la nieve. Podríamos empezar a hacer averiguaciones acerca de dónde estaba cada uno de los sospechosos la noche en que murió Adam Horne. –Athelstan se acercó al pálido joven–. También os podemos encerrar en una mazmorra de aquí hasta que se funda la nieve y llevar a cabo una investigación sobre vuestros amigos y parientes de Bristol.

–Pero ¿por qué? ¿Por qué? –preguntó Felipa, mirando a Athelstan con los ojos rodeados por unas profundas ojeras–. ¿Por qué? –gritó.

–Hace quince años –contestó Cranston, compadeciéndose demasiado de la joven como para poder mirarla a la cara– vuestro padre y los otros a quienes Parchmeiner ha asesinado sirvieron como caballeros en Ultramar a las órdenes de sir Bartolomé Burghgesh. Ya habéis oído mencionar este nombre, ¿verdad? Vuestro padre y los otros –añadió sin esperar la respuesta– traicionaron cruelmente a sir Bartolomé para poder apoderarse de ciertos tesoros que éste le había arrebatado al califa de Egipto. Sir Bartolomé zarpó de Chipre rumbo a Génova, pero los demás, encabezados por sir Ralph, informaron en secreto al califa y el barco en el que viajaba sir Bartolomé fue atacado. –Cranston se rascó la cabeza–. La historia generalmente aceptada era la de que sir Bartolomé murió en aquel barco, pero, tal como ahora sabemos, hace tres años, poco antes de la Natividad, Burghgesh vino a ver a vuestro padre en la torre. Sir Ralph, por medio de un engaño o bien utilizando la fuerza, hizo prisionero a sir Bartolomé y lo encerró en una mazmorra que hay debajo de esta torre. El loco Mano Roja tapió la celda. Al fin y al cabo, ¿quién hubiera prestado atención a los delirios de un idiota?

–¿Está aquí? –preguntó Godofredo a voz en grito–. ¿El cuerpo de Bartolomé está aquí? ¡Oh, Dios mío! –gimoteó–. ¡Si lo hubiera sabido!

Athelstan se acercó a él.

Todo el odio y la arrogancia del rostro del asesino habían desaparecido y el fraile experimentó una punzada de compasión al ver las lágrimas que brotaban de sus ojos.

–¿Quién sois? –le preguntó Athelstan en voz baja–. ¡Decídmelo y os prometo que veréis el lugar del último descanso de Bartolomé!

Parchmeiner bajó los ojos al suelo.

–Burghgesh no era mi padre –contestó con voz distante–, pero ojalá lo hubiera sido. Yo estaba en el mismo barco con sir Bartolomé cuando nos atacaron. Era húerfano y me aferré a él. –Godofredo esbozó una leve sonrisa–. Él me salvó –añadió en voz baja–. Me protegió con su cuerpo y luchó como un paladín hasta que los moros nos prometieron respetar nuestras vidas si se rendía. –Godofredo parpadeó para apartarse las lágrimas de los ojos–. Cumplieron su palabra, pero Bartolomé fue bárbaramente golpeado hasta que las plantas de los pies le quedaron en carne viva. Después nos vendieron como esclavos a un mercader de Alejandría. Sir Bartolomé cuidaba el jardín y a mí me pusieron a trabajar en el escritorio, preparando y guardando pergaminos. Pasaban los años, pero sir Bartolomé jamás perdía la esperanza. Me cuidaba, me trataba como a un hijo y me protegía contra los que hubieran preferido tratarme como a una mujer. Una noche Bartolomé le cortó la garganta a nuestro amo y saqueó su sala del tesoro. Después escapamos a través del desierto hasta llegar a Damietta, sobornamos a un mercader y embarcamos rumbo a Chipre y, desde allí, hasta Génova, cruzando Europa hasta Southampton.

–¿Y eso cuándo fue?

–Hace tres años. Sir Bartolomé me había hablado de Whitton y del tesoro, pero –la voz del joven se quebró– mi amo era bueno y generoso y no podía aceptar que sus compañeros... ¡sus compañeros –repitió casi escupiendo la palabra– lo hubieran traicionado! –El joven sacudió la cabeza, soltando unas maldiciones en voz baja–. Viajamos a Londres. Sir Bartolomé todavía conservaba el tesoro del mercader de Alejandría, monedas de oro y plata, por lo que nos instalamos como unos señores en una taberna de la calle de la Barbacana. –Godofredo miró fijamente a Athelstan–. ¿Os imagináis, hermano? No podía aceptar que lo hubieran traicionado. Me dejó en la taberna y se fue a Woodforde, pero regresó muy afligido. Su mujer y su hijo habían muerto y la mansión estaba en ruinas. Permanecimos allí algún tiempo hasta que sir Bartolomé me comentó que sus compañeros se reunían cada año en la estación de Adviento cerca de la torre poco antes de la Natividad. –El joven se pasó la lengua por los labios–. Sir Bartolomé hizo averiguaciones, pues deseaba saber qué había sido de cada uno de sus compañeros. Dos de ellos eran caballeros hospitalarios, uno era mercader. –Godofredo sonrió–. Sir Bartolomé, Dios lo tenga en su gloria, incluso se alegró de que Whitton fuera ahora el condestable de la torre y me contó mil detalles sobre esta fortaleza. –El asesino se agitó entre los guardias que lo custodiaban–. Sir Bartolomé fue a ver a Whitton. Quería conocer la verdad al precio que fuera. –El joven hizo una mueca–. Pero ya no regresó y mis sospechas resultaron ser ciertas. Whitton, que le había traicionado quince años atrás, ¡había utilizado ahora el cargo que ocupaba para deshacerse de él! –Godofredo miró enfurecido a Athelstan–. ¡Me alegro de haberlos matado! Les envié un leal aviso, utilizando el mismo signo que Bartolomé había compartido siempre conmigo durante nuestro cautiverio... el barco de tres palos que nos había unido.

–¿Y yo? –gritó Felipa–. Y yo, ¿qué?

–¿Tú qué?

–¿Acaso no me querías?

El joven soltó una carcajada.

–Tú necesitas amar un corazón, Felipa. Y yo no tengo ni alma ni corazón. Bartolomé era mi vida. –Godofredo miró a Felipa con desprecio–. Te utilicé –añadió sin compadecerse de sus sollozos–. Me serví del oro de Bartolomé para urdir la caída de Whitton. Era experto en manuscritos y pergaminos y me convertí en Godofredo Parchmeiner. Ah, por cierto, Godofredo es mi nombre cristiano. Godofredo Burghgesh me podéis llamar. Vendía a la torre los mejores pergaminos por una miseria. Me hice amigo de la hija del condestable y conseguí ganarme su aprecio.

El asesino esbozó una sonrisa de satisfacción.

–¿Estudiasteis los movimientos y los estados de ánimo del condestable?

–Por supuesto, hermano. Sabía que, cada Adviento, él y los otros asesinos se reunían para conmemorar su pecado. Me convertí en lo que deseaba ser, un joven y acaudalado mercader, enamorado de su anodina hija. Mirad, hermano, cuando uno se pasa la juventud como prisionero de los moros, aprende cómo hay que comportarse en la vida. No tiene más remedio que hacerlo para poder sobrevivir.

–¿Y por qué ahora? –preguntó Cranston–. ¿Por qué no el año pasado?

El joven sacudió la cabeza.

–Tenía que planificarlo todo, sir John. Tenía que estudiar a mi presa. Cuando el Támesis se heló, lo ataqué. No sabéis cómo disfruté. No me hubieran atrapado de no haber sido por vos, hermano. Envié la cabeza de Horne a sir John para hacerle comprender que la justicia se había cumplido. –El joven miró con una sonrisa a Cranston como si estuviera contando una historia muy divertida y fue entonces cuando, por vez primera, Athelstan comprendió que Godofredo no estaba en su sano juicio–. Mis planes hubieran podido fallar, por supuesto, pero entonces me hubiera inventado otra cosa. A fin de cuentas, hay varios caminos que conducen al infierno. Preferí esperar porque la venganza, tal como todos sabéis, es un plato que es mejor servir frío.

–¡Sois un malnacido! –gritó sir Fulke.

–¡Hijo de Satanás! –lo insultó Hammond.

–Tal vez –replicó Parchmeiner–. Pero todos merecían morir.

–No, no es cierto –dijo Athelstan–. Obraron mal, pero dos de ellos por lo menos estaban sinceramente arrepentidos. Hubierais podido denunciarlos ante el Tribunal Real. La sola acusación hubiera sido suficiente para destruir a sir Ralph.

–¡Yo soy el juicio de Dios! –gritó Parchmeiner, mirando enfurecido a todos los presentes–. ¡Yo soy su condena! Horne lo comprendió cuando me vio vestido con una armadura similar a la que solía llevar sir Bartolomé. –El joven se volvió y soltó un escupitajo en dirección a sir Fulke–. Maldito seáis vos y toda vuestra familia. Arranqué incluso una hebilla de vuestra bota y la dejé tirada sobre el hielo. Hubiera sido una buena jugada, ¿verdad? Que os ahorcaran por el asesinato de vuestro propio hermano.

Sir Fulke le volvió la espalda.

–El resto fue muy fácil –añadió Godofredo–. Envié las cartas. Sir Ralph se trasladó al baluarte Norte. Engrasé los goznes y la cerradura de la puerta de la cámara, oculté la daga entre los cascotes del pasadizo y cambié las llaves cuando acompañé al miserable malnacido al lugar de su último descanso.

–¿Y los demás? –preguntó Athelstan.

–Mowbray fue muy fácil, pues tenía por costumbre salir a meditar en la oscuridad. Yo había subido al parapeto otras veces y él jamás se había dado cuenta. Coloqué una ballesta en el pasadizo, alcancé la campana con una saeta y arrojé la ballesta por el agujero de la cloaca. –Godofredo soltó una carcajada–. Horne fue víctima de sus propios temores, un auténtico necio. En cuanto a Fitzormonde, le hice una advertencia acerca del oso. –El asesino se mordió el labio–. Los hubiera podido matar de otra manera, pero, en cuanto Whitton me aceptó, no tuve más remedio que jugar la partida.

Cranston se acercó a él.

–Godofredo Parchmeiner –dijo en tono solemne–, conocido también como Burghgesh, yo os detengo por asesinato. Seréis conducido a la prisión de Newgate y, en el momento que se establezca, deberéis responder de vuestros horribles crímenes ante el Tribunal Real. –El forense miró a su alrededor y le hizo una seña con la cabeza a Colebrooke–. ¡Lleváoslo!

–¡Quiero ver el lugar del último descanso de Bartolomé!

–Lo podréis ver –le dijo Athelstan–. ¡Mi señor lugarteniente, dejadle ver lo que hemos descubierto esta mañana, pero sujetadle bien!

El asesino le dirigió una mirada de odio a Fulke antes de que Colebrooke y sus soldados lo sacaran de la estancia. Athelstan lanzó un suspiro, mirando a su alrededor.

–Sir Fulke, señora Felipa, lo siento muchísimo.

Felipa hundió el rostro en el hombro de su tío y lloró en silencio. Sir Fulke se limitó a apartar la mirada.

–Sir John –dijo el fraile–, aquí ya hemos terminado.

Guardó el material de escribir en una bolsa, se inclinó ante sir Fulke y bajó con sir John los oscuros peldaños.

Una vez fuera, Cranston respiró hondo.

–¡Gracias a Dios que todo ha terminado, hermano!

Pasaron junto a la siniestra mole de la Torre Wakefield donde esperaron mientras un criado regresaba corriendo al baluarte Norte para recoger la daga de sir John.

–Un auténtico asesino –dijo sir John.

–Sin la menor duda –contestó Athelstan–. Cuerdo o poseído por el demonio, rebosante de odio y de afán de venganza. –Levantó la vista hacia los cuervos que graznaban por encima de sus cabezas–. Estoy deseando salir de aquí, sir John. En este lugar se aspira el hedor de la muerte.

–Lo llaman la Casa del Asesino Rojo.

–El nombre le cuadra muy bien –replicó Athelstan.

Ambos se apartaron a un lado mientras dejaban paso a Colebrooke, seguido de Parchmeiner fuertemente atado y casi oculto entre los guardias que lo custodiaban. Cuando el criado regresó con la daga de Cranston, se fueron a la taberna más próxima.

Como era de esperar, sir John pidió un refrigerio después de lo que él llamó su «arduo esfuerzo». Cuando ambos se despidieron, Athelstan se había bebido tantas copas como Cranston. Sir John se fue, dispuesto a prolongar la celebración de su triunfo mientras Athelstan subía con un remiso *Philomel* por Billingsgate y cruzaba el puente de Londres para regresar a la oscura soledad de San Erconwaldo.

Unos días más tarde, en Nochebuena, Athelstan se encontraba sentado en un banco de la parte interior del cancel del antealtar, acunando en sus brazos a *Buenaventura* que no paraba de ronronear de satisfacción. El altar lucía un nuevo mantel ribeteado de oro, el presbiterio había sido concienzudamente barrido, los adornos de acebo y hiedra, las ramas verdes y las bayas rojas como la sangre brillaban bajo la luz de las velas y los niños ya habían ensayado la representación sacra que iban a interpretar. El fraile se rió por lo bajo al recordar cómo Crim, que hacía el papel de san José, lo había echado todo a rodar, emprendiéndola a puñetazos con uno de los ángeles. Cecilia había barrido la nave y quitado el polvo de los atriles y, al día siguiente, él celebraría tres misas: una al romper el alba, otra a media mañana y otra al mediodía. Athelstan cerró los ojos. Recordaría a sus difuntos, a sus padres, a su hermano Francisco, a los hombres muertos tan violentamente en la torre y también al joven Parchmeiner que sin duda sería ahorcado.

El obispo le había concedido su autorización para volver a consagrar el cementerio y Pike el acequiero le había dicho que el doctor Vincentius ya había abandonado la ciudad. Benedicta lo había lamentado y él sentía todavía una punzada de remordimiento. Besó con aire ausente a *Buenaventura* entre las orejas. Se había disculpado por los malos modos con que había tratado a todo el mundo la mañana en que le habían comunicado la profanación de la tumba de Borrachín. Lanzó un suspiro. Todo parecía en orden, pero ¿lo estaba realmente? Pasaría la Natividad, llegaría la Epifanía y, con ella, nuevas dificultades. ¿Y si preparara una fiesta, un banquete en honor de los miembros del consejo parroquial para agradecerles su gentileza para con él? Watkin le había regalado una cuchara de cuerno; Úrsula la porqueriza una lonja de tocino; Pike el acequiero una nueva azada para el huerto; Ranulfo el cazador de ratas un par de guantes de piel de topo y Benedicta, Dios se lo premiara, una gruesa capa de lana contra los rigores invernales. Y sin embargo, al día siguiente después de misa, se quedaría solo. Contempló la llama de la vela. ¿Se escondería Dios en el fuego?, se preguntó, cerrando los ojos.

–Oh, Señor de la llama oculta –rezó–, ¿por qué es tan terrible la soledad? –Se sobresaltó y esbozó una sonrisa al oír que se abría la puerta de la iglesia–. Dios mío –añadió en voz baja–, ¡conozco el poder de la oración, pero eso es un auténtico milagro!

–¡Monje! –rugió Cranston, plantándose como un coloso envuelto en su túnica al fondo de la iglesia–. Sé que estáis aquí, Athelstan. ¿Dónde demonios os escondéis? ¡por los clavos de Cristo, es demasiado temprano para estar contemplando las estrellas!

Athelstan se levantó y cruzó el cancel.

–Sed bienvenido, sir John. –Miró detenidamente a Cranston–. No habrá habido otro asesinato, ¿verdad?

–¡Espero que no! –contestó el forense, juntando las manos mientras avanzaba por la nave de la iglesia hacia el presbiterio–. Necesito beber algo, hermano. ¿Queréis acompañarme?

–Por supuesto que sí, sirJohn, pero esta vez invito yo.

–Un cura que paga lo que bebe –dijo Cranston en tono burlón–. Será que estamos celebrando la Natividad.

Athelstan tomó la capa que había dejado sobre la fuente bautismal y ambos salieron al frío aire de la tarde.

–¡Vamos al Caballo Pío! –sugirió sir John–. ¡Una buena copa de clarete y un poco de estofado caliente les harán mucho bien tanto a nuestros cuerpos como a nuestras almas! Bajaron por la callejuela y entraron a la acogedora atmósfera de la taberna. El tabernero manco se acercó presuroso a ellos.

–Sir John –dijo, saludándolos–. Fray Athelstan.

Los acomodó en una mesa junto a la chimenea mientras Cranston pedía los platos. Sir John se sentó en el banco y miró con expresión radiante a su alrededor.

–¿Estáis ocupado, sir John?

–Aún estoy buscando a Rogelio Droxford, el que asesinó a su amo de Cheapside. Me han dicho que se oculta en una taberna cerca de La Reole y puede que me pase por allí antes de regresar a casa. Pero vamos a olvidarnos del asesinato, hermano. Lady Matilde os invita mañana a casa a las tres de la tarde. A vos y a la señora Benedicta.

Athelstan se ruborizó mientras Cranston sonreía con picardía.

–No os preocupéis, vendrá. He estado tomando una copa de clarete en su casa y le he dado un beso en vuestro nombre.

–Sir John, os estáis burlando de mí.

–«Sir John, os estáis burlando de mí» –repitió Cranston, imitando su voz–. Vamos, hermano, no hay pecado en el hecho de que a uno le guste la creación de Dios. ¿Vendréis? Tengo un regalo para vos –añadió.

Athelstan asintió con la cabeza mientras sir John se preguntaba si el astrolabio que le había comprado sería del gusto de aquel extraño fraile escrutador de las estrellas. El tabernero les sirvió las copas y dos platos de cordero caliente aderezado con especias.

–O sea que todo está atado, sir John. El asesino de sir Ralph ha sido atrapado; el doctor Vincentius se ha ido; mi cementerio está a salvo; mañana celebramos la Natividad y todo va bien.

Cranston tomó un sorbo de su copa y chasqueó la lengua.

–Sí, hermano, pero la primavera nos traerá su cesta de inquietudes. El Asesino Rojo volverá a atacar. El hombre siempre matará a su hermano. –El forense lanzó un suspiro–. Hay que cuidar mucho a lady Matilde. Ella y la criatura tienen que estar protegidas. –Sir John inclinó la cabeza y miró con el ceño fruncido a Athelstan–. Será un niño –anunció categóricamente–. Y lo llamaré Francisco, como vuestro hermano muerto.

Athelstan contuvo la respiración y posó la copa sobre la mesa.

–Es muy considerado de vuestra parte, sir John. Os lo agradezco mucho.

–Será caballero de mayor. Un juez de paz, un hombre de leyes. –El forense hizo una pausa–. ¿Creéis que se parecerá a mí, hermano?

–Durante los primeros meses, sí, sir John –contestó Athelstan sonriendo.

Cranston captó el tono humorístico de la voz del fraile.

–¿Qué queréis decir, monje? –preguntó sin tenerlas todas consigo.

–Pues que se parecerá a vos, sir John. ¡Será calvo, tendrá la cara colorada, beberá mucho, soltará regüeldos y pedos, gritará y no parará de cotorrear!

Los parroquianos de la taberna interrumpieron lo que estaban haciendo para observar con asombro cómo sir John Cranston, el forense real de la ciudad, se apoyaba contra la pared y soltaba una estruendosa carcajada mientras las lágrimas le rodaban por las mejillas.

Athelstan sonrió hasta que se le ocurrió pensar en lo que sucedería si tuviera que habérselas con dos Cranston en lugar de uno.

–Oh, Señor –murmuró, cerrando los ojos–, ¿qué será de mí si son gemelos?

Título de la edición original: *The House of the Red Slayer*
Traducción del inglés: Mª Antonia Menini Pagés,
cedida por Edhasa
Diseño: Norbert Denkel
Ilustración: Julio Vivas

Todos los personajes de esta novela son ficticios, y cualquier parecido con personas reales, vivas o difuntas, es mera coincidencia

Círculo de Lectores, S.A. (Sociedad Unipersonal)
Valencia, 344, 08009 Barcelona
1 3 5 7 9 7 9 0 7 8 6 4 2

First published in Great Britain in 1992 by Headline Book Publishing
First published in paperback 1992 by Headline Book Publishing

Depósito legal: B. 22625-1997
Fotocomposición: gama, s.l., Barcelona
Impresión y encuadernación: Printer industria gráfica, s.a.
N. II, Cuatro caminos s/n, 08620 Sant Vicenç dels Horts
Barcelona, 1997. Impreso en España
ISBN 84-226-6685-5
N.º 35865